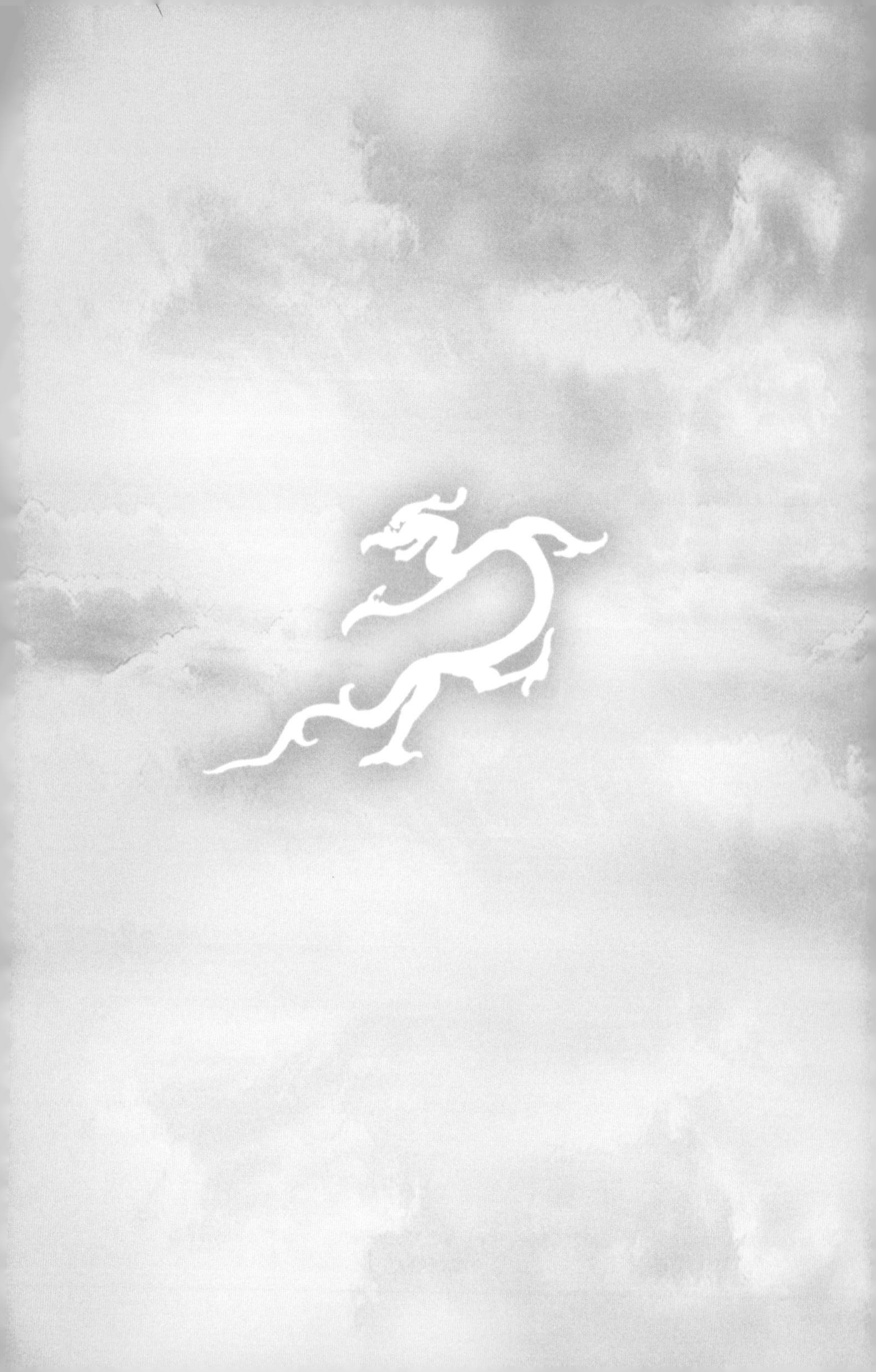

有華人的地方就有

龍人的作品

贼秦
5

滅秦內容簡介

大秦末年，神州大地群雄並起，在這烽火狼煙的亂世中。
隨著一個混混少年紀空手的崛起，他的風雲傳奇，拉開了秦末漢初恢宏壯闊的歷史長卷。
大秦帝國因他而滅，楚漢爭霸因他而起。
因爲他——霸王項羽死在小小的螞蟻面前。
因爲他——漢王劉邦用最心愛的女人來換取生命。
因爲他——才有了浪漫愛情紅顏知己的典故。
軍事史上的明修棧道，暗渡陳倉是他的謀略。
四面楚歌動搖軍心是他的籌畫。
十面埋伏這流傳千古的經典戰役是他最得意的傑作。
這一切一切的傳奇故事都來自他的智慧和武功……

滅秦五閥簡介

入世閣

閣主大秦權相趙高，身懷天下奇功「百無一忌」，又借助官府之力，使得入世閣漸漸強大至有力壓其他四閣的趨勢。而克制他的皇道武學「龍御斬」又消失江湖，故更令其橫行無忌。

流雲齋

西楚最強大的門派，在其齋主項梁的經營下，統一了西楚武林，將各門各派的人才盡歸入旗下，在萬里秦疆烽火四起之時，趁虛而入想一舉奪得大秦江山。鎮齋神功「流雲真氣」霸道無比，其侄項羽憑此功而搏得西楚霸王的英名。

知音亭

亭主五音先生是亂世武林中修爲最高的幾位強者之一，門下高手無數，紀空手就是得其之助，才能在亂世中立足，鎮門神功「無妄咒」可以控制天下任何絕學導氣時的經脈流向，使其敵不戰自敗，唯一弱點是不能駕馭中咒者的思想。

聽香榭

一個神秘而又古老的組織，當代閥主呂翥是一個不達目的勢不罷休又有著很強征服慾的女人，其門中的「附骨之蛆」、「生死劫」、「紅粉佳人」三大奇毒，控制著無數的武林高手。天下最可怕的殺手主使人。

問天樓

春秋戰國衛國亡國後的復國組織。當代閥主衛三公子，一個怪物中的怪物，雖身懷上古絕學「有容乃大」奇功，橫行天下稀有敵手，但其性格反覆無常讓人捉摸不定，他可以爲達目的而不擇手段，又可爲復國獻出自己唯一的生命。劉邦的親生父親，紀空手的強敵。

主要人物簡介

最聰明的女人——紅顏

知音亭的小公主，擁有著高貴典雅的氣質，空谷幽蘭般的容貌。音律與武學修爲都已達到很高的境界，性格平和堅強，其聰明之處便是在亂世眾雄中選擇了紀空手，而一代霸主項羽卻爲搏其一笑擁兵十萬，相迎十里。反而樹立了紀空手這位宿命中的強敵。

最可悲的女人——張盈

「入世閣」閣主趙高唯一的師妹，天生媚骨，媚術修爲之高已達到媚惑天下眾生之境。因趙高修練鎮閣神功「百無一忌」自閉精氣，冷落了她，使其成爲了秦末武林中最可怕的魔女。終死在了扶滄海的「意守滄海」的奇功之下。

最可愛的女人——鳳影

「問天樓」刑獄長老鳳五之女，是位惹人疼愛的小美人，溫婉嫻靜，清純可愛。在韓信危難中與其結緣，成爲韓信的至愛，江湖傳言韓信背叛兄弟助劉邦爭奪大秦疆土都是爲了此女。

最幸運的女人——呂雉

「聽香榭」真正的主人，是位有冒險精神，性格堅毅果斷的美女。因修練鎖榭神功「天外聽香」需保住處女元陰，而無法享受魚水之歡。後聽香榭發生內亂，她受其姐暗算，與紀空手有了合體之緣。得到了補天異氣之助，不但將神功修練到至高境界，還成爲了紀空手的妻子。

最善良的女人——虞姬

大秦美女，容貌清麗脫俗，是位惹人憐惜的嬌弱美人。性格外柔內剛，堅信緣由天定，對紀空手一見鍾情，爲救情郎情願被劉邦充當禮物送給項羽。劉邦也因此事而鑽進了紀空手布下的圈套，不但痛失至愛，還差點在鴻門宴中身陷萬劫不復之境。

最不幸的女人——卓小圓

「幻狐門」當代門主，性格如水般變化無常，媚功床技天下無敵，由於此門是問天樓中的一大分支，她自然而然成爲了劉邦的情婦，後被紀空手以偷天換日的手法易容後送給項羽，變成一個媚惑項羽的工具。

最成功的英雄——紀空手

一位混混與無賴眼中的神，一段段傳奇中的人物。他身具龍形虎相，偶得補天異寶，踏足江湖後在項羽的十萬大軍前，奪走他心中的美人——紅顏。又從劉邦的陷阱中將他送給項羽的禮物——「虞姬」據爲己有。江山美人讓他樹敵無數，戰爭與血腥使他明白世間的殘酷。仁義二字讓他變得強大無比，這只因他堅信——仁者無敵！

最無情的君主——劉邦

衛國的皇室後裔，身具蓋世奇功「有容乃大」。但名利使他仍容不下身旁具有高才智的兄弟，爲搏強敵的信任，他可以送上心愛的女人與父親的生命。「一將功成萬骨枯」，是他一生奉行的箴言。這只因——帝道無情！

最霸氣的男人——項羽

其天生神力，加之家族的至高武學「流雲道」，更使他身具蓋世霸氣，縱橫大秦疆域所向無敵。然而，爲搏紅顏一笑，樹下了紀空手這位宿世之敵。西楚的疆土毀在其一意孤行，四面楚歌、十面埋伏各種奇計使其在楚漢相爭中敗得無回天之力。烏江之畔，橫劍脖頸只表達心中的霸意——「霸者無懼」！

最危險的敵人——韓信

亂世中的將才，紀空手兒時的好友，因能忍別人不能忍之事，使他很快在亂世中崛起。卻因抵不住名利的誘惑，出賣兄弟。霸上一戰他爲保存實力，親手放走他今生「宿命之敵」。爲自身的利益，他可出賣一切可以利用的東西。可惜等其擁有爭霸天下的實力時，卻得不到任何的支持力，這是他一生中最殘酷的打擊。但他至死仍不明白這是否是——「宿命之意」！

最聰明的隱士——張良

知音亭五音先生放入江湖中的一枚隱子，此人精通兵法，又足智多謀，是亂世中不可多得的謀士，在劉邦身旁盡心盡力助其發展勢力，紀空手復出後因他之助不費一兵一卒得到大漢所有的軍隊。此人唯一弱點——不懂絲毫武學。

最倒楣的鑄師——軒轅子

天下三大鑄劍師之一，因受人之託隱於市集鑄練神刃，刀成之際，因定名「離別」實屬凶兆，身受數大高手圍攻而血戰至死。後此刀在紀空手之手力戰天下知名高手威揚天下。

最可怕的劍手——龍賡

天生爲劍而生的人，因身具劍心，故能將劍道練至無劍的至高境界——心劍。五音之死令其復出，紀空手得其之助，才棄刀進入至高武學的殿堂——無我武道。

最富有的棋手——陳平

夜郎國的世家子弟，在夜郎陳家置辦賭業已有百年，憑的就是「信譽」二字，創下了無數財富，是各大爭奪天下勢力眼中不可多得的財力支柱。

最失敗的盜神——丁衡

五音旗下的五大高手之一，偷盜之技天下無敵，雖盜得天下異寶「玄鐵龜」卻無緣目睹其寶讓紀空手成爲一代霸者的機會。

目錄

第一章　與敵共舞

紀空手顯然意識到了劉邦與韓信之間如果一旦聯手，不僅會給項羽造成很大的麻煩，同樣也威脅到了自己的生存，是以冷哼一聲，提醒劉邦道：「對於韓信的忠義，我是早有領教，希望漢王不要和我一樣的收場才好。」

「紀少莫非還對大王莊一役念念不忘嗎？」劉邦看了紀空手一眼道。

紀空手笑了，笑得十分坦然：「我這一生中，最恨的就是別人背信棄義，又豈能容忍曾被我視作兄弟的朋友在我背後的暗算之舉呢？對於這種人，我寧可被別人說成是沒有容人之量，也誓要報那一劍之仇！」

「正因爲韓信在你的身後刺了一劍，本王才會最終信任了他。雖然是同樣的一劍，在你看來，這是棄義；但在本王看來，卻是效忠。如果沒有十足的把握，本王又怎會如此對他加以重用？」劉邦之所以敢這樣說話，是因爲他深知那一場在問天樓刑獄地牢中發生的蟻戰對韓信造成了多大的影響，更懂得韓信除熱衷名利之外，還有一個更大的弱點！而正因這個弱點被他所掌握，他才捨得花大力氣去栽培韓信。

對他來說，絕不會做出「養虎為患」的傻事來。

但他卻不知此事雖是人為，可天下萬物皆有靈性。雙方蟻群為了守住己方的地盤，真的展開了一場世紀之戰，而裡面的各種戰法不但對韓信在日後領兵作戰時有很大的啓發，從而更讓他創出流傳千古的奇技——「象棋」！

「你既然說得這麼有把握，那我就無話可說了。」紀空手沈聲道：「讓我們拭目以待吧。」

劉邦淡淡而道：「是的，世事難料，不到那一刻的來臨，我們永遠都不知道誰對誰錯。」

紀空手瞧了他一眼，道：「就像我和漢王之間的關係一樣。誰能料到，半年前還是爭得你死我活的一對冤家，竟會在半年之後坐在這裡高談闊論，親如密友，說出去只怕沒人會相信吧？」

「如果本王說我們之間是朋友關係，不要說你不相信，連本王也毫不相信。往日的恩怨不是過往煙雲，說散就散，想忘就忘，有些東西，它就像鋒刃利刀一般，已經插在了你的胸口之上，只要一牽動它，就會馬上讓你心中作痛，回憶起那段往事來。所以說，我們之間註定不會再成為朋友了。」劉邦與紀空手的眼芒在空中悍然相接，然後非常深沈地接道：「不過，無論本王，還是你，我們都是這個世上少有的智者，雖然我們不可能再為朋友，卻可以成為戰友。當理智戰勝了感情之後，我們就會發現，原來彼此之間對對方都有非常大的利用價値，為了一個共同的目標，命運又讓我們走到了一起。」

「而這個目標，就是爲了消滅項羽。」紀空手沈聲道：「當這個目標達到之後，我們再從戰友變成彼此間最大的敵人。」

「精闢，果然精闢。」劉邦啞然失笑道：「所以我們之間更像是買賣上的關係，以錢易物，或是以物易物，只要彼此不虧，這種關係就可以長此以往地維持下去。」

「既然如此，那我們還有必要再這樣拐彎抹角說話嗎？何不痛痛快快，開門見山？」紀空手話入正題，頓有咄咄逼人之勢。

劉邦的目光掃向了五音先生身後的樂道三友，臉上似有遲疑之色。五音先生淡然道：「如果漢王接下來要說的話我可以聞聽，那就但說無妨，因爲他們都是跟隨了我多年的忠實部下，我對他們絕對信任！」

劉邦尷尬一笑道：「此事關係重大，是以本王才不得不謹慎從事，不過既然先生開了口，本王也就放心了。」

他將目光重新投射在紀空手的臉上，道：「本王信函中提及登龍圖一事，乃千真萬確，它藏寶的地點，就在距上庸百里之外的忘情湖內。」

紀空手與五音先生微微一笑，相望一眼，絲毫不覺有任何驚訝。

「你們莫非不相信本王所言？」劉邦爲他們的表情所迷惑，在他看來，紀空手的臉上至少該有驚喜之色才對。

「我們相信沛公的每一句話，事實上早在數月之前，我們就知道了藏寶的地點。但是我想知道的是，沛公將用怎樣的方法將這份寶藏從百尺深的水下取出據爲己有呢？」紀空手的眼芒一閃，注視著劉邦臉上的每一個表情，不敢有絲毫的遺漏。

「你們難道真的連一點辦法都沒有？」劉邦詫異地道。

「如果我們有取寶之道，你又拿什麼來與我們做成這筆交易呢？」紀空手冷哼一聲道。

「實話告訴你們吧，本王也不知道。」劉邦此言一出，紀空手的臉色已然一沈，大廳中的氣氛頓時緊張起來。

此言的確出乎紀空手與五音先生的意料之外。

因爲劉邦如果說的是實情，那麼他將紀空手二人騙入上庸的意圖就非常明顯。雖然紀空手與五音先生想到了劉邦會有此一招，但是他們都沒有料到變故會來得這麼突然。

不過紀空手與五音先生並未因此而慌亂，在他們看來，上庸城縱是龍潭虎穴，也絲毫不能對他們構成任何威脅。

因此此刻的劉邦，手頭上並沒有真正可以與他們抗衡的一流高手，雖然他本人算得上一個，但他連自己能否全身而退尚且沒有把握，又怎能對紀空手五人構成實質性的威脅呢？

「哈哈哈……」劉邦的神色依然不改，大笑起來道：「本王的確是不知道取寶之道，但在登龍圖上，卻寫明了這取寶之道的所藏地點，只要我們去了此地，這取寶之道自然就可真相大白了。」

紀空手大喜道：「既然如此，這地點現在何處？」

「不遠，就在上庸城內。」劉邦微微一笑道。

「那我們何不現在就去？也好解開我這數月來掛在心頭的懸念！」紀空手顯得有些迫不及待了。

劉邦卻微微一笑，並不作聲，只是將目光放在了爐上煮茶的一縷氣霧之上。

紀空手頓時意識到了自己的失態，在這一刻間，他似乎犯了一個錯誤，忘記了在他與劉邦之間，只存在著交易，而不存在其他的任何關係！

「我忘了一點，漢王既然開出寶藏的一半作爲代價，所換取的東西自然也是價值不菲。因爲在我的印象中，你就像是一個精明的商人，從來不做虧本的生意。」紀空手冷靜下來道。

「你這一句話不知是褒讚本王呢，還是在貶低本王？不過這都無關緊要，因爲你至少說明一個事實，那就是本王的確有一件非常重要的事情有求於二位。」劉邦一臉肅然道。

「請說吧，你有漫天要價的權利，我們也有就地還錢的自由，只要價位合適，就可以把這樁買賣談成。」說到這裡，連紀空手自己也覺得好笑，因爲此刻的他十足是一副商人口吻。

劉邦的臉上絲毫沒有一絲玩笑的成分，緩緩而道：「本王剛才說過，就算有韓信與本王形成兩面夾擊的態勢，我們對付項羽最多也不過六成勝算。六成的勝算，對於一些冒險者來說，是完全足夠了，但在本王的眼裡，如果沒有八成把握，本王根本就不會輕舉妄動，因爲站在你我面前的，是不可一世的強者，他迄今爲止，依然保持著不敗的記錄！」

「從古至今，像擁有這種記錄的人，無疑都是軍事作戰方面的天才，不過我想，他真的會像傳說中的那麼厲害嗎？」紀空手與項羽雖然只見過一次面，但就是那一次，他被項羽害得九死一生，逃亡天涯，從而也讓他認識到在項羽的身上，存在著一種非常嚴重的人格缺陷。

「本王知道你與項羽之間的恩怨，但拋開成見，你不得不承認，項羽無論從哪一個方面來看，都是當今最優秀的一個人物，要想擊敗他，實在不是一件容易的事情。」劉邦微微一歎道。

「所以你希望讓我們也加入到你們的行列，以增加這兩成的勝算？」紀空手道。

「你們如果加入，又豈止是兩成勝算？本王可以斷定，項羽是必敗無疑！可惜這只是一個幻想，根本就不可能實現的願望。因爲你們與本王只是爲了一時的利益才走到一起，最終我們之間還是會決裂、對立，成爲真正的敵人。所以本王所求，是希望你們可以幫助本王完成一系列的刺殺。」劉邦終於說出了他的真正目的。

「一系列的刺殺？」紀空手倒吸了一口冷氣，道：「殺誰？」

「本王手中有一份名單，上面列有三十七人的姓名，這些人都是項羽各路大軍的統帥以及深受項羽器重之人，只要你們能在兩年內將他們之中的大部分人除去，兩年之後，本王便可兵發三秦，與項羽決一死戰！」劉邦極是自信地道。

（註：三秦爲秦滅後投靠項羽的章邯、司馬欣、董翳這三位大秦名將的統稱。）

紀空手接過名單，與五音先生相視一眼，道：「這些人既是身居高位，必然戒備森嚴，無論是向哪一個人下手，我們都不可避免地會付出一定的代價。」

「本王知道，所以本王才會決定將登龍圖中的寶藏與你們共同分享。」劉邦的臉上閃過一絲憂傷的神情道：「假如衛三公子不死，問天樓的雄風猶在，本王又何必有求於人呢？」

他說的是實情，在衛三公子的時代，問天樓在江湖中的勢力實在是非常龐大，高手如雲，加上有鳳、申、成、寧四大家族的盡心輔佐，是當時風頭最勁的力量之一，但是自衛三公子死後，問天樓便逐步走向沒落，雖然劉邦的聲勢日漸壯大，但問天樓往日那種傲視江湖的風光再也不見，成爲了劉邦稱霸天下的一個致命缺陷。

沒有絕頂的高手，沒有一流的武者，縱然擁兵百萬，又怎能最終問鼎天下？畢竟這是亂世，是強者才可居之的天下。

也許劉邦正是看到了自己的弱點，所以才想到了用登龍圖的寶藏來誘惑紀空手出手。只要紀空手答應了這個計畫，他就可以靜觀其變，借用紀空手來削弱項羽的實力，然後反之用項羽的力量來削弱紀空手的實力，等到兩敗俱傷時，他就可以出手收拾殘局，從而一統天下。

這無疑是一石三鳥之計，既削弱了兩大強敵的實力，又保存了自己有生的力量，而自己付出的，只是一些登龍圖中原不屬於自己的財物。這個計畫一旦實行，豈非是非常完美的策劃？

劉邦得意之際，一雙眼睛緊緊地盯在紀空手的臉上，似乎很想看到紀空手的反應。他忽然有一種預感，那就是紀空手未必會答應他的計畫，因爲無論是紀空手，還是五音先生，他們都是絕頂聰明之人，也許可以看破他的用心所在。

但是沈默半晌之後，紀空手說了一句話，差點沒讓劉邦的心從嗓子眼裡跳出來。

「我想知道的是，我們實施這一連串的刺殺行動需要兩年的時間，那麼那批寶藏是不是也要在兩年之後才分給我們呢？」

劉邦努力穩住自己的情緒，深深地看了紀空手一眼，道：「不，爲了表示本王的誠意，寶藏取出之後，你我一人一半。直到寶藏到了你的手中後，你再開始履行這個義務。」

「難道你不怕我得到寶藏之後又反悔嗎？」紀空手笑了，笑得非常古怪。

劉邦也笑了，道：「你堂堂紀少又怎會是不守信用的小人？就算本王不相信你，也應該對五音先生的金字招牌充滿信心，否則的話，本王也不會發函相邀了。」

他緩緩地站將起來，拍拍掌，只見一排美女侍婢從廳外魚貫而入。

「現在時辰也不早了，幾位遠道而來，還是用膳洗澡，好生歇息吧。明日一早，本王就帶你們一起去見識一下當年始皇留下的取寶之道。」劉邦微微一笑道。

「漢王不準備與我共飲三杯嗎？」紀空手笑道。

「不了，本王還有軍務在身，恕不奉陪。」劉邦的人已走出廳外，抬頭望天，便見漫天大雪，如鵝毛般飄灑一地，但在劉邦的心裡，卻絲毫沒有感到一絲寒意，反而熱血上湧，有一股莫名的興奮。

望著劉邦遠去的背影，五音先生冷笑一聲，向樂道三友遞了一個眼色。

樂道三友頓時會意，婉言謝絕了這群美女侍婢的侍候，然後各守一方，使大廳十丈之外不見人影。

偌大的一個廳堂之內，轉瞬間便只剩下五音先生與紀空手翁婿相對。

「劉邦打得好算盤，這一石三鳥之計，也多虧他能想得出來。」紀空手早就看出了劉邦的用心所在，一直隱忍不發，直到這時才笑出聲來。

「他以登龍圖寶藏爲餌，逼迫我們按他的計畫行事，這一招的確不錯，可惜的是他太小看我們的胃口了。」五音先生道。

「我們可是骰子裡的至尊寶，一律通吃，哪裡還會與他講什麼客氣？」紀空手作了個擲骰子的動作，笑道。

「不過此次上庸之行，讓我真正摸清了劉邦現在的實力。雖然他表面上已然封王，但在衛三公子與幾大長老死後，他在頂尖高手的人員上出現了匱乏的現象，否則他也不會在無奈之下，相求於我們。而且爲了取信我們，他甚至向我們吐露了不少機密，就是要向我們表明，他與我們現在屬於盟友的關係。」五音先生若有所思，緩緩而道。

「那我們應該怎麼辦？難道真的要爲他去行刺項羽身邊的重要人物？」紀空手不由詫異地道。

「你不是答應了劉邦嗎？」五音先生似笑非笑地道。

「我這只是緩兵之計，然後趁他放鬆警惕時，再施展妙手空空絕技，將登龍圖重新拿到我的手裡。」紀空手想都不想道。

「既然如此，我們也不必在這些事情上多下功夫，不如就在今夜，將始皇留下的取寶之道盜走，然後開溜。」五音先生眼睛一眨道。

紀空手笑道：「這豈不是讓堂堂漢王偷雞不成蝕把米嗎？我們這麼做，會不會太過分了？」笑過之後，他突然想到什麼，搖搖頭道：「可是我們並不知道這取寶之道的存放地點呀？」

五音先生微微一笑道：「其實劉邦剛才的一句話已經洩露了天機，只要你用心去想，答案自然就會隨之而現。」

紀空手沈吟半晌，還是不解道：「他只說這存放地點就在城內，可上庸城這麼大，我們要找到這麼一件小玩意兒，豈不等同於大海撈針？」

五音先生道：「對於有心人來說，他這一句話已經足以讓我們找到線索。你是一個聰明人，應該可以找到這個答案。」

他本來可以直接將答案告訴紀空手，但是想了一想之後，卻沒有這麼做，因爲一個領袖，如果對某一個人過於依賴的話，他就很難成爲一個真正的領袖，甚至會淪爲他所依賴的那個人的傀儡。五音先生當然不希望看到這樣的結果。

所以他讓紀空手去獨立思考問題，更希望紀空手去單獨支撐大局。對五音先生來說，一個老人，最好的歸宿是在田園，在鄉村，在風景別致的山水之間，而不是在生離死別、充滿血腥與暴力的江湖。

紀空手理解五音先生的苦心，是以靜下心來，開始思索。

過了半晌之後，他緩緩抬起頭來，眼中閃出一絲喜悅道：「我明白了。這取寶之道既然是始皇當年遺留下來的，以他的性情與一慣的大手筆，多半會選擇名山古剎，或是頗有名氣的地方，而這種地方在上庸城裡並沒有幾個，相信尋找起來並不困難。」

他頓了一頓，繼續說道：「這取寶之道既然是能否取出寶藏的關鍵，以劉邦小心謹慎的性格，自然不會掉以輕心，必會派出大量的人手加強警戒，以防萬一。我們只要在這幾個地方發現有戒備森嚴的情況，那麼就可以找到取寶之道的真正藏匿地點了。」

五音先生拍了拍手道：「你說得一點都沒錯，現在我們所需要做的，就是吃飯、休息，天色一黑，我們就可以展開行動了。」

◆

五音先生與紀空手率領樂道三友，在夜色的掩護下，來到了一片密林邊緣。他們的目光所及之處，是不遠處的一座依山而建的宏偉古剎。

「這是佛家的寺廟，專敬神佛，已有三四百年的歷史。當年始皇題寫寺名，為『大鐘寺』，其緣由是因為這寺廟中自建寺以來，便有一尊千斤銅鐘，號稱天下第一鐘。」五音先生似乎對大鐘寺甚為熟悉，如數家珍般娓娓道來。

「看這裡的防備如此森嚴，難道這取寶之道就在裡面？」紀空手壓低嗓門道。他人一到密林處，就感到了一股危機的存在，這種直覺的產生只能說明一個問題，那就是敵人已經潛藏在附近。

「應該如此，否則這只不過是一座寺廟而已，縱然有名，也不至於防範得這麼緊張。」五音先生點點頭道。

紀空手精神一振道：「那我去了。」他早已經躍躍欲試。數月來，這取寶之道究竟如何？他琢磨得頭昏腦脹，卻依然毫無結果，是以強烈的好奇心讓他難以按捺心情。

五音先生剛要開口，不知為什麼，他的心頭突然湧現出一股莫名的煩躁。心中一驚，暗道：「這可是從未有過的現象，難道它是向我預示著什麼？」

在他看來，就算大鐘寺此刻戒備森嚴，但沒有一流好手的參與，紀空手此行依然可以算得上一次輕鬆之旅。之所以出現這種煩躁的現象，或許是因爲自己過於關心紀空手的緣故吧？

五音先生自我寬慰了一下，這才叮囑道：「一切小心，我們就在這裡靜候佳音。」

紀空手微微一笑，踏雪而去。

他的身形極快，身輕如燕，從雪地上掠過，根本不留痕跡，不過片刻功夫，他的人已閃入寺院牆邊的一棵大樹樹冠之中。

便在這時，「噹……」地一聲，悠揚的鐘聲敲響，迴盪於這寧靜的雪夜之中。

紀空手放眼望去，不由暗暗叫苦。

原來大鐘寺的規模之大，遠遠超出了他的想像。剛才在密林向這邊望來時，由於寺院依山而建，大多建築都深藏於林木之中，他無法窺得全貌。這時看來，卻見寺內的殿宇樓閣緊密相連，竟有數十座之多，一時半刻，又怎能找到哪裡才是存放取寶之道的地點呢？

不過這終究難不到紀空手，他的心神一靜，辦法油然而出。

這個辦法其實非常簡單，那就是對人不對事，哪裡人多，哪個地方的防範森嚴，他就將它視爲目標。

有了主意之後，他迅速鎖定了正前方的那座主殿。

主殿名爲禹王殿，而此刻主殿的附近，不時有人影閃動，殿中更是燈火輝煌，幢幢人影斜映窗紙之上。

陣陣梵唱誦經之聲由殿中傳出。當時佛教並不普及，紀空手看在眼裡，聽在耳中，處處都有新鮮之感。

但他沒有忘記自己此行的目的，人在樹冠中，已尋思著如何在不露行蹤之下靠近主殿。

大鐘寺內的建築構造都十分精美，以主殿爲中心，從寺門到殿門之間形成中軸線，每一個建築都以此爲界，向兩邊鋪建開來，顯得非常整齊劃一。

如此的建築排列，最大的好處就是視野開闊，視線不易阻擋，但對紀空手來說，卻是一件棘手的事情，因爲這讓他從院牆出發，要悄無聲息地穿過數十丈的距離到達主殿，無疑增加了不小的難度。

不過幸好此時已是夜黑時分，加上沿途還有不少的大樹，只要紀空手能夠充分利用這些自然設置的掩體，做到神不知、鬼不覺地靠近主殿未必就沒有可能。

在觀察了四周的動靜之後，紀空手決定行動。就在他做了一個深呼吸後，忽然間，他聽到了一陣奇怪的風聲。

隆冬時節，大雪之後，偶有寒風吹過，並不是一件值得大驚小怪的事情，但紀空手卻感到了一絲詫異。

因爲他的人也置身於這片空間，雖然聽到了風聲，但他卻沒有感受到，甚至他所在的那棵大樹的枝葉都沒有搖動半點。

這讓他頓生警兆！

這種現象的出現，只有一種原因，這種風絕對不是自然風，而是人力爲之。只有在人的身影快速移動中才有可能形成的一種空氣流動。

紀空手的靈覺擴張出去，眼芒透過暗黑的虛空，審視著這看似寧靜的一切。

果然不出所料，在相距他藏身之處的十丈之外，一條暗影飛掠而至，正貼伏在高牆上的一片琉璃瓦上。

紀空手的心裡「咯噔」一下，因爲他已看出，來者既不是五音先生，也不是樂道三友，身形如此詭異，也不可能是劉邦佈下的高手。

「他是誰？難道他也是想打取寶之道的主意嗎？」這是紀空手作出的第一個反應。他從來人的身形移動上，辨出此人的武功之高，似乎不在自己之下，放眼江湖，像這樣的人物，實在不多，應該可以查出對方的來歷與背景。

但紀空手在自己的記憶中搜尋之後，依然對此人的身分有謎一樣的感覺，因爲他驚奇地發現，對方的輕功身法看似有中土武功的味道，卻在某種細節上帶出一種域外武學的風格。

這不得不讓紀空手更加小心，在未知來人是敵是友之前，他現在唯一可做的，只有等待。

等他靜下心來，將自己的感官處於靈動狀態時，才驚奇地發現，幸虧自己沒有妄動，在通往主殿的每條路線上，他都感受到了那滲入虛空、淡若無形的殺機。

這些殺氣時隱時現，分佈於寺院的林木之間，待到紀空手準備尋找這些氣息的來源時，在剎那之間，殺氣彷彿又內斂起來，就像是從來沒有存在過這些氣息一般，幾讓紀空手懷疑自己產生了錯覺。

這當然不會是自己的錯覺，紀空手非常明白這一點，他是如此清晰地捕捉到這種氣息，當然更相信自己的直覺。

剎那間，紀空手意識到今夜之行，並非如自己想像的那麼簡單。

他的目光緊緊地鎖定住那十丈之外的身影，似乎更希望這條身影能很快地行動起來。不管對方是敵是友，在自己的身邊突然冒出一個不速之客，對任何人來說都是一種威脅。

但是那條身影的耐性似乎很好，貼伏於高牆紅瓦上，就像一隻蟄伏多時的壁虎，始終一動不動。

「照這樣等下去，只怕今晚要空手而回了。」紀空手的心裡生出一股焦躁，對他來說，今晚無疑是最後的機會，一旦錯失，那麼要得到登龍圖的寶藏就要大費周折，甚至還極有可能接受劉邦的合作條件，這種情況當然不是紀空手願意看到的。

正當他心中暗自躊躇之際，突然間靈光一現：「只有打草，才能驚蛇，他不想動，我何不嚇他一嚇，讓他動起來？」

思及此處，他不再猶豫，伸手握住一小段枯枝，運力一震，取在手上，然後將枯枝若飛刀般拈在手指間，突然出手。

「嗤……」一聲近似蟻蟲嗡鳴般的輕響，伴著枯枝竄入虛空，雖然枯枝上的勁力不大，但有一股迴旋之力，不斷地改變著前行的方向，向那人的身影疾射過去。

紀空手如此爲之，只是不想暴露自己的藏身之處。

那人陡然一驚，身形如脫兔般掠起，迅速向高牆處沒去。身形起動的風聲頓時吸引了寺院中伏兵的注意，弓弦驟響，十數支暗箭同時自暗處射出，標向了高牆響動之處。

同時從幾棵大樹上竄出十數道人影，手揮寒芒，飛掠追出。

紀空手看在眼中，心中暗笑：「這位仁兄，實在對不住，既然你無聊到趴在牆頭打瞌睡，小弟只好給你找點事做了。」

他在弓響人動的同時，整個人已如箭芒標出，騰躍幾下，人已掠上了主殿側面的一根巨柱之上，手腳並用，產生出一股吸力，如壁虎般貼附在柱頭暗影中。

在暗處向殿內燈火處望去，只見裡面有數十個明晃晃的光頭，搖頭晃腦，誦經嚼文，正是寺內的和尚做著晚課。

而在殿門處站著一排面無表情、身穿綿甲的戰將，足有二三十人之多，無疑是劉邦派來守護取寶之道的高手。

紀空手凝神傾聽，從這些人的呼吸之間已然聽出對方的功力雖然不錯，但要真正打鬥起來，自己未必會輸。

然而他卻沒有興起硬闖的念頭，這倒不是他懼怕寺中另有高手，而是他身爲盜神丁衡的朋友，如果不施展幾手盜技，又怎對得起丁衡的教誨？

既起盜心，但目標何在？

紀空手仔細觀察了半晌功夫，卻無法確定這取寶之道究竟會藏匿在主殿的何處。

主殿內除了禹王神像與幾尊大小銅像之外，最有可能藏匿取寶之道的，就只有那座形似小山、重逾千鈞的大銅鐘只是那座銅鐘不是懸在樑上，供人敲打，而是扣在基石之上，燈火所照，它的表面上泛出黃燦燦的銅光。

紀空手眼芒暴射，透過虛空，目力增強數倍，便見那銅鐘之上，雕刻了不少圖案，每一個圖案的故事都與「大禹治水」有關，想來此鐘鑄成，乃是後人爲紀念大禹的治水功績而募資合鑄的。

紀空手心中一動：「難道說取寶之道並不是裝在哪個盒中收藏，而只是一段文字，被人刻在大鐘的內層？」

這是極有可能的一個判斷，也合乎始皇的行事作風。但如果這是一個事實，那麼對紀空手來說，無疑是一件近乎不可能完成的苦差事。

因爲他不可能將這千斤大鐘自眾目睽睽之下盜出，更不可能背負這千斤大鐘逃出上庸城。正當他尋思對策時，突然聽到腳下有兩人的腳步聲傳來，一前一後，到了柱下。

「卞將軍，剛才那賊人的身手極爲了得，我們這麼多人圍他一個，還是讓他跑得無影無蹤，看來今夜雖是最後一夜，恐怕不會風平浪靜吧？」一人壓低嗓門，與那位卞將軍聊了起來。

「不管怎樣，千萬不要在我們值夜的時辰裡出事。我隨漢王也有些年頭了，深知他的爲人，看他對這大銅鐘如此看重，必是內藏玄機，若是出了紕漏，只怕你我會吃不了兜著走。」那位被稱作「卞將軍」的人道。

紀空手在他們的頭頂之上聽得仔細，心中一動：「這麼說來，取寶之道真的在銅鐘之內了。」當下收斂內息，絲毫不敢動彈。

「照我猜想，漢王此次上庸之行絕不簡單，自來上庸，已有數月……」那首先說話之人正待繼續說下去，卻被卞將軍打斷道：「萬縣令，你我難得投緣，有一句話不知當講不當講？」

那萬縣令見他這般慎重，倒嚇了一跳，道：「但說無妨，但說無妨。」

「所謂爲官之道，揣摩上意固然重要，但尺度的把握卻是關鍵，你我同爲漢王屬下的臣子，有些話當講則講，不當講就得緊咬牙關，萬一有什麼不妥的話傳到漢王耳中，丟官事小，只怕性命難保。我跟漢王這些年，看到的這一幕實在不少。」卞將軍拍了拍他的肩頭，顯得很是熱絡。

萬縣令的臉色一連數變，感謝道：「多謝卞將軍提醒，等到此間事了，我請卞將軍到五香齋共謀一醉。」

卞將軍見他如此識趣，知道又有錢財要進腰包，很是高興。

紀空手待兩人回到殿內，悄悄從柱上滑將下來，貼伏於窗櫺前。

他算計著從此處入殿到大鐘的距離，看好了這條路線上的大致擺設，然後細數這大殿中的每一處燭火。

「共有三十八處光源，要想在頃刻間將之揮滅，唯有用飛刀一試。」紀空手對自己手中的飛刀一向自信，取刀在手，心裡默念著每一處火燭的位置，確定了飛刀出手後在空中運行的路線。

他的心已靜如止水，任體內的真氣自然流動，積聚指間。

要想憑一刀在頃刻間揮滅三十八根位置不同、高度各異的火燭，這近乎是不可能完成的事情。紀空手就算再有信心，也純屬妄想，不可實現。

但紀空手還是決定試上一試。

因爲他出刀的路線，根本不是沿燭火排列的路線，而是取這些燭火分佈位置的中軸線。他要借陡然爆發的勁力，隨刀勢而生風，以刮滅火燭。

饒是如此，這一刀的難度也到了驚人的地步，稍有絲毫差錯，唯有失敗一途。

不自覺間，紀空手的額上鼻間已有冷汗滲出。

◆

「先生，你認爲紀公子真的有把握將取寶之道盜出嗎？」看著紀空手消失於雪夜中的背影，樂道三友中的弄簫書生道。

「難道你不看好他？」五音先生略顯詫異，回過頭來看了弄簫書生一眼道。

「我不是對紀公子沒有信心，只是心中總有一種不祥的預感，覺得事情不會這麼簡單。」弄簫書生恭聲答道。他與執琴者、彈箏女投身五音先生門下已有整整三十載，一向對五音先生敬若神明。

「說下去。」五音先生似乎對弄簫書生的話題頗感興趣。在他的眼中，弄簫書生並不是一個喜歡多嘴的人，甚至有幾分木訥，但正因如此，五音先生才相信一個惜字如金的人若要開口，必然有其獨到的見解。

弄簫書生看了五音先生一眼，遲疑片刻道：「以劉邦的爲人，取寶之道既然對他這麼重要，他不會不對它採取非常嚴密的防護措施，而且他也知道紀公子與盜神淵源極深，又怎會輕易將取寶之道放於明處，讓紀公子去偷呢？」

五音先生的眼睛一亮，道：「你的意思是說，取寶之道根本不在大鐘寺？劉邦之所以這麼做，只是故意以此吸引我們的注意力？」

「我只是有這個疑惑而已。」弄簫書生似乎對自己的猜測沒有十足的信心，吞吞吐吐地道：「劉邦為人奸詐，又在先生與紀公子的手上吃過大虧，他絕對會想到我們的這一步棋。」

五音先生拍了拍他的肩道：「多謝你提醒了我。」他表面上極是平靜，其實心中已經認同了弄簫書生的懷疑。

他曾經也想到過這個問題，只是劉邦在見面時表現得極有誠意，甚至連一些不為人知的機密也和盤托出，這反而打消了他對劉邦的猜疑。

現在想來，防人之心不可無，他的確有些大意了。不過，五音先生雖然覺得自己今夜的行動略顯冒失，但並不認為就有兇險。

這種判斷是基於他對劉邦現存實力的分析得來的，無論劉邦有怎樣的圖謀，佈下怎樣的殺局，他都沒有實力去完成它。

這就叫做「心有餘而力不足」。

五音先生沈吟半晌，臉上微微露出一絲笑意，心中暗道：「對付你劉邦這種奸詐之人，我又何必和你講情重義？總而言之，對登龍圖寶藏我們是勢在必得！就算今夜暗偷不成，到了明天，我們就公然明搶，看你能奈我何？」

他拿定主意，整個人霎時輕鬆了許多。就在這時，從大鐘寺方向傳來一陣急促的腳步聲，一條黑影在雪地林木間飛竄而逃，身後不遠處，緊緊跟著十來條黑影。

五音先生心中一驚，定睛望去，卻見逃者不是紀空手，而是另有其人。此人武功之高，似乎不在紀空手之下，身法極快，迅速向另一片密林隱去。

「此人是誰？他難道也想打取寶之道的主意？」五音先生十分詫異，彷彿沒有想到今夜大鐘寺之行，除了自己外，還另有他人。

他只覺得這人奔掠之中所用的武功心法似有種相熟之感，但一時半刻卻又想不起來在哪裡見過。

五音先生搖了搖頭，忽然間，他發現自己所處的這片密林極靜，靜得針落可聞。

這是一種從未有過的感覺，彷彿處在一個真空地帶，不聞人聲，不聞蟲爬蟻鳴，更無風聲，甚至讓人感不到空氣的流動，就像是突然之間從一個時空跳入了另一個空時，進入一個靜默的世界。

五音先生心中一驚，陡然間聽到了自己粗重的呼吸，甚至聽到了自己的心跳。他的手心裡滲出一絲冷汗，似乎感受到了空氣中那至強至大的壓力。

他的心裡「咯噔」一下，發現自己置身於敵人的重重包圍之中。

事態的發展顯然超出了他的想像，雖然敵人尚在百步之外，但五音先生從林木間瀰漫的若有若無的殺氣中感到了對手的強大。

「敵人是誰？」五音先生的第一個反應就是想到了劉邦，因為只有劉邦，才有可能在這大鐘寺外布下殺局。

事實上，只要劉邦擁有殺死五音先生與紀空手的實力，他就完全沒有必要再去仰仗這兩人的力量來對付項羽。因為劉邦肯定知道，紀空手才是一頭真正的猛虎，能夠早一日將之除掉，那他爭霸天下的把握就會增加一分。

但是，劉邦哪裡來的這種實力？出現在這密林中的數十高手，個個都有擒龍縛虎之能，其實力甚至超過了盛名時期的問天樓。

五音先生的心裡出現了少有的困惑。

不過，無論對手是誰，無論對手有多麼強大，他都夷然不懼。

因為他是當世江湖五霸之一，從不言敗的五音先生！

更何況，在他的身後，還有戰意勃發的樂道三友。

有了這樣的四個人，試問天下，有誰敢與之爭鋒？

是以五音先生的臉上陡然而生一股豪情，他的眼芒暴射，透過這暗黑的夜空，望向那密林的深處。

林間深處，有人走出，無聲、無息，就如一個無主的幽靈，從雪上滑過，竟然不著一絲痕跡。

隨著來人湧現的，是一股淡淡的殺氣，無形卻有質，使得這片偌大的密林壓力陡增，空氣如一潭死水，不再流動，變得沈悶之極。

五音先生的眉鋒一跳，感到來者雖然只是一步一步向前滑動，卻如一道偉岸的山梁將傾，那種咄咄逼人的氣勢，幾乎可以讓人窒息。

五音先生情不自禁地深深吸了一口氣，他已經很久沒有這種感覺了。在他的記憶中，這種感覺在霸上城外的峽谷中，當他與衛三公子相峙而立時，出現過一次；在咸陽的那個小湖湖畔，當他面對不可一世的趙高時，也出現過一次。而現在，他再一次清晰地感受到了這種迫人的氣勢。

這讓他為之震驚，只能說明，來者的武功之高，根本不在衛三公子、趙高這等超一流的好手之下。

江湖上公認，「樓、閣、亭、齋、榭」是五大豪門，而五大豪門的主人，無疑就是當今江湖上公認的絕頂高手，但五音先生始終認為，江湖之大，深不可測，能夠有實力與五大豪門主人相抗衡的，雖然是寥寥無幾，卻也未必沒有。

而眼前的這位，無疑就是其中之一。

雖然在黑暗之中，五音先生根本看不清楚來者的面容，但是透過地上雪光的反射，依稀還是可以看到來人的一些輪廓。當五音先生的眼芒鎖定這條黑影時，突然間，他的鼻間冒出了絲絲冷汗。

他絕不怕來人的武功有多高，也不怕來人的氣勢有多強，但不知爲什麼，他的心裡生出了一種不可思議的感覺。

這種感覺之所以讓五音先生感到不可思議，是因爲他發現這條黑影像極了一個人，一個根本不可能出現在人世間的人！

這種人通常指的都是死人，而死人是絕對不會起死回生的，可是當五音先生看到這條黑影的時候，他已經開始懷疑這種結論。

因爲這條黑影像極了衛三公子，也許，他本來就是！

五音先生心中的驚駭無可形容，他的手心緊握，已經放在了腰間的羽角木之上。

「羽、角」乃是音律之名，五音先生喜好音律，是以自創出一種樂器，乃是用雪山千年寒木製成，取名羽角木。這種木質之硬，可比玄鐵，被五音先生視作至愛神兵，只是現世以來，從未一用。而今他的手卻放在其上，由此可見，來者的出現令五音先生感到了前所未有的震驚，甚至是恐懼。

難道說這個世界上真的有鬼魂索命一說？如果沒有，這眼前的詭異又如何解釋？

但是五音先生就是五音先生，一驚之後，驀然大笑起來。

「你是何人？竟敢在老夫面前裝神弄鬼！」五音先生沈聲喝道。

來者已在五音先生身前十丈處站定，沈默良久，方才冷冷地道：「我從不裝神弄鬼，因爲我是衛三！」

「你還說你不是裝神弄鬼，衛三公子早已自殺而亡，你又從哪裡冒出來的，竟敢自稱衛三？」五音先生的心神已定，靜若止水。對他來說，無論對方是真是假，都絕對是自己的一大勁敵，稍有不慎，自己的一世英名便會毀於一旦。

「衛三公子的確死了，但衛三少爺還在，我本就是衛三公子的一個影子，他若不死，衛三少爺就不會現身於江湖。」衛三少爺冷漠地道，口氣中不帶一絲感情。

「你是衛三公子的影子？」五音先生有些疑惑，因爲這衛三少爺的長相比之衛三公子，簡直如同一轍，幾可亂真，這不由得讓人聯想到這二人之間的關係。

「你感到奇怪嗎？其實一點都不怪，因爲我和他本就是一對孿生兄弟，又湊巧生在了問天樓衛家。」衛三少爺的話中似乎透出了一絲傷感。

「這是萬幸呢，還是大不幸？」五音先生顯然感到了衛三少爺這種過於冷靜的可怕，是以一經捕捉到他情緒上的些微變化，旋即加以利用。

但是，他失望了，因爲衛三少爺的回答就像是一個掉線的木偶，理智得如設計好的程式。

「無所謂幸與不幸，這只是命，上天註定的命運。」衛三少爺淡淡地道：「不過影子使是我們問天樓的傳統，我並不是第一個做影子的人。」

他如寒冰般的眼芒從五音先生的臉上移動了半尺，望向他身後深邃無限的蒼穹，喃喃接道：「衛家的子孫一生下來，就註定了不能如常人一般生活。」

五音先生的心中一顫，幽然歎道：「這種惡夢我也有過，或許這就是每一個生在豪門的男兒必須承受的壓力吧。」

「但是——」衛三少爺的臉上依然一片死色，但眼神中閃出一絲悲憤道：「你與衛三公子的痛苦僅限於此，而對我來說，噩夢僅僅才開始。我記得在我十三歲那年，當我學藝有成之際，家父將我叫到身邊道：『你既然是我的兒子，就必須要作出犧牲。』我驚問道：『爲什麼？』家父道：『不爲什麼，因爲家族需要你作出犧牲。』他沈默了一會，才最終告訴我，問天樓既然是五大豪門，又是衛國復興的希望，就必須要有一種全面的運行機制，以作應急之需。而這個計畫，就是要我在問天樓之外另行建立起一個組織，隱身於問天樓之後，當問天樓出現危機的時候，我就將挺身而出，收拾殘局。」

「那要是問天樓一直正常的運行下去呢？」五音先生心中一驚，顯然沒有料到問天樓處心積慮，還暗藏了這麼一手。以他知音亭如此廣博的情報網，尚且對這個隱形組織一無所知，可見其保密的程度，的確到了讓人吃驚的地步。

衛三少爺淡淡地道：「這也是家父之所以要我作出犧牲的地方。假如問天樓運行正常，我就永遠只能等待下去，默默無聞，終老此生。而且我這一生，都得爲可能出現的那一時刻準備著，不能有任何的懈怠。當衛三公子在江湖上享受盛名與榮耀的時候，我卻只能躲在他的身後，去品味那份苦守的孤獨與寂寞。」

「所以你才會說，你是衛三公子的影子？」五音先生道。

衛三少爺沈默半晌，悠然道：「不過，老天總算待我不薄。祂也許看到了我的努力，所以就讓衛三公子死去，給了我這麼一個出頭的機會，讓我站到了當世第一流的武者面前。」

五音先生笑了，雖然衛三少爺的出現不僅突然，而且可怕，但是五音先生卻夷然不懼，因爲在他的身上，始終有一股傲視天下的豪氣，更有一份對自己武功的強大自信。

「即使你站到了老夫的面前，也未必就有把握能贏得了我。」五音先生臉上多出了一絲不屑之色道。

「我從來就沒有狂妄到憑一人之力就想將先生拿下的地步！」衛三少爺終於第一次露出了笑臉，只是面部肌肉僵硬，十分猙獰難看，又道：「在我的身後，是從來無名卻實力非凡的『影子軍團』，他們中的每一個人也許你從來沒有聽說過其名，但只要他們出手，你就很難忘記他們，因爲他們的武功不僅高強，更有一種無畏的精神與挑戰王者的勇氣！」

他拍了拍掌，只見整個密林的四周，頓時在無聲無息之中冒出了數十個猶如幽靈般的人影。他們也許專門修練過一種近似龜息的呼吸之法，是以連五音先生這樣的高手尚且一無察覺，但正因爲如此，他們才是名符其實的「影子」。

殺氣如這些影子般時隱時現，直到這時，五音先生才感到心頭多出了一股讓人難以忽略的壓力。

不過，他只感到了壓力，依然不見恐懼，他還有樂道三友這些忠誠的戰士可用於一戰。

第二章　奪鐘之戰

紀空手沒有出手。

之所以沒有出手，是在等待著一個最佳的出手時機。

他始終認爲，高手與庸手的區別最重要的一點，就在於時機的把握上，一個好的出手時機，可以讓你平添三分威力。

幸好這種等待並不需要太長的時間。

「叮……叮……叮……」

殿外傳來三聲清脆悠長的磬響，傳入主殿，念經聲倏然而止，殿內的和尚開始魚貫而出。

就在這時，紀空手出手了！

他的飛刀振出，發出一聲刺耳的厲嘯，破窗而入，按著他事先設定的路線如電芒般行進。

「呼……」刀破入虛空之中，帶動起一股強勢的氣流，向兩邊的燭火疾射而去……

「撲撲……」之聲瞬間響起，刀風過處，燭火俱滅，主殿頓時變成了一個暗黑世界。

「呀……」修行再好的和尚，也不可能抵受這突變帶來的驚嚇，早已亂嚷起來，腳步紛遝，再也沒有了先前誦經時的那份從容。

「大家不要亂，守住大鐘，不要讓敵人有機可乘。」殿中傳來那位卞將軍的聲音，臨危不亂，頗具大將風範，可惜的是，他的反應還是太遲了一些。

紀空手就在飛刀出手的剎那，整個人亦如箭矢標前，朝大銅鐘的方位疾撲過去。

他已經算準殿中人從熄燈之時再到燃燈，最快也需要十息的時間，這個時間雖然短暫，但對他來說，已經足夠。

當他的身體滑翔於虛空之時，不由得不爲自己這漂亮的佈局感到得意，主殿中雖然也有幾位不俗的高手，但在這混亂的黑暗當中，誰又能想到有人正在混水摸魚?

他甚至覺得，這一切似乎來得太容易了，並非他想像中的那般困難。

紀空手撲到大銅鐘前，沒有絲毫的猶豫，手臂鼓出一股大勁，震破鐘沿下的一塊石板，然後從縫隙中插入手掌，穩穩地將大鐘托住。

入手處已能感到千斤墜力的存在，若換在以前，紀空手絕對不相信憑一人之力就可將這千斤重物移開，但此刻的紀空手，對自己的補天石異力充滿了無比的自信。

當真氣在大小周天瞬間運行一周之後，紀空手明顯地感到了手上的力度在加強，然後深深地吸了一口氣，全身的勁力陡然在掌中爆發。

千斤銅鐘隨之而起，隨著掌力的上托，已經裂開了一個尺高的縫隙。

一寸、兩寸、三寸……

千斤銅鐘已然傾斜，倒扣的鐘口正一點一點地隨之顯現。

一聲佛號伴著衣袂拂動之聲，在紀空手的身後驀然響起，兩道驚人的殺氣如狂飆般飛速撲來。

這兩股殺氣來得如此突然，事前毫無徵兆，簡直出乎紀空手的意料之外。

他在未入主殿之前，就對主殿中的守將發出的氣息有所了解，並未發現可以對他構成威脅的高手藏身其中，但是出於一時的疏忽，他漏過了對殿中那些誦經和尚的注意。

正因如此，當這兩股殺氣迫來之時，紀空手雙手托鐘，面臨兩難選擇。

要麼放棄，要麼拚著硬受敵人勁力的風險，掀開銅鐘，奪走取寶之道。這兩種選擇都非上上之策，但紀空手必須在瞬間作出自己的決斷。

在這一剎那間，紀空手的心裡陡然生出了一種怪異的感覺。

這種感覺，近似於直覺，是他的功力在達到某種層次之後自然流露出來的對危險的敏感度。紀空手的心中立生煩躁。

他幾乎可以認定，自己正陷入一個精心佈置的殺局之中，雖然身後的殺氣來勢洶洶，但真正的殺機似乎不在他的身後。

他無法尋找到這股殺機的來源，這只是他的一種直覺，甚至無法判斷出這股殺機的大致方位。他只知道，這股殺機就像是一條蟄伏洞中的毒蛇，不動則已，一動致命，這讓他陷入被動。

紀空手只能深吸一口氣，讓異力在充盈的狀態下遍遊全身，使得全身的肌體完全處於最佳的應戰狀態中，以防突變。

「嗤……嗤……」兩道劍氣已然強行擠入了紀空手佈下的七尺氣場之中，這般迅疾的劍勢，留給紀空手作出決斷的時間已然不多。

在這緊要關頭，紀空手暴喝一聲，勁力如洪流瀑發，驀然掀開了千斤銅鐘。

同時他的人以飛箭之勢射向鐘口所覆蓋的地面。

「叮……叮……」兩聲清脆的聲響，是劍及鐘面傳出的聲音，紀空手躲過身後雙劍的襲擊後，手如鷹爪般抓向了銅鐘所罩的地面。

沒有！什麼都沒有，甚至連灰塵都沒有！

紀空手心中倏然一驚，就在這時，他的頭頂上突然有空氣異動。

一股至寒至烈的劍氣竟然來自於銅鐘之內，當這股劍氣漫入虛空時，連紀空手的心裡也產生出一股莫名的悸動。

這才是真正的殺局！也是敵人佈下這個殺局的關鍵所在。如果他們要殺的人不是紀空手，也許他們真能成功。

可惜，他們遇上的是紀空手！

紀空手的武功與智慧已經漸漸被世人所知，但他在危險面前表現出來的機變之術，遠比他的武功與智慧更具說服力。雖然這一劍的確突然、精確，幾乎達到了刺殺的極致，但紀空手的反應之快，肯定出乎了所有人的意料。

因爲他在敵人出劍之前，已經預知了危機，而這一切全拜他抓向地面的手竟然不沾一塵所賜。

這只是一個微不足道的小細節，很多人甚至會將它忽略不計。但紀空手卻正是從這個小細節中，看出了一個可以決定生死的問題。

千斤銅鐘倒扣於地已有多年，就算它不是積滿灰塵，也不至於乾淨到一點灰塵都不存在。但事實上正與此相反，那麼就只能說明一個問題，這銅鐘並非一成不變地靜扣於此！在此之前，已有人來過，否則鐘底絕不會如此乾淨！

聯想到曾經出現在自己意識中的那股殺機，加上這意外的發現，紀空手得到的第一反應就是：真正的殺機隱藏在這大銅鐘下！

所以他搶在敵人之前作出了應對之策，身子突然旋空，沿著開口的鐘沿滑轉一圈，來到了銅鐘之後。

他這麼做，只是躲過了來自大鐘之內的絕殺，並不意味著他就安全了。事實上他的人一出銅鐘，銅鐘之外的那兩股殺氣已如毒蛇般緊緊附隨。

直到這時，紀空手這才明白自己落入了劉邦設下的圈套之中，因爲這三個刺殺者的身手之好，絕非是想像中的弱手，而且他們之間的配合非常默契，顯然是經過精心策劃的一次行動。

「上當了！」紀空手的心裡不得不承認自己又被劉邦騙了一回。照理說，吃一塹長一智，以紀空手的聰明，應該可以避免此類事情的發生，但是這一次劉邦的演技實在逼真，加上這取寶之道對紀空手實在是太重要了，以至於一時不察，落入陷阱。

在紀空手看來，以劉邦現在手上的這點實力，根本無法與他們抗衡，正因爲有了這種輕敵的思想，才使劉邦的陰謀得以得逞。

此刻紀空手心如明鏡，已經洞察了劉邦的用心所在：對方就是以取寶之道作餌，然後將自己與五音先生置於死地！

想到這裡，紀空手再不猶豫，「鏘……」地一聲，拔出了久未出鞘的離別刀。

刀已在手，寒芒乍現，主殿上彷彿多出了一股驚人的壓力，充斥著每一寸空間。

「呼……」紀空手以最快的速度出手，截住了迎面而來的兩道劍鋒，一振之下，將敵人逼退數步。

他這一刀幾盡全力，是以敵人連退數步之後，一時間竟沒有再撲上，顯是被紀空手悍勇的刀氣迫得氣血翻湧，心神不定。

主殿中出現了剎那間的寧靜。

就連藏身銅鐘之內的那名殺手也悄無聲息，企圖藏於暗處，再尋良機。

「嚓嚓嚓……」幾聲火石撞擊，重新點燃燭火，紀空手環目一看，不由色變。

只見殿內殿外，已經設下了三層包圍圈，最靠近自己的一層，當然是這三位配合默契、出手無情的殺手；其次一層，則是剛才還在誦經作課的數十名和尚。當他們放下木魚，亮如兵刃的時候，沒有人會感到滑稽，反而覺得他們本就是超度別人的大師，唯一的不同是，真正的和尚是超度人上天堂，而他們是超度人下地獄。

這數十名和尚看似隨意而站，其實擺下的卻是一個「無天陣」。這種陣法適用於小規模的戰爭接觸，後來在江湖有識之士的慧眼下，加以改良，變成了當今江湖七大陣法之一。此陣防守嚴密，一經發動，難以被人突破，只是在攻擊方面，略有不足。

但這種弱點並非不可彌補，劉邦顯然預見到了這個問題，是以第三層包圍圈他佈下的是一排弓弩手，這些弓弩手不僅射術精湛，經驗豐富，而且體內都有不凡的真力，用之於射術之上，無疑大增威力。

而紀空手一人站在主殿的中心，赫然已成爲眾人的目標。不過，他很快從震驚中平靜下來，長刀在手，夷然不懼！環境愈是兇險，反而愈能激發他的鬥志與勇氣。

這種人也許是這個世界的另類，他似乎早已超出了人類的範疇，但正因爲這個世界上有了這一類人，才使得整個世界變得精彩絕倫，變得激情四射。而這一類人，通常就是人類所下定義中的英雄。

英雄與常人最大的不同，就在於他來自於常人，卻超越於常人，只要需要，他可以隨時發揮出體內的潛能，做出一些常人永遠無法企及的事情。

紀空手似乎正是這一類人，所以他的臉上沒有任何的驚慌，也沒有任何的恐懼，就在敵人驚詫莫名之時，他卻笑了。

他笑了，臉上泛出一絲淡淡的笑意，帶出一種不屑的神情。沒有人知道紀空手何以會笑，何以在這種險境中還有心情發笑，但每一個人見到他的笑容之後，都會爲他的自信與勇氣所震撼，一時之間，竟然沒有人敢跨前一步。

對紀空手來說，事已至此，無可畏懼，只有做到真正的無畏，他才有機會突破重圍。假如畏手畏腳，今日的大鐘寺，就是他的葬身之地。

他很清楚這一點，所以用藐視的目光去看待眼前的敵人，而他手中的離別刀，正一點一點地橫移胸前……

「世人都說，淮陰的紀空手絕頂聰明，如今看來，倒有幾分誇大之辭，真是見面不如聞名啊！」最靠前的那位殺手突然開口，聲音之冷，就像是地上的殘冰碎雪。

紀空手依然靜立，淡淡一笑道：「何以見得？」

「你若是真的聰明，就應該放下手中的刀，乖乖束手就擒。只有那些愚笨之人，才會相信自己憑一把快刀就能闖出這大鐘寺去。」那人哈哈一笑，似乎有幾分得意。

「閣下貴姓？大名如何稱呼？」紀空手並不著惱，而是非常有禮地問道。

「在下姓衛，別人都叫我衛十九。只要你放下刀來，我衛十九保證可以讓你揀回一條小命。」這衛十九出口便打包票，一看就知是個說慣大話的角色。

「原來是衛十九，久仰，久仰。」紀空手的臉上露出一絲古怪的笑意，道：「雖是久仰，卻是頭回見面，久仰你一向胡砍大氣，今日見面，始知聞名不如見面。」

此話一出，殿中有人忍俊不禁，笑出聲來。

衛十九顯然吃了一驚，不由重新打量起紀空手來。他很難相信，當一個人陷入絕境時，居然還能保持調侃說笑的心情，這簡直讓人不可理喻！通常出現這種情況，不是紀空手瘋了，就是他另有所恃。

想到這裡，衛十九看了看四周，不禁搖了搖頭，然後與衛十七、衛十五交換了一個眼神，腳步移動間，形成三角進攻之勢。

「你馬上會發現，這一切並不好笑。」衛十九狠狠地瞪了紀空手一眼道。

紀空手卻沒有回答，對方腳步的移動，讓他的眼中明顯多出了一絲詫異。

他雖然不知衛十九究竟是何許人，但據他所猜，想必與問天樓有所聯繫。這些人與問天樓是怎樣的一層關係，這似乎並不重要，可怕的是他們採取的三角進攻的確是攻防之道中非常難防的戰術之一。以三角爲支撐點，攻防互換，互補遺缺，其效力如何，少有人知道，但只要是稍懂土木知識的人都明白，三角是最有效的平衡之道。

紀空手不是車侯，不是土行，所以他不知道三角在土木中的妙用，但他作爲一個武者，一眼就看出了衛十九三人採取的戰術非常之可怕。

◆

在五音先生的眼中，樂道三友無疑是最忠誠的戰士，他們中的每一個人都有開山立派的實力，比及江湖中的一些宗師級人物，也毫不遜色。可是他們卻沒有爲聲名所惑，而是甘心默默無聞，躲在五音先生之後，爲自己追求的理想和信仰而奮鬥。

當這些影子從林木中晃悠而出時，樂道三友無不一驚，他們的手已經按在了自己所用的兵器之上，只等五音先生一聲令下，他們就將展開一場無情的殺戮。

但五音先生卻沒有出聲，沒有做出任何動作，只是將自己如電般銳利的眼芒逼射在十丈開外的衛三少爺的臉上。

衛三少爺彷彿視若無睹，淡淡而道：「你知不知道，何以家父會選擇我做衛三公子的影子，而不是讓衛三公子做我的影子？」

五音先生旋即想到了答案，卻不說話，因爲他忽然發現這個答案太過可怕。

「是的，你一點都沒有猜錯，因爲在家父的眼中，他老人家認爲我比衛三公子優秀。」衛三少爺似乎捕捉到了五音先生臉上的一絲變化，道。

五音先生相信衛三少爺絕對沒有自吹自擂的意思，相反，打一開始，衛三少爺就給人一種敍述故事的感覺，平平淡淡之中，不斷給人施加壓力。

這是一種心理戰術，五音先生聽說過江湖中有人擅長此術，卻從未見過，今日總算是開了眼界，同時也認識到了其厲害之處。

「這個答案實在是令人匪夷所思。」五音先生再次深吸了一口氣道：「江湖五大豪閥之中，說到武功，可以說是各有所長，並駕齊驅，絕對沒有人敢說自己有必勝對方的把握。我曾與衛三公子有過相逢，雖然未戰，但彼此間惺惺相惜，誰也不敢小視對方。假如說你比衛三公子還要優秀，那麼你這口氣實在大到了狂妄的地步，不僅可以淩駕於五大豪閥之上，放眼天下，又有誰還能是你的敵手？如蒙不嫌，我倒有心驗證一下。」

五音先生說到這裡，不敢大意，已將羽角木取在手上，只要無忘咒一起，他的攻勢便將在瞬息之間爆發。

衛三少爺微微一笑道：「我所說的優秀，並不是單指武道。說到武功，我問天樓中，只有一個天才，那就是衛三公子。而我雖然在武學修爲上有所不及之外，論及其餘，只怕他都得甘拜下風。」

他這口氣的確大得可以，但聽在五音先生的耳中，卻絲毫不覺得他有誇大之辭。因爲自對方現身以來，五音先生就感到自己一直處於被動之中，完全找不到屬於自己的節奏。

這的確是一件十分怪異的事情，更是五音先生成名之後遇到的僅有的一次，這讓他不由得更加小心謹慎起來。

要想打破這種被動的局面，唯一可行的辦法就只有採取主動。所以五音先生不再猶豫，羽角木在胸前一橫，道：「既然你在武功上有所不及，我當然只有先領教你的武功了。」

他已看出這數十名影子軍團的戰士個個身手不俗，假若時間拖得愈長，於己愈是不利，自己若想突圍而去，唯有速戰速決。

「這可有失你大家風範！」衛三少爺微微一笑，手已握在了腰間的劍柄上。

便在這時，一條人影從五音先生的身後閃出，大聲喝道：「對付你這種人物，何需先生出手？有我執琴者足矣！」

執琴者搶在五音先生之前掠出，身形之快，逾越電芒，本是空無一物的雙手，在行進間已然多出了一杆長矛。

五音先生微微一驚，明白執琴者的用意所在，頓時有幾分感動。

執琴者之所以要搶在五音先生之前出手，是想讓五音先生看清衛三少爺的武功路數，從而對症下藥，一舉擊破。但若是兩者武功過於懸殊，執琴者不僅達不到自己的目的，只怕性命堪憂。

五音先生正要將他喝退，突然間便見衛三少爺的身後悄然閃出一條人影，冷哼一聲道：「在下衛四，領教知音亭高手的高招！」

他的話音一落，人如鬼影般直進，劍自林木間閃出，晃閃虛空，搖曳出一片詭異劍影。

此劍一出，五音先生不由得暗暗爲執琴者捏了一把冷汗，同時也將目光瞟了衛四一眼。這衛四的劍法，的確達到了一定的水準，令人不得不刮目相看。

執琴者卻夷然不懼，長矛振出，迎頭面對，絲毫不想作任何的閃避。

狹路相逢勇者勝，這既是雙方之間的第一戰，誰也不想因爲自己而失了氣勢。

「轟……」劍矛終於相擊，爆出狂猛氣浪，向四方流瀉，散雪爲之而起，瀰漫空中。

兩人的身形同時退了數步，然後長嘯聲起，衛四的劍再一次劃出詭異的弧跡，逆風掠進。

此人能在這麼短的時間內調勻呼吸，重新發起攻擊，其內力之深，由此可見一斑。

五音先生心中暗忖：「此人的武功，絕對不會在執琴者之下，但以我的見識，在此前卻從未聽人說起江湖中還有這麼一號人物，難道說這影子軍團真的是藏龍臥虎，人才濟濟？」

饒是如此，五音先生依然對執琴者的武功抱有信心。樂道三友雖然很少出手，但只要出馬，從無失手的記錄。

「呼……」果不其然，當衛四的劍斜刺而來時，陡覺手腕處傳來一股大力，卻是執琴者手中的長矛揚起，正好截擊在劍勢前行的路線。

劍矛撞擊出一溜絢爛的火花，映紅了兩人猙獰的臉，可以看出他們已是全力以赴，一拚生死。

執琴者的腳步快得令人難以想像，配以詭異的步法，是以能在最短的時間內作出反應。在迎擊了衛四這異常快速的一劍後，他的長矛一盪之下，振顫出萬千矛鋒，直逼衛四的頭頂而來。

衛四駭然而退，斜劃劍鋒，企圖阻擋住執琴者攻擊的速度。對方表現出來的剛猛與霸烈完全出乎衛四的意料之外，令他頓有措手不及之感。

但他既然敢出頭應付首仗，自然有一定的本事，所以雖驚而不亂。在退的同時，非常講究步法的靈動，突然間閃入一棵大樹之後。

這片密林中的參天大樹實在不少，聳立於群林之間，頗有威勢。假如衛四企圖借樹身的掩護來與敵人周旋的話，以短劍制長矛，的確是一個不錯的主意。

可惜的是執琴者看到了這一點，根本就不想入林追擊，只是將長矛橫於胸前，傲然道：「請出林一戰！」

衛四得意地一笑，道：「你不敢入林一戰，就算你輸了吧，快滾回去，另換人手吧！」

執琴者顯然沒有料到對方竟是這般無賴，眉鋒一跳，冷哼道：「想不到江湖中還有你這樣的一號人物存在，倒也稀奇！」

卻聽衛三少爺在一旁微微笑道：「江湖之大，本就無奇不有，沒有旁門左道，就顯不出名門正派；沒有他衛四的見機應變，也就顯不出你的冥頑不化來。身爲一個武者，既有勝負之分，那麼不敗就是目的，只要目的達到，又何必在乎使用什麼手段呢？」

他的話引來一陣掌聲，抬頭一看，原來是五音先生雙手互擊，一臉冷笑。

「佩服，佩服，我雖然不知你比衛三公子的哪一點更加優秀，但有一點，我相信衛三公子是拍馬難及的。」

「哦，能得到五音先生的誇讚，天下少有，我倒想請教一二。」衛三少爺淡淡地道。

「那就是你不要臉的功夫，比起衛三公子來似乎又多了不少的火候，堪稱不要臉之致啊！」五音先生哈哈大笑起來，眼芒鎖住衛三少爺的臉上，很想看看他會有什麼樣的反應。

衛三少爺並不生氣，而是得意一笑道：「你說對了！我既然身為他人的影子，身體性命尚且不屬於我自己，要這張臉又有何用？武道最終的目的，就是打倒敵人，保全自己，無論你使用什麼手段，若是因為面子而敗在別人之手，那這面子便是失敗的禍首，頂個屁用。所以我影子軍團的第一條訓令，就是不擇手段，達到目的！」

執琴者突然冷哼一聲道：「你如果認為他躲在林中我就毫無辦法的話，那可就大錯特錯了。」

說到這裡，他的手微微一動，便聽「啪……」地一聲，手中的長矛竟然縮變成只有三尺左右的短矛。

衛四看在眼中，不由大駭，他之所以不顧身分躲入林中，是看準了這片密林的林距不大，假如執琴者追入林中，其長矛顯然不及自己的劍靈活，而且在演繹攻防之道的同時，必將受到林木的制約。這樣一來，自己就可以穩操勝券了。

但他絕對沒有想到執琴者的長矛還會變化，一旦變成三尺短矛，那麼自己的如意算盤也就落空了。

執琴者強行入林，踏雪而進，瞅準衛四藏身的大樹，步步緊逼。

衛四驟然感到了一股驚人的壓力。

「呼……」他採取了先發制人的戰術，劍勢一變，如靈蛇一般跳躍虛空，竟可借著樹身作出彎曲繞樹的攻擊。

執琴者的短矛隨之而動，說變就變，竟然跟隨在長劍之側，格擋不停，伺機還作出必要的反擊。

「叮……噹……」交擊之聲不絕於耳，兩人的動作都是以快制快，剎那間互擊了十數回合，衛四似乎是力有不支，突然向林後飛竄。

五音先生一直注視著交戰的雙方，也看出執琴者漸漸佔據上風，但他怎麼也沒有料到衛四會這麼快就選擇了敗逃。

他覺得這有悖常理，是以心中頓生警兆。

「窮寇莫追！」他發出了警告。在他看來，一切反常的背後，其實都蘊含著危機。

可惜他出聲太晚了，執琴者短矛一振，早在五音先生出聲之前已然緊追對方而去。

他並非不懂得「窮寇莫追」的道理，只是他對衛四剛才的行事作風實在著惱，恨不得將其殺之而後快，同時在他追擊的同時，目光緊緊盯住衛四的一舉一動，生怕對方另有詭計。

衛四退出數步之後，開始繞樹穿行，偶爾在退的同時，也能藉著大樹的隱蔽，作出一連串的反擊。

執琴者心中無名火起，雖然在表面上看，自己占到了上風，實則這衛四狡猾至極，根本讓自己無可奈何。當下也不猶豫，暴喝一聲，短矛加速前進，借樹幹一彈之力，飛撲向衛四的背部。

兩丈、一丈、七尺……

短矛激起的罡風，捲起地上無數的積雪，那種霸殺之氣竟有勢在必得的信心。

「呼……」衛四顯然感到了這如潮般的攻勢，無可奈何之下，回手一劍，正好點擊在矛尖之上。

一股莫大的巨力透過劍身，傳至衛四的手臂，將他的整個人帶起，向一棵大樹撞去。

執琴者微退兩步，身子不退反進，又揮矛追擊而去。

但就在這時，執琴者的眼中突然看到了一件不可思議的事情。

在他前行的腳下，原是一塊積滿散雪的平地，突然間兩邊一分，裂出一個如怪獸的大嘴一般的黑洞。

這不可怕，可怕的是在這黑洞之中，突然標射出一股令人心悸的寒芒，直迫向執琴者的咽喉。

這顯然是對方事先設下的伏擊！當衛四的身形在大樹上一撞之後，藉著反彈之力揮劍反擊時，執琴者心中已然明白自己落入了敵人的陷阱中。

他已剎不住身形，在向衛四發出這致命一擊的時候，已盡全力。此刻面對伏擊者突襲的一劍與衛四反攻而來的一劍，他手中的短矛只能格擋得了其中的一劍，而另一劍，他又如何化解？

這似乎已成難題，一個要命的難題，不過對執琴者來說，時間上不容許他有任何的遲疑，無論是否解得開這個難題，他都得解，無非是解開生，解不開死。

他暴喝一聲，首先將自己的短矛以無比精確的準度點擊在偷襲者的一劍上，然後借這一擊之力，強行橫移了七寸，讓出了自己的肩頭。

他這麼做的用意，就是欲以最小的代價換取自己求生的希望。經驗告訴他，只有懂得取捨，才是搏擊之道的行家。

果不其然，「嗤……」地一響，衛四的劍芒穿透了執琴者的左肩，鮮血四濺。那股衝擊之力帶動起兩人的身形飛往虛空，執琴者甚至看清了衛四那猙獰的笑臉。

「去死吧！」衛四近乎得意地叫道。

「就是死，老子也要讓你陪葬！」執琴者的臉已經完全變形，肩上的劇痛使得他的聲音更像是野狼般的嚎叫。

他說這句話的時候，已然抬起了自己的腳，等到衛四注意到這隻腳的時候，它已經到了他的胸前！

沒有人會想到執琴者在遭受重創之際還能這般勇悍，更沒有想到他的腳不僅有力，而且比電芒更快。衛四也不例外，所以一聲「蓬……」地悶響之後，兩人的身形同時向後跌飛。

執琴者的肩上插劍，人在空中飛跌，滑翔了數丈距離，眼看就要跌落在五音先生的面前。突然間，五音先生與弄簫書生、彈箏女同時撲出，搶在執琴者落地之前，將他一手抱起。

但就在這一刻，五音先生的心中突然感到了一股危險，雖然只是一種直覺，卻異常清晰，清晰得就像是馬上就要發生什麼一般。

高手的直覺通常都不會錯，所以五音先生相信這股危險的存在，可是他明明看見衛三少爺佇立未動，危險何在？

可是當他真的看到衛三少爺起動的身形時，心頭突然一寒！

因爲他發現自己的手在剎那間竟然不能動彈，好像被一雙精鋼打制的鐵銬箝住一般，而這對鐵銬，竟然是一雙活生生的大手！

大手的主人，竟是遭受衛四重創的執琴者，與此同時，五音先生只感到背上一陣冰涼，數股大穴都已被人在身後控制。

五音先生做夢也沒有想到，殺機會來自身後，會來自樂道三友的聯手一擊！

◆

紀空手選擇了以靜制動，在他看來，自己沒有把握破解敵人的三角進攻，一旦妄動，反而容易遭至敵人的襲擊。

在沒有把握的情況下，以不變應萬變，這是明智的選擇。

但是衛十九三人絲毫沒有停止自己腳步的移動，反而以紀空手爲軸心，加速了他們的運動。

紀空手驚駭之下，驀然發現了一個可怕的事實，那就是對方的三角進攻就像是一張魚網，正一點一點地隨著腳步的移動在收緊！當他們收緊的範圍愈來愈小時，所產生的壓力就會愈來愈大，最終制約目標有任何的發揮。

所以紀空手再不敢靜守，唯有強行出手。

「呼……」他的離別刀一經出手，便如烈馬飛奔，強行擠入了對方佈下的氣場之中，然後一觸而跳，在間不容髮之際對敵人的三方發起了試探性的攻擊。

他之所以要試探一下，是因爲他深知世上的任何陣法最講究的不是陣法的精妙，也不是施爲者的武功高低，而在於無間的配合以及整齊劃一的默契。無論是多麼精巧絕倫的陣法，假如沒有這兩點要素作爲支撐點，那也只能是買櫝還珠，不堪一用。

可是他一試之下，只覺得這三人的武功雖然未必一流，但之間的默契卻形同一人，好像是經過了多年的配合一般，把三角進攻的威力發揮到了極致。

他連出三刀，每一刀的角度無論多麼詭異，每一刀的速度無論多麼快捷，刀至的地方，便會遇到對方的三劍同出，織成劍網，形成寓守於攻之勢。等他換一個角度尋求突破時，卻發覺自己的刀鋒陷入了一團麵團之中，被一股強大的粘力所粘，速度竟然無從加快。

他這才明白，衛十九何以會說「你馬上就會發現，這一切並不好笑」，紀空手在聽這句話時，本來就是將它當作一句笑話來聽，可是到了此刻，他才發現，衛十九這般自信，當然有其自信的理由。

紀空手深深地吸了一口氣，讓自己的心神在剎那間冷靜下來。既然憑強力難以突破敵人的陣式，他唯有另闢蹊徑。

可是一時之間，哪來的應對之策？而敵人的陣法依然不減其速，按照自己的節奏在一步步收縮。

紀空手望著敵人眼花繚亂竄動的身影，突然想到了身邊的千斤銅鐘。

這千斤銅鐘橫倒於地，面積之大，足可以容人藏身，紀空手靈機一動，想到自己人陷陣中，敵人雖只三名，但在移動中恍如處處面敵，無論自己防守得有多麼嚴密，最終總會露出破綻。與其如此，何不龜縮於銅鐘之內？這樣一來，無論敵陣如何運動，它也只能從一面攻擊，這樣就可減少自己防守的難度，同時伺機反擊。

思及此處，他不再猶豫，跳入鐘內，頓時感到身上的壓力驟減。

衛十九顯然沒有料到紀空手會有這麼一手，三人心意相通，同時執劍封住了銅鐘的出口。

「紀空手，你果然有種，竟然學起烏龜來，鑽進洞中不出來，哈哈哈……」衛十九有意想激怒紀空手，是以出言放肆，狂妄之極。

「嗡……」從鐘內傳出一陣嗡嗡之聲，衛十九凝神聽時，卻只有一陣回音。

「你學起烏龜來可真是半點不差，連聲音也學得這般相像，哈哈哈……」衛十九又笑了起來，不知不覺中，他的頭竟探在了大鐘底的範圍之內。

就在這時，只聽「嗖……」地一聲，一道殺氣從銅鐘之內標射而出，直奔衛十九的面門而來。

衛十九心中一驚，趕緊縮頭，只覺腦門上一片涼颼颼的，竟然被這突然而至的飛刀擦破了頭皮。

他驚魂未定間，忽見一團刀芒從銅鐘之內暴閃而出。他的身形驚退之下，凌厲的刀風已將他罩入其中。

這是紀空手不遺餘力的一刀，也是決定他自己最終是否能夠成功突圍的一招，他只有這麼一個機會！只要重創了衛十九，那麼敵人的三角進攻也就不攻自破。

衛十九大吃一驚，根本沒有料到紀空手竟能在這麼短的時間內完成由守到攻的全過程。那刀中所挾帶的必殺之勢，讓衛十五、衛十七絲毫沒有補防的意識。

也就是說，這一瞬間裡，衛十九只能憑著自己的實力與紀空手單挑。

這絕對是一場實力懸殊的決戰，但對於衛十九來說，明知是輸，戰總比不戰要好。

所以他只有出劍，在刀芒最盛的剎那間強行振出萬千劍影，企圖破去這要命的一刀。

他已盡全力，劍勢狂猛，發揮了他平生所學的極致。他自信雖然不能完全阻擋住對方刀勢的進入，但至少可以爲自己贏得喘息之機。

而且他堅信，有了這點喘息之機的時間，已經足以讓他與衛十七、衛十五重組三角進攻。

一切都似乎已在他的算計之中，紀空手的這一刀對於衛十九來說，更像是一個無關大局的小插曲。

可是當他的劍鋒直刺時，才發現了一個可怕的事實！那就是他所刺中的，只是一團空氣，一片虛無，刀呢？紀空手的刀呢？刀又到了哪裡？

刀在虛空，在衛十九的後背！當衛十九刺出劍鋒的同時，紀空手以常人無法察覺的高速閃到了衛十九的背後，刀如驚雷劈下。

「叮叮……」就在衛十九感到死亡的恐懼時，衛十七、衛十五的雙劍已至，正好與紀空手的刀身相擊一處。

但在這一刻中，衛十七、衛十五同時感到手臂一震，一股巨大的彈力驀然產生，竟然身不由己地向銅鐘跌落。

紀空手毫不猶豫，暴喝一聲，人已閃在銅鐘之後，雙掌一推，一股大力暴出，竟將銅鐘倒扣於地。

他用這種方式巧妙地將衛十九三人的三角進攻化爲無形，同時刀身敲擊鐘面，發出令人心悸的驚響。

他這敲擊帶有悠長的內力，一敲之下，猶如一道驚雷鑽入銅鐘之內，然後才發出悶響一般，這種聲波的殺傷力遠非常人可以抵受，就算衛十九三人都有內力護體，依然難以抗拒這強聲的侵襲，已然身受內傷。

紀空手哈哈一笑，望向從四面八方飛撲而來的人影，突然暴喝一聲，猶如平空響起一道炸雷，將眾人震得一呆之下，他的人猶如沖天火炮般向殿頂衝去。

「轟……」殿頂隨之裂開一個大洞，瓦礫飛瀉，碎石激射，紀空手若一道光影飛出殿頂，剛剛站穩身形，卻見三條黑影已如狂飆般襲殺而來。

紀空手絲毫不覺吃驚，似乎早已料到對方會有這樣的安排，所以橫刀卓立，冷眼相看。

這三條黑影早已蓄勢待發，自三個不同的方位撲來，迅速封鎖了紀空手前進的每一條路線。他們的手中依然是劍，但其功力之深，已遠在衛十九之上。

不過對紀空手來說，他們未必會比衛十九三人更可怕！雖然他們的身手不錯，但沒有了陣形的輔助，紀空手反而覺得更容易對付。

紀空手的眼芒暴射，透過虛空，看到的並不是這三人襲擊而來的路線和身影，而是鎖定在殿頂一角的一道看似寂寞的身影。

其實當紀空手一躍上殿頂的剎那，就已經感受到了此人的存在。這倒不是說他的反應變得極度靈敏，而是此人身上的氣息實在讓紀空手感到太熟悉了，熟悉到無法忘卻的地步。

因爲此人不是別人，正是當世漢王——劉邦！也是這場殺局的策劃者！

此時的劉邦，雙手背負，悠然站立在殿頂的一角，根本就沒有將目光注視到紀空手的出現。他只是抬頭望向寒夜中的蒼穹，似乎在觀望著什麼，又似在探尋著什麼，只是他此刻這隨意的一站，渾身上下便湧出了一股讓人無法形容的霸殺之氣，猶如高山峻峰一般，讓人無法攀援，更不可揣度。

「他的武功也許就和他的城府一樣，都是深不可測，不過無論如何，自己和他必將會有一場驚心動魄的生死之戰！」這是紀空手瞬息之間的預感，當這種預感閃過腦海之際，他渾身上下已散發出一股勢不可擋的殺氣。

三條黑影無不爲之心驚，情不自禁地出現了一絲顫慄，而此刻他們的身形都擠入了紀空手的七尺氣場之內。

「呀……」紀空手發出一聲暴喝，全身的勁力藉著這一喝之威驀然爆發，離別刀生出數尺青芒，隨一道圓弧劃將出去。

「嗤……嗤……」刀芒之勢猶如吞吐不定的火焰，席捲了數丈範圍內的一切，瓦片重疊向後飛瀉，那三條黑影眼見勢頭不對，無不飛退。

但無論他們的身形有多麼快捷，都無法與刀芒橫掃的速度相提並論，所以當他們退到一定距離之後，都忍不住狂噴了一口鮮血。

直到這時，劉邦才將目光轉移到紀空手的臉上，微微一笑道：「我的決定通常都不會有錯，你的確是我要殺的頭號大敵！」

他一擺手，讓那三名黑影退到一邊。

「所以你才會以登龍圖中的取寶之道爲餌，誘我和五音先生上鈎！」紀空手似乎毫不動氣，變得異乎尋常的冷靜。假如是不知內情的人看到這一幕，還以爲是故友重逢，閒聊往事呢。

「因爲本王知道你們非常需要它，所以就投其所好，想不到你們果真來了。不過，本王的確沒有欺瞞你們，登龍圖上寫得非常清楚，要取寶藏，先尋銅鐘。銅鐘本王倒是找到了，卻沒有發現內中的玄機。紀少聰明過人，如今見了銅鐘，不知可尋出了取寶之道？」劉邦裝出一臉無辜狀，淡淡而道。

「這麼說來，關於韓信的事情，你也是在撒謊囉？」紀空手問道。

「不。」劉邦搖了搖頭道：「本王對你們所說的一切，都是真話，甚至包括這銅鐘的事情。唯有一點，就是這銅鐘裡根本沒有取寶之道，若非爲了誘你們上鈎，本王早已將它砸了，看看裡面到底藏了些什麼祕密。除此之外，本王也沒有說謊的必要！」

「哦？」紀空手冷眼看了他一眼道：「倒要請教！」

劉邦道：「在本王的眼中，你和五音先生都是絕頂聰明之人，若想引你們入局，除非實話實說，別無他法，所以這是本王必須說出實話的原因。其二，在本王眼裡，對一群死人說一些實話，無關緊要，畢竟死人不會說話，就算他聽到了一些機密的事情，也只能深埋地下。」

他的眼裡流露出一絲不屑之色，彷彿在他的眼中，紀空手已是一具死屍。

紀空手不氣反笑，道：「你真的這麼自信，有將我置於死地的把握？」

「本王也許沒有這個把握，但是他們兩人絕對有！若不信，你可以回頭看看。」劉邦終於笑了起來。

紀空手心中一驚，驀然感應到自己身後五丈之外，果然有兩股似有若無的殺氣存在。他不用回頭，已能感覺到殺氣的擁有者具有非同一般的實力。

他的心神不由一怔，卻被劉邦的眼芒迅速捕捉。

「你和五音先生這次所犯最大的錯誤，就是低估了本王的真正實力！也許你們會認爲，自霸上一役後，隨著衛三公子的自盡與眾高手的戰亡，問天樓也隨之走向沒落，而本王也就再也沒有力量對你們構成威脅，所以才會放下心來，前來上庸。但是你們絕對沒有料到，問天樓這個組織之龐大，根本不是別人可以輕易撼動的，表面上看，它的精英盡去，但實際上它所遭受的損失只是一小部分而已。若非如此，以衛三公子之精明，他又怎敢放心而去呢？」劉邦在得意的同時，眼中閃出仇恨的目光，面對自己最大的仇人，他幾乎有點按捺不住自己的情緒。

「我們的確低估了你。」紀空手相信劉邦所說都是實話，因爲有了身後的這兩名高手，再加上深不可測的劉邦，紀空手看上去真是死定了。

不過對紀空手來說，他還有一線的希望。

劉邦顯然看穿了紀空手的心思，突然驚詫地問道：「怪了，怎麼不見五音先生與你一道來呢？就算他在門外把風，聽見寺裡的動靜，也該過來看看才對呀？」

紀空手心中驀然感到了一絲恐懼，因爲他深知劉邦的爲人，若事情未到穩操勝券的地步，他就絕對不會如此得意。

一種不祥之兆頓時充斥了紀空手的整個心靈。

以五音先生的武功與智慧，難道還會遇上兇險嗎？

紀空手望著劉邦那充滿自信的笑臉，不由得將信將疑起來。

第三章　忠與不忠

樂道三友，是唯一不是來自於五音先生家族的知音亭人，但在五音先生的心裡，卻一直將他們視作自己的心腹。

樂道三友能得到五音先生如此信任，不僅是他們因爲跟隨五音先生長達三十載之久，更是都經受住了五音先生的百般考驗。可是當五音先生真正信任他們的時候，他們卻成了內奸！

這是不是很可笑？

五音先生卻沒有感到有任何可笑的地方，他只是覺得自己的心裡好痛，痛得麻木，讓人不知痛的滋味究竟是什麼。

他自信自己待人一向不薄，對自己的每一名屬下都是視作朋友，特別是樂道三友，因爲這三人對音律極富天賦，是以更合他的胃口，以禮相待。但是，他萬萬沒有料到，背叛自己的竟然會是他們三人。

這種無言之痛令五音先生沈默，但一股寒氣自咽喉處傳來，頓令他的頭腦變得超乎尋常的冷靜。

當他抬起頭來時，便見到了衛三少爺近在咫尺的臉，在他的咽喉與衛三少爺的手之間，正好以一把快劍構成了兩者之間的距離。

衛三少爺的臉上完全是一副勝利者的姿態，他完全有這樣的資格，因爲他手下的敗將，竟然是赫赫有名的知音亭主人五音先生。只憑此戰，已足以讓他名揚天下。

但唯一讓他感到遺憾的是，五音先生的臉上並沒有失敗者的沮喪，而是以犀利的眼芒，逼射向樂道三友。

「爲什麼？這是爲什麼？」五音先生只是重複著這一句話，若利刃般的目光掃得樂道三友盡皆慚愧得低下了頭。

「你無須責怪他們。對他們的忠心，你也勿庸置疑，因爲他們姓衛，效忠問天樓才是他們應盡的義務與責任！」衛三少爺淡淡一笑道。

五音先生渾身一震道：「怪不得，原來你們竟是問天樓的臥底。」

衛三少爺道：「他們不是臥底，他們這三十年來投身知音亭，只有一個目的，那就是不顧一切手段取得你的信任。即使你在三十年間七次派出他們三人去刺殺問天樓的數十位高手，有幾次中曾經是他們的親人，但他們仍毫不手軟，絕不容情！而他們所做的一切只是爲了等待，等待的剛才那一瞬間的機會。」

「你們這麼做，豈不是有些小題大做？」五音先生已然恢復常態，冷笑一聲道。

「在我們問天樓裡，只講努力，不講僥倖，所謂付出了多少心血，就會有多大的回報，因此在我們的眼中，每做一件事情都是經過了周密的計畫才開始安排佈局的。可以這麼說，自問天樓創立以來，最爲艱難、最費心血的一個殺局，就是爲你而設的，所以你應該感到榮幸才對。」衛三少爺的話中絲毫沒有誇張之意，這一點完全可以從樂道三友的臉上看得出來。

「我真的值得你們這麼費神嗎？」五音先生自我解嘲道。雖然他的人已被樂道三友控制，但他絲毫不失大家風範，顯得非常平靜。

衛三少爺冷笑一聲道：「當然，因爲你是知音亭的主人，是問天樓稱霸江湖的絆腳石，更是我衛國復興大業的一大障礙！所以我們等了三十年的時間，犧牲了七位高手的性命，耗盡了他們三人最美好的青春時光，假若還不能將你扳倒，天理何在？」

「天理？」五音先生「嗤……」地一笑，道：「若是真有天理，只怕你們未必就能陰謀得逞。」

「可是遺憾的是，最終的勝利還是屬於我，而你，卻只能作爲一個失敗者來接受這種慘澹的結局。」衛三少爺冷酷而得意地說道。

「你真的以爲憑他們三人就想制住我嗎？若是真有這麼簡單，我還需要你們問天樓花費這麼多的心血來佈下這樣的一個殺局嗎？」五音先生突然笑了起來，笑意中竟然多出了一股自信。

紀空手望著劉邦終於忍不住心中對五音先生的擔心，沈聲問道：「你這麼說的意思，是不是五音先生已經栽在了你們的手裡？」

「是。」這一次劉邦回答得非常乾脆。

「我不信！」紀空手這麼說，是源自於他對五音先生的自信。在他看來，五音先生已經介乎於人與神之間，放眼天下，有誰還會是他的對手？

「你可以不信，但本王可以保證，這一切都是事實。」劉邦微微一笑，他希望紀空手在聽到這個消息之後會喪失鬥志，喪失勇氣。一個沒有鬥志與勇氣的武者，無論他曾經是多麼地強大，在劉邦的眼中，都不足為懼！

他頓了一頓道：「五音先生的武功蓋世，智慧過人，的確是當世江湖中數一數二的奇才，但是不要忘記，無論他多麼厲害，他終究是人，而非神，只要他還是人，就會有弱點存在，會有錯誤發生！而一點錯誤，已經足夠致命。」

紀空手卻笑了：「就算他出現失誤，你們中間又有誰能抓住？」

劉邦深深地看了他一眼，這才沈聲道：「沒有多少人可以抓住五音先生的失誤，但在我們中間，正好有那麼一個，他就是衛三少爺。」

「我沒有聽錯吧？是衛三少爺，還是衛三公子？」紀空手的眼中閃出一絲驚疑。

「是衛三少爺，在某種程度上說，他遠比衛三公子更可怕，所以五音先生只要出現一點點失誤，他就死定了。」劉邦冷冷地道。

紀空手從來沒有聽說過「衛三少爺」其名，可是在冥冥之中，他似乎又感應到了這個人物的存在。最不可思議的是，當他的心中有所預感時，一種不祥之兆卻如陰魂般纏上了他的心頭。

他不敢再停留此處，必須馬上離開。離開的原因只有一個，那就是必須盡快見到五音先生，唯有這樣，他的心裡才會平靜。

但是，前有劉邦，後有兩位不曾謀面的高手。以紀空手此刻的實力，要想從三位這等級數的高手之間逃脫，實在很難。

「那麼就請動手吧！」紀空手決定還是要試上一試，對他來說，這世上從來就沒有絕對的事情。

「本王也很想與你一較高下，但是有了『聲色犬馬』中的『聲色』二使者，似乎已用不著本王親自動手了。」劉邦微微一笑，好像對紀空手身後的兩位高手顯得信心十足。

「聲色犬馬？」紀空手不由一怔，似乎是第一次聽說這個名字。

「一個人如果喜好聲色犬馬，難免就會玩物喪志，但一個人如果遇上聲色犬馬四位使者，他不僅會喪志，更會喪命！因爲無論你怎麼看，他們都像是勾魂的使者！」劉邦微笑而道：「不過，你的運氣還算不錯，正巧本王派走了犬使者與馬使者去探查項羽身邊幾個紅人的情況，所以對付你的，只有聲使者與色使者，但照本王看來，好像已足夠。」

於是紀空手只有回頭，當他的目光一掃之下，他怎麼也沒有料到，在這寒冷的雪夜中，自己將要面對的，竟是一個完全赤裸的美女。

這位美女看上去不到三十年紀，眉目如畫，豐韻撩人，肌膚寒雪。渾身上下，那凸起處有如奇峰怒突，凹下處更添幾分迷人，窄細纖腰，不容一握。那白玉凝脂般的粉臀雪股，即使是鐵石心腸的男人也會頓生柔情，說不盡的愛憐。

而在她的兩手臂彎處，纏繞著一段紅綢，飄舞於敏感部位之間，若隱若現，更讓人平添幾分遐想。

紀空手心中一凜，強壓下小腹中升騰起的一股無名火，再看美女身邊的那位瘦小老者，不由生出幾分詫異道：「這美女稱爲色使者，倒也應景貼題，但你這糟老頭子叫什麼聲使者，不知有何根據？」

話音方落，卻聽耳邊響起一個炸雷般的聲音：「能與淮陰紀空手一戰，是老夫的榮幸，咱哥兒倆可得多親近親近。」

紀空手只覺耳鼓嗡嗡作響，聲波震顫中，幾疑耳膜被這巨聲震破。當下運勁於耳，內力滲透，這才恢復先前的聽力。

他循聲而望，這才知巨聲竟是來自於瘦小老者，想不到如此瘦小的身材，竟能發出這般洪亮的聲音，這既有天生的因素，想必也是隱挾內力之故。

「既是一戰，又何來親近？縱是要親近，我也會選擇閣下身邊的佳人，而不是閣下。」紀空手讓自己冷靜下來，然後再尋逃生之道。他一眼看到聲色使者，便知劉邦所言非虛，他們的確有與自己一戰的實力。

色使者「噗哧」一笑，媚眼拋來道：「看來還是紀公子是識趣之人，懂得男女之間的妙趣，既然你有情來妾有意，那就讓我們兩個親近親近。」

她腰肢一扭，已然跨前幾步，乳波臀浪中，隱送一股香風而來，便連紀空手也有些面紅耳赤起來。

「能得美人青睞，那是在下的榮幸。但在下卻不知美人這一番親近下來，是要在下失身呢，還是要在下丟命？」紀空手只覺這美人放浪之間，帶有一股撩人的野性，比及張盈，似乎各有擅長。

「瞧你說的，你若與妾身親近一番，只會身失，命又怎會丟呢？真要去死，也只有一種死法，那就是美死你。」她盈盈一笑，頓現萬種風情。

紀空手嘴上雖然與之調笑，但心中忖道：「這聲色使者似乎並不急於動手，這是怎麼回事？難道他們只是一個幌子，而動手者另有其人？」

想到這裡，他陡然一驚，神色間閃過一剎那的迷茫。在這一刻間，他竟然感覺不到劉邦的存在，這幾乎是不可能發生的事情，但卻驚奇地發生了。

而他所能感受到的，只有一把劍，一把帶著霸殺之氣的劍！這把劍如一種意念般清晰地進入到紀空手的思維之中，而劉邦，彷彿在一剎那間與劍融入了一體，使得這把劍有了生命的靈動與人性的概念。

紀空手深深地吸了一口氣，用自己的靈覺去感受著這近乎荒誕的現實。他在意念之中，只覺得這劍在擴散著某種氣機，隨著空氣的流動而擴散。當他試著想要觸摸它的時候，它卻如流動的水勢般正一點一點地將自己包圍。

這難道就是傳說中的「人劍合一」？

此刻的紀空手，對武道的研究已有了極深的造詣。從理論上來說，當一個人的生命力與精神力達到一種至高境界時，他可以將他的生命與精神注入到某個實體，從而在這個實體上重新再現他的生命與精神。但紀空手卻懂得，要達到這種至高的境界，首先要讓人處於一種「無欲無求」的狀態，而要做到這一點，幾乎不是人類可以完成的。

也就是說，這個世上根本就沒有真正的「人劍合一」，而紀空手所感應的一切，只是一個幻覺，甚至是一種錯覺。

思及此處，紀空手的靈台一明，氣機轉動間，真真切切地感到了劉邦與那把劍的存在。他們完全是兩個獨立的概念，唯一的聯繫只是劉邦的手中握著這把帶著霸殺之意的劍。

可是以紀空手此時的功力，心神怎麼會在刹那間受人控制，而產生了本不該有的錯覺呢？

他將目光鎖定在了聲色使者的身上。

「聲色二字，本就旨在惑人。以色擾其目，以聲亂其耳，他們的目的，就是爲了吸引我的注意力，然後給劉邦造成乘虛而入的機會。」紀空手豁然明白了這其中的道理，同時也明白了何以色使者要在這寒夜之中如此暴露，只要是正常的男人，乍眼看到這麼一具惹火撩人的胴體，能做到心靜不波的又有幾人？

只要紀空手心猿意馬，注意力一有分散，劉邦的精神力便會透過劍氣的蔓延侵入紀空手的意識之中，從而控制紀空手的所有意識。但他沒有料到，紀空手以自己超人的智慧識破了他們的意圖。

此時的紀空手，眼神依然顯得有幾分迷茫，表情也多了幾分木訥，好像他已經完全受人控制。

聲使者的嘴在不停地張合……

色使者的的小蠻腰更如蛇形般拚命扭動……

而劉邦的眼芒，以手中的劍鋒爲準心，死死地瞄準了紀空手的背心。

只要出手，這必是勢在必得的一擊！

所以在他們三人的眼中，紀空手看上去就像是一隻掉入陷阱的野獸，死亡對他來說，只是遲早的問題。

然而誰又會想到，當聲色使者肆無忌彈地迫入紀空手身前一丈範圍之時，紀空手會在這一刹那間陡然起動？

紀空手一旦起動，便快逾電芒，完全沒有了先前的那份木訥與迷茫，而且他行動的方向，更是讓人覺得不可思議。

因爲他從來時撞開的破洞中而去，又回到了主殿之中。

這是他早已設計好的逃跑路線，然後在對方最爲得意的時候施行，真正做到了出其不意。

殿中的敵人顯然沒有料到紀空手還會去而復返，一怔之下，紛紛圍上。紀空手卻暴喝一聲，從殿牆的一端破壁而出，只在那堵牆上留下一條清晰的人影。

他沒有選擇從門窗而出，是擔心遇上不必要的麻煩。對他來說，此時的時間異常珍貴，也許意味著就是五音先生的生命。

但是前方還是出現了一道人影，是那位指揮主殿作戰的卞將軍。

卞將軍手中拿的同樣是刀，單看刀身泛出的一片暗紅，就知道他所殺的人絕不會少。

紀空手卻毫不在意，迎頭而上，彷彿在他的眼中，並沒有這個人的存在。

他踏前的步伐就像是戰鼓在敲擊，鏗鏘有力，整個人的行動猶如一頭行將捕食的魔豹，帶著勢不可擋、勇往直前的氣勢。

卞將軍的刀已在抖，手已在抖，身子也在不停地抖索。他怎麼也沒有料到，當一個人勇往直前的時候，會變得如此威勢。

「哐……噹……」他作了一個明智的選擇，就在紀空手踏入他三丈之距時，棄刀而逃！

劉邦人在殿頂的一角，劍已不在，雙手背負，清清楚楚地看到了這可笑的一幕。可是，他並不覺得這位卞將軍這麼做有什麼可笑的地方，也並不因此而感到憤怒，他只是緊緊地盯住那即將消失的紀空手的背影，彷彿看到了他體內那種無窮的力量與巨大的潛能。

這的確是一個非常可怕的對手！

劉邦不得不承認這個事實，可是當聲使者帶領人馬欲追擊時，他卻擺了擺手。

劉邦之所以如此做，並不是想放紀空手一馬，而是紀空手既然是救五音先生，那麼他走的這條路仍是一條死路。

因為劉邦相信衛三少爺，相信影子軍團，他們既然可以讓五音先生成為敗者，那紀空手也就更不在話下。

此刻的他，只想來一杯香茗，然後靜候佳音。

◆

五音先生話一出口，每個人的眼神裡都帶出幾分詫異，同時注視到了五音先生的臉上，似乎不敢相信剛才的話是出自於五音先生之口。

弄簫書生冷哼一聲道：「如果你是在恫嚇我們的話，那你就錯了！這三十年來，我們對你的一切，可以說是瞭若指掌，在沒有絕對的把握之前，我們是不會動手的。」

「是嗎？」五音先生的雙手已被執琴者的大手緊緊箍住，而他背部的幾處要穴也完全在弄簫書生與彈箏女的掌握之中。他們所掌握的分寸力道無一不是恰到好處，妙至毫巔，由此可見，他們為了這個動作的設計與配合花費了不知多少心血，又怎會出現他們意想不到的紕漏呢？

所以無論五音先生表現得有多麼自信，多麼平靜，對樂道三友來說，他們都不會相信五音先生還有一戰的能力。而且在五音先生的咽喉之上，還有衛三少爺的一把劍，這就更讓人有一種「大局已定」的感覺。

他們將五音先生的冷靜歸結於大家的風範，以及深厚的內力修為與良好的個人修養，所謂的「泰山崩於前而色不變」，這本就是五音先生此類人物應有的氣度。

「既然你們認為我已無力還擊，那就動手吧！我知道你們等這一刻的時間實在是等得太久了。」五音先生淡淡一笑，彷彿已將生死置之度外。

「一個人能將生死看得如此平淡，的確可以讓人由衷敬佩，但生死對你我來說，已不重要，而以你的生命來換取我所需要的東西，這才是我最看重的。」衛三少爺的眼芒一閃，緊緊盯著五音先生的眼眸，企圖從中看到他所需要的表情。

可是，他失望了。五音先生的眼眸裡，深邃而空洞，讓人根本無法從中看到什麼。

「你是想要我歸附於你問天樓名下，然後去為你和劉邦打天下？」五音先生淡淡一笑道。

「難道你不覺得這是一個不錯的建議嗎？當衛國復國之後，你和你的知音亭依然雄立於江湖之上，享受著別人無法企及的盛名。」衛三少爺說得很是動情，他甚至在想，假如換作自己，壓根兒就不像五音先生這樣思前顧後，早已一口答應下來了。

五音先生卻搖了搖頭道：「這只是你一廂情願的想法，其實在最初的一段時間，我也曾看好劉邦，立志要輔佐他得到天下，但是很快我就發現，在劉邦的身上，縱然風雲一時，也未必能最終獲得天下！這是我拒絕你的原因之一。我知音亭創立百年以來，能夠闖下今天這樣的聲名，不僅是靠歷代祖先努力拚搏的結果，也是我知音亭數千門人浴血奮戰才換來的果實，就算我能為了一己之生命而放棄原則，只怕這數千子弟也絕不會答應，這是我拒絕你的原因之二。至於第三點原因嘛，你馬上就會看到。」

五音先生說完這句話後，整個人突然從樂道三友的禁錮中解脫出來，身形向後滑退數丈，羽角木在胸前一橫道：「我既無生命之憂，這條件又從何談起？」

他的整個動作快逾電芒，如行雲流水般流暢，一經滑退，立引得眾人無不心中駭然，就連衛三少爺這等級數的高手，也絲毫沒有作出應有的反應。

這一切實在太突然了，突然得讓人根本無法相信這是事實。

明明五音先生已在樂道三友的嚴密控制之下喪失了行動的自由，他又怎能在片刻功夫之內脫出樂道三友的禁錮，自行解穴，成功滑退呢？

而在五音先生作出這一連串的動作之間，樂道三友好像沒有任何的反應，始終保持著同一個姿勢，一動不動，眼睜睜看著五音先生從他們的手心溜走，難道說他們在不經意間，反遭到了五音先生的暗算？

這是一個謎，令人匪夷所思的謎！至少在衛三少爺的心中，這是一個無法破解的謎。

以樂道三友的身手，在江湖上絕對稱得上是一流好手，而且他們點穴制穴的功夫更是江湖一絕。放眼天下，能夠在他們三人聯手出擊之下還有還手之力的，實在不多，但五音先生能在有意無意間破穴成功，反而讓他們三人穴道受制，這不能不說是一個奇蹟。

難道說五音先生的武功真的突破了人類的極限，達到了武道的極峰嗎？如果這是一個事實，那他豈不是無敵於天下？

思及此處，衛三少爺情不自禁地退了一步，放眼看去，卻見五音先生依然是那麼地悠然自得，臉上泛出一絲淡淡的笑意。

「天才！你果然是武界中少有的天才！在這種絕境下你還能逃脫，已足可讓我佩服得五體投地了！」衛三少爺很快恢復了常態，環伺自己身邊的數十名手下，他的信心依然十足。

「承蒙誇讚。」五音先生微笑道：「我始終認爲，這個世上本沒有絕對的事情，當你認爲我絕對沒有還手之力的時候，我的機會就來了。」

「但是換作別人，他依然解不開樂道三友的制穴手法，更不可能在毫無徵兆的情況下反制其穴。要知道，當時我手中的劍正好指在你的咽喉上！」衛三少爺的心中突然生出一絲不可抑制的懊悔，就在剛才，這位江湖上赫赫有名的豪閥的生命就在自己的掌握之中，但不經意間，又眼睜睜看著它從自己的掌心中悄悄溜走。

「不錯，如果是別人，機會來了，他也未必能一手抓住，而我卻不同，樂道三友研究了我三十年，他們也已知『無忘咒』武學的缺陷，所以他們自傷其體，讓我動情，方才偷襲成功。但他們卻不知，我又何嘗不是對他們的武功瞭若指掌呢？相信在我的眼力之下，他們的任何武功都不可能有所隱瞞。我雖然沒有想到他們是問天樓的內奸，會背叛於我，但他們也沒有料到在我的『無忘咒』內力中，有一種反滲透的倒流程式。當他們的手制住我的穴道的同時，我的無忘咒內力也通過穴道對他們的內力形成一定的控制。在不知不覺中，導致他們的內力滯流不暢，形成暫時的癱瘓。」五音先生淡然笑道，就像是傳課授業的私塾先生在教授弟子一般，顯得極有耐心。

「聽君一席話，令我茅塞頓開。」衛三少爺冷哼一聲道：「不過就算你能逃過剛才的一劫，也未必就能逃過我數十名影子戰士的攻擊，你還是認命吧！」

五音先生傲然道：「認不認命在於我，能不能讓我認命就要看你們的本事了。」

他緩緩地轉過身來，竟然背對著衛三少爺與數十名影子戰士，顯得狂妄之極，但是在衛三少爺等人的眼中，卻一點都不覺得五音先生這一舉動有何不適，反而覺得正是這種張狂之態才是五音先生這種高人應有的本色。

在這一刻，沒有人敢跨前一步，包括衛三少爺。

他們只感到眼前這道孤傲的背影就像是傲立於驚濤駭浪間的一方岩石，又像是屹立於山峰之巔的一株古松，在不經意間，向世人展示著他頑強的生命力與蓬勃的生機。

每一個人都清晰地感應到了這一點，是以才沒有人敢踏出這第一步。

密林間一片寧靜，寧靜中更有幾分肅殺，那種沈悶的壓力充斥在林間的每一寸空間。

五音先生依然靜立，臉上依然是一副微笑的表情，但就在這平淡之中，卻湧動著無限的殺機。

衛三少爺絕對是可以和五音先生比肩的高手，但他也爲五音先生所表現出來的氣勢吃驚，不可否認，當五音先生沈默的時候，遠比他說話之時更可怕。

雪夜中的寒風，一片淒寒，帶動五音先生的衣袂飄起，有一種說不出的飄逸。

衛三少爺看著他這宛如神仙般灑脫的背影，臉色變得十分難看。他一向對自己的武道修爲有著超常的自負，甚至從來沒有將江湖五閥放在眼裡。可是到了今天，當他面對五閥之一的五音先生時，才發覺自己的自負是一件多麼可笑的事情。自己率領著數十名影子戰士竟然不敢跨前一步，還何談與之抗衡、與之一戰？

這簡直就是一種恥辱！

沈悶的僵局，只維繫了數息的時間，衛三少爺終於向前跨出了一步。他必須向前，無論對方有多麼的可怕，在他的字典裡，從來就沒有「害怕」與「後退」的詞語。

與此同時，五音先生的眉鋒輕輕一跳。

衛三少爺絕不後退，也不想冒進，他手中的劍已然斜指前方，勁氣充斥下，已有青芒吞吐不定，發出「嗤嗤……」之音，顯得霸氣十足。

劍鋒所向的數丈範圍內，頓時一片肅寒，如一道橫亙虛空的山樑，將無盡的壓力緩緩推移前方，幾如勢不可擋。

一劍之威，能夠演繹至斯，可見衛三少爺對武道的解釋，的確深刻，也難怪他有與五音先生一戰的決心。

劍，在一點一點地延伸，如流雲飄在虛空，劍氣若抽象的風，隨意念在空中擴散。三丈之距，已不成爲距離，劍氣甚至在不知不覺中透過靈覺侵入了五音先生的心中。

五音先生緩緩地閉上了眼睛，一種將死的落寞，一種對生命的無奈，深深地觸動了他的靈魂，讓他有一種從未有過的平靜。

誰也不會想到，此刻的五音先生所表現出來的強大，只是一種僞裝。當他從樂道三友的手中滑退的刹那，他已不再是那位武功蓋世、叱吒風雲的五音先生，而只是一如常人、普通至極的五音先生。

他所說的「無忘咒」的確有一種反滲透的倒流程式，一旦啓用這種心法，其效果也如同他所說的那般神奇，可是他隱瞞了一點：若啓用這種心法，必須要以自斷經脈爲代價，借這一衝之力，來化解對手的制約。

他本可以不用這種非常的手段來換取這片刻的自由，他也可以答應衛三少爺的要求來獲得生命的重生，但是他沒有，因爲他是五音！

他有他自己的尊嚴，他更要保全知音亭的尊嚴，在那種情況下，他似乎別無選擇！

而且，他也並不後悔自己作出這樣的抉擇。

他的臉上，還是那種淡淡的微笑，心中，已然靜若止水，如果說他還有一絲牽掛，那就是紅顏與紀空手了。

只有想起紀空手，五音先生的心神才不由得爲之一顫，因爲他突然想到了一件未了的心事……

而就在這時，衛三少爺的眼睛一亮，因爲他捕捉到了五音先生心神中的這一變化。

這是一個機會，雖然這個機會來得非常突然，甚至有可能是五音先生的誘敵之計，但衛三少爺已經不想錯過它。

其實當五音先生從樂道三友手中解脫出來時，衛三少爺就有所懷疑，因爲他絕不相信，人的潛能可以達到如此神奇的地步。

所以他開始了試探性的接觸，用自己迫發出來的劍氣去試探五音先生佈下的氣場，然而奇怪的是，他根本就沒有感受到有任何壓力的存在！

這只有兩種解釋，一種是五音先生故意爲之，誘敵深入，然後再後發制人，實施毀滅性的攻擊；還有一種可能，就是五音先生身受內傷，已無防禦能力。

無論是哪一種可能，都已經不能阻止衛三少爺的出手，即使是前一種可能，他也要試上一試。

他不再猶豫，劍身一振，幻化出一張鋪天蓋地的劍網，向五音先生籠罩而去。

此際已是寒冬，天氣本就冰寒，在衛三少爺出劍的一剎那，每一個人都禁不住打了個寒噤，感覺到空氣都被冰封了一般。

劍鋒一出，殺氣四溢。

積雪亂捲，瀰散空中，形成一個漩渦式的氣流，在劍鋒所向的上空飛旋流動，彷彿要將五音先生的身影吞沒。

這是衛三少爺的劍，幾盡全力的必殺之劍！他在出劍的剎那，就沒有想過回頭。

五音先生依然不動，只有在這個時候，他才讓人感到一種蒼老、落寞，任憑這劍氣將自己吞沒。

就在這時，林中突然風聲大作，「呼……」地一聲，便見在五音先生與劍氣之間，平空而生一道耀眼的電芒，橫斷其中。

一剎那間，散雪盡滅，氣旋全失，虛空之中，唯有一刀。

這是紀空手的刀，離別寶刀。當他趕到這密林的時候，正趕上這驚人魂魄的一幕。

他唯有出刀，在瞬息之間將自己的潛能提升至極限，劈出了他生平最用心的一刀。

他只有一個意念，那就是絕對不能讓五音先生死在別人的劍下！

他做到了，就在衛三少爺的劍迫及五音先生面門七尺處時，他的刀終於劃破虛空，截住了這必殺之劍。

「滋……滋……」一種電火四射的刀劍碰撞，發出了激暴狂野的震響，一連串的電芒閃過，散射出一團美麗的煙花，向四野擴散。

地面上的積雪不再騰空，而是如流水般向兩邊飛瀉，林木狂擺，有若龍捲風吹過，發出嗚嗚的暴響。

場中的每一個人都在後退，不得不退，因爲刀劍逼發的驚人壓力幾乎可以讓人窒息。

「轟……」當兩道猶如暴龍狂舞的劍氣與刀芒悍然相撞時，空中炸出一聲驚響，兩條人影一合而分，相距五丈而立。

紀空手依然是紀空手，衛三少爺還是衛三少爺，任憑空氣中的塵土散滅，他們的眼神終於撞擊到了一處。

「你，就是紀空手？」衛三少爺驚詫地叫道。

「不錯！」紀空手冷冷地道。他的目光隨即投在了五音先生的臉上，只有在這一刻，他才感到五音先生的弱小。

他在眾目注視之下，緩緩地走將過去，將五音先生擁於懷中。他沒有多問，事實上當他看到樂道三友時，就已經明白了事情的一切。

「堅持住！」紀空手只說了一句話。

他入手時已經發現五音先生的經脈俱斷，唯一讓他得以安心的，是五音先生丹田中的真氣始終未滅。

「走！」五音先生湊到紀空手的耳邊，悄然道。

這是唯一的選擇，但對紀空手來說，卻是一個非常困難的選擇，因爲他不知道，從哪個方向脫身才是安全的。

陡然之間，在密林的四周，已是一片燈火，密密麻麻地站著無數精兵，揮戟持槍，構成了數道防線。

這還不是最讓人頭痛的，紀空手所忌憚的，還是面前的衛三少爺與那數十名影子戰士。人聲、火光的「劈啦」聲、暗影的遊動、寒風的「呼呼」聲……構成了一幅喧囂凌亂的畫面。紀空手看著眼前的一切，似乎絲毫不受這種亂而無序環境的影響，整個心靈自然而恬靜，彷若深海般莫測而有序。

這是他從來沒有過的感覺，更是一種全新的感覺。這一切只因爲他與五音先生的手緊緊地握在一起，然後，便有了這種感覺。

當他發現五音先生身受內傷時，第一反應就是通過自己的補天石異力爲五音先生療傷治痛，可是當他的異力一進入五音先生的體內時，便感到了無忘咒內力那富有節奏和韻律的脈動。雖然細若游絲，卻有著一種頑強的生命力。

紀空手心裡明白，五音先生正是憑著無忘咒內力的這點頑強的生命力，來接續已然斷裂的七經八脈，否則，他豈能堅持到現在。

就在這時，他渾身一震，似乎耳際傳來一絲天籟之音，以清平純正的樂感，帶動起自己體內補天石異力的流動，所動之處，經脈都呈現出旺盛的生機。

隨之而來的，是一種強大的求生本能，正因爲有了這種本能，使得他的每一個器官都出現了前所未有的敏銳與活力。

這是怎麼回事？

紀空手被動地接受著這瞬間陡現的驚變，心裡似有一股迷茫。當他截擊衛三少爺那必殺一劍時，他也曾有過這刹那之間的迷茫。

按照常理，無論出於哪一方面，他都不可能是衛三少爺的對手。他之所以出刀，是因爲五音先生那種父親般的愛給了他概莫能敵的勇氣，使其忘卻了心中的一切障礙與恐懼，然後才劈出了那驚天動地的一刀。

就在出刀的刹那間，他什麼也沒有想，完全是憑著一種意念去完成整個出刀的動作。那時的他，心裡出現了一種絕不屬於自己的感應，彷彿與此時一樣，又聽到了這天籟之音。

這是一種玄之又玄的感覺，絕不是言語可以描述出來的，但這種感覺就像是一道耀眼的閃電，已經深深地插入了紀空手的記憶深處。

他不明白，是以迷茫，當他在迷茫之中看到五音先生那近在咫尺的笑臉時，他又豁然明白。

難道自己用心聽到的，並不是天籟之音，而是五音先生的心聲？他用無忘咒的曲韻進入到自己的意念之中，將他對武道所悟用這種方式來灌輸給自己，讓自己步入到一個全新的武學理念之中？

這是一種可能，一種最大的可能，當紀空手眼中捕捉到五音先生臉上的那絲滿足與期盼時，他甚至已不再懷疑。

而人在五丈之外的衛三少爺簡直不敢相信自己的眼睛，因爲紀空手在這一瞬間發生的氣質變化，完全完成了一次質的提升，這讓衛三少爺感到了不可思議。在紀空手出現之前，他十分自信，自信自己的武功不僅可以將五音先生毀滅，即使再加上一個紀空手他也完全能應付。這種自信不是盲目的自信，源自於他對紀空手的了解，可是當紀空手劈出那驚天動地的一刀時，他卻根本沒有占到絲毫的便宜，甚至還落入下風，這實在讓他的氣勢有所銳減，自信遭受了一定程度的打擊。

第四章　王者尊嚴

衛三少爺絕不相信紀空手會是他的對手，在他看來，紀空手與他的武功應該相差了一個級距。可是等到紀空手出刀，衛三少爺才知道自己小覷了對手。

難道說在這一剎那之間，在紀空手的體內發生了前所未有的變化？

不知道，誰也不知道，但衛三少爺覺得，這是唯一的，也最爲合理的解釋。

此刻的紀空手，一手持刀，一手握住五音先生的大手，如一株孤松立於眾人之間。他只是隨便地一站，就自然地與天地同爲一體，像是融入了這天地萬物之間，渾然天成，毫無分隔。

這是一種境界，一種登高望遠的境界。此刻的紀空手，似乎無須借助任何東西來演繹自己的氣勢，在衛三少爺與眾人的眼中，紀空手的本身就是一種難以抗衡、銳不可擋的氣勢來源，而這氣勢的推進過程，既不似山風忽來，又不似洪流突至，只是以一種自然平和的態勢將它推向極致，似乎天地間的浩然正氣凝聚一身，給任何敵人以強大的壓迫。

衛三少爺身在這股氣勢鋒端之前，感受的內涵遠比旁人清晰。他的長劍雖然在手，卻不敢冒進，因爲他在紀空手的身上沒有找到一絲一毫的破綻。

他卻不知，五音先生以自己大膽的作風與超人的見識，以無忘咒內力的律動與紀空手聯繫一起，使之在片刻之間相融一體，不分彼此。也就是說，衛三少爺所面對的，不是單獨的一個紀空手，而是五音先生與紀空手聯手的一個實體，放眼天下，又有誰能在五音先生與紀空手聯手一擊之下尋出破綻？

沒有人，絕對沒有人有這樣的能耐。衛三少爺之所以沒有出手，不僅是沒有機會，更是一種明智的選擇，似乎只要他做出任何一個動作，都有可能牽動對方最無情、也最可怕的打擊。

衛三少爺的確是作了一個明智的選擇，隨著時間的流逝，紀空手身上的這股銳不可擋的霸氣也正一點一點地隨之消失。這一切的原因，是因爲五音先生的無忘咒內力已開始了衰敗的跡象。

所以紀空手不敢猶豫，必須盡快出手，爲了自己，爲了五音先生，他都必須在最快的時間內衝出重圍。

他的刀如山樑般橫於胸前，卻彷彿又無處不在。因爲在他身前的每一寸空間中都瀰漫著濃烈的戰意，那深邃的眼眸裡，透著一種極度的敏銳，正在捕捉著隨時出現的那一點戰機。

寒風從林木間穿過，帶著嗚嗚之聲，到了紀空手身前數丈的空間，突然向兩邊一分，彷彿根本擠不進刀氣佈下的氣場。

就在此時，紀空手緩緩地向前移動了一步，這就像是他將要出手的一個預兆。當他在移動這一步的過程中，林裡林外上千敵人的心無不緊繃，感覺到了這一動作給他們帶來的強大壓力，整個密林頓時如一潭死水般冷寂。

衛三少爺情不自禁地退了一步。他只有保持他們之間的距離，才可以使之成爲一個僵局，因爲他也看出，五音先生顯然已不能長時間地支撐下去，其蒼白的臉色暴露了這個祕密。

所以他微微地笑了起來，神情變得悠然而輕鬆。對他來說，時間就是他的強援，只要耐心等待下去，自己最終會贏得這場勝利。

然而，事態的發展遠不如他想像的那麼簡單。當他的神經鬆弛的刹那，心裡卻陡生警兆。

他感到了風，平空而生的一股旋風，自紀空手的刀鋒之下湧起，瘋狂地在虛空之中旋動，揚起漫天的雪霧，將紀空手與五音先生同時淹沒。

風若龍捲，以螺旋狀的形態向空中速移。當衛三少爺的劍鋒指出時，只聽「嗡……」地一聲龍吟震響，這股旋風突然向左橫移，以無匹之勢席捲而去。

向左，是大鐘寺，這是這片密林唯一未設防的道路，因爲衛三少爺認爲，有了劉邦，一切事情都會變得簡單。他甚至認爲劉邦的武功深不可測，比之其兄衛三公子有過之而無不及，若非如此，他也不會盡心輔佐於劉邦。

紀空手挾著五音先生的身形隨著這股旋風飛升而動，若旋舞半空的蒼龍，拖起海嘯般的勁氣，激撞密林。

旋風所到之處，它的鋒端是一片耀眼的刀芒，刀芒所到之處，萬千大樹轟然而倒，在刀芒之後封鎖了敵人的攻擊線路。紀空手劈出的這一刀之威，使所有敵人心生驚悸。

衛三少爺驚駭之下，劍鋒一指，發出追擊的命令。可是當他們追到近前時，才發現大樹擋道，難以出擊，只能眼睜睜地看著紀空手二人消失在林影之中。

不過衛三少爺驚而不亂，望著紀空手逃走的方向，突然泛出了一絲得意之笑。

沿大鐘寺而去，本就是一塊絕地。雖然林深石怪，山峰陡峻，便於隱蔽，卻根本沒有路徑供紀空手逃遁。只要衛三少爺在大鐘寺一帶佈下嚴密的防線，再集中兵力展開搜尋，紀空手與五音先生的落網必是遲早的事情，所以衛三少爺才會絲毫不顯著急。

他當即與劉邦取得聯繫，調兵遣將，封鎖大鐘寺周圍數里地面，同時與劉邦各領一隊精銳高手，進山搜尋。

「紀空手能夠在這種情況下突破重圍，簡直令人感到不可思議。」劉邦聽了衛三少爺的講述之後，首先到了密林處，他一眼就看到了那些倒伏不起的大樹，無一不是一刀齊根而斷。

「這也是我感到奇怪的地方。」衛三少爺的臉上出現了一絲少有的困惑：「他好像是在剎那之間提升了數倍功力一般，不僅擋住了我必殺的一劍，而且還帶走了五音先生，此人端的不可小視。」

「本王與三少爺的看法一致，這也是本王不顧一切要將他置於死地的原因。」劉邦每每看到衛三少爺，就不由自主地想到了衛三公子，想到殺父之仇，又怎能不勾起他對紀空手的恨意？

「你看，這刀鋒所過之處，剖面異常光滑，絲毫沒有刃鋒刮過的痕跡，而且刀成拖勢，順勢滑過，一刀下去，形如破竹，如此流暢的刀法，會不會就是傳說中的橫天刀氣？」衛三少爺心中一動，仔細觀察了大樹的橫切面，低呼一聲道。

劉邦近前觀之，沈吟半晌，搖搖頭道：「要真正達到橫天刀氣的境界，談何容易？這紀空手縱是百年不遇的天才，也未必就能在這種年紀上掌握如此高深的技藝。照本王看來，假若有寶刀的鋒利，加上雄渾的內力，便是本王也可以辦到。」

衛三少爺回味著劉邦的見解，點點頭道：「既然如此，那麼這紀空手也並非不可戰勝。憑著我們佈下的這種鐵桶陣，相信甕中捉鱉只是手到擒來之事。」

「三少爺不可大意。」劉邦的眼芒一寒，望向大鐘寺的深山密林處，緩緩而道：「紀空手之所以讓人感到可怕，不在於他的武功，而在於他的狡計。當年家父之死，就栽在他的陰謀之下，所以本王不得不提醒三少爺小心防範。」

衛三少爺心中一凜道：「我記著了。」

他望著劉邦那冷峻異常的臉，心中頓時湧出一股難以言喻的複雜心情：這數十年來，他一直韜光隱晦，潛心經營影子軍團，好不容易等到衛三公子的死訊，自以爲從此可以執掌問天樓的權柄，爭霸江湖，孰料又冒出一個劉邦。在他的心裡，實是有些不甘，可是經過了這段時間的接觸，他終於發現，劉邦在各個方面遠比自己優秀，更有能力，正是復興問天樓與衛國的最佳人選，不論自己願不願意，自己命中註定只是做一個輔臣，而不是復國明君。

當他的心態平和下來後，也就無怨無悔地專注起自己的角色來。雖然這一次的行動他心有疑惑，認爲過早地除掉紀空手與五音先生會引來項羽的注意，容易暴露己方的意圖和野心，但在劉邦的一力堅持下，他也就無條件地服從了。

劉邦有堅持己見的理由，在他看來，此時的天下大勢，漸漸形成了三分鼎立的格局，以劉邦、項羽、韓信三方爲首的勢力，將最終成爲爭霸天下的主流，韓信的發展勢頭雖猛，但他除了對名利過於熱衷之外，還有一個非常致命的弱點，那就是情之一字過於癡迷，始終不能忘卻對鳳影的那份感情，只要劉邦將鳳影牢牢控制在自己手裡，韓信自然也就在他的掌握之中，這也是劉邦敢於支持和扶助韓信的原因。

項羽固然強大，手下也是人才濟濟，但項羽剛愎自用，也有一個致命的弱點，那就是他對虞姬的癡迷。普天之下，除了劉邦與紀空手少數幾個人之外，誰又想到此虞姬已非彼虞姬，項羽寵愛的美人卻是劉邦的一枚棋子。

自古英雄難過美人關，劉邦深諳其中的奧妙，是以只憑兩個女人，已足可將這兩個對手玩弄於股掌之間。所以，對他來說，真正的對手，鎖定爲紀空手。

他從來就沒有遇上過像紀空手這樣難纏的對手，一個流浪市井的小無賴，竟然會成爲自己心頭最痛的一塊肉，這是劉邦當初沒有想到的。當這個小無賴得到知音亭力量的全力襄助時，他就明白，最能夠與他一爭天下的，唯有這個小無賴。

是以，這一次上庸之行，當他從樂道三友那裡得到紀空手對登龍圖取寶之道的渴求時，就精心佈下了這個殺局。雖然他對登龍圖的寶藏同樣渴望，但是只要能殺得了紀空手與五音先生，他——在所不惜！

唯一讓他感到意外的是，他也同樣沒有在大鐘內發現取寶之道，而這取寶之道到底是否存在，他也不知道。如何在百尺深的水下取到登龍圖寶藏，這對他來說，同樣是心中的一個謎。

「那我們就分頭行動吧，對紀空手和五音先生，本王是活要見人，死要見屍，絕不容許再有任何差錯！」劉邦的眼神冷酷而深沈，望向雪夜之中的山林，冷冷地道。

◆

紀空手一路狂奔，闖入密林深處，心中之焦躁，也因五音先生一時的昏迷而達到了極致。

「先生，你可千萬不能死呀！」紀空手在心中狂呼道。對他來說，若五音先生因此而死，他的心裡根本無法承受這樣殘酷的事實。他一生不知自己的親身父母是誰，但卻從五音先生那裡得到了一生渴望的父愛。

正因爲彌足珍貴，才會害怕失去，世間萬事萬物皆同此理，紀空手也未必就是一個例外。

「放下我吧。」五音先生突然醒了過來，感覺到紀空手已經紊亂的氣息，勉力叫道。

紀空手心中大喜，立刻停止了前進的步伐，將五音先生小心翼翼地抱在一棵古樹之下，半躺半坐，然後關切地道：「先生，你沒事吧？讓空手爲你療傷治痛！」

「不必了。」五音先生搖了搖頭，示意紀空手坐到自己的身邊，道：「怪不得我在那天看不清天象，原來上天註定了要我命絕於此。」

紀空手淚水頓時盈眶，心亂如麻道：「不會的，先生，你絕對不會死，只要有我在，我一定盡我所能保護先生！」

「你記住，該來的終究會來，這沒有什麼好悲哀的，就算我死了，只要你能最終完成我的心願，我在九泉之下也會快樂而笑。」五音先生感到自己的呼吸有些急促，微微閉目養了一下神，這才緩緩接道：「你我本有緣，只恨相見晚。當年始皇駕崩之夜，我曾夜觀天象，就預測到了大秦之後的開國君王應該出現在淮陰、沛縣一帶，事實也證明這種預測的正確。可是事態發展到今天，反而我無法看清天象所昭示的東西，這只因爲，你、劉邦、韓信三人，都已經初具帝王之相，而你們恰巧都來自於淮陰、沛縣。」

紀空手見他說話艱難，忙道：「先生，這些話留在以後慢慢再說，來日方長，趁這閒暇，你先閉目養神，讓我來爲你發功療傷。」

「不。」五音先生微微一笑道：「當我自斷經脈之時，我就已知自己無救了，誰叫我是知音亭主人呢？堂堂五音先生，又怎能受辱於人，這豈非就是天意？」

他頓了頓，接道：「我之所以堅持到現在，就是還有心事未了，必須向你交待，所以你若真是爲我好，就靜下心來，記住我所說的每一句話。」

紀空手無奈之下，只有點頭，探手摸到他的脈息，似有若無，已顯衰敗之相。

五音先生淡淡而道：「我名五音，世人都道是我擅長音律，故而得名，其實這是世人的誤解，我之所以用五音爲名，乃是因爲我在音律之外更有五絕，分別是兵、棋、劍、鑄、盜，並且各傳一名弟子，這五人不屬於知音亭中人，是以外人多不知曉。」

紀空手心中一動道：「丁衡與軒轅子想必便是其中之二？」

五音先生微微一笑道：「正是。當年他二人受我之命，去尋找帝跡，但最終一無所獲，而丁衡卻將盜得的玄鐵龜送於你，我一直認爲這是他生平所做的最大一樁錯事，直到登高廳一役之後，我才發覺，我的眼力未必就及得上他們啊。」

紀空手臉上一紅道：「這只是先生因爲紅顏才錯愛於我。」

「非也，紅顏是我所愛，你也不例外。」五音先生道：「我之所以提及他們，是因爲假如你真的有一天能夠去爭霸天下，必然會用到他們。而要他們效忠於你的辦法，就是這個信物。」他緩緩地從腰間解下一塊赤綠相間的玉佩，交到紀空手的手上。

「見佩如見人，你絕對可以相信他們的忠誠。」五音先生說到這裡，心中一痛，似乎又想到了樂道三友，不可否認，樂道三友的背叛對五音先生的打擊實在太大，以至於他近乎喪失了理智，否則他未必就會採取自斷經脈這種剛烈之舉。

紀空手將玉佩握於手中，點了點頭，明白五音先生的這一番苦心。

五音先生幽然一歎道：「我最大的遺憾，是無法看到這場爭霸天下的結局，更無法預測到在你和劉邦、韓信之間最終會是誰來坐定這個天下。不過你一定要記住，爭霸天下並不是憑人力、憑智慧就能完成的事業，它更需要一種運氣，而這種運氣，也就是天意。如果不該你坐擁這個天下，你就一定要及時抽身，懂得激流勇退，否則再生事端，戰火重燃，遭殃的就只能是天下蒼生，這就有違我們爭霸天下的本意。」

紀空手恭聲道：「先生之言，我一定銘記於心。不過，我心中有一疑問，不知當問不當問？」

五音先生微笑而道：「但問無妨。」

「先生一口咬定，爭霸天下最終會在我、劉邦、韓信三人之間發生，可是照目前形勢所看，最有可能奪取天下的，當是項羽，先生何以唯獨將他排除在外呢？」紀空手不解地道。

五音先生輕輕地喘了口氣道：「這固然有天象的原因，其實與項羽的性格與行事作風有莫大的關係。項羽有奪取天下的才能，卻沒有奪取天下的謀略，所以他註定不能得到天下。所謂的王者之道，就在於有無奪取天下的才能、度量、謀略，這三者若缺其一，就唯有失敗一途。」

他勉力地吸了一口氣，道：「假如不能捨棄一些東西，就不能取得統治天下的權勢；不能忍讓一些事情，就不能擁有全天下的財利。因此，真正的王者所爲，是有些地方能奪取的不去奪取，有些郡縣能攻佔的不去攻佔，有些勝利能獲取的也不去獲取，有些失敗能逃避的也不去逃避；有些地方即使得到了也不得意忘形，有些地方即使失去了也不惱羞成怒，任憑天下人各自爲所欲爲，我再從容地後發制人，這樣就可以獲得成功，獲得天下。所以王者之道，又是取捨之道，而項羽雖有百戰百勝的才能，但我從鉅鹿之戰、進兵關中這兩件事就已看出，他的謀略缺乏遠見，度量也不夠寬大，像這樣的人，不失敗反而奇怪了。」

紀空手爲之信服，想到爭霸天下的道路如此漫長而艱鉅，不由深深地陷入了沈思之中。

一陣山風吹來，隱隱傳來一些嘈雜人聲。紀空手一驚之下，抬頭看去，只見林外的火光漫紅了半邊天空，顯然是敵兵已然愈追愈近。

他伸手要去抱五音先生，卻被五音先生一手攔住，搖搖頭道：「這裡已是絕地，光逃不是辦法，趁著離天亮還有一些時間，你得想法自他們的眼皮之下溜出去。」

紀空手一驚道：「先生何以知道這是絕地？」

五音先生道：「身爲一方統帥，必須要懂得天時、地利、人和的重要性，更要做到知己知彼，對敵人的一些行動作出大膽而準確的預判，否則就會出現我們今天的這種失敗。我漏算了一點，就是劉邦的現有實力，而我爲此付出的代價，就是生命！你一定要謹記這個慘痛的教訓。」

「不！先生絕不會死，我一定能把先生帶出峽谷。」紀空手緩緩地搖了搖頭，目光堅定，顯示出了其強大的自信與豪情。

「如果你真要這麼做，那麼從此的天下之爭，就只有劉邦與韓信了。」五音先生的目光陡然變得凌厲起來，道：「該捨棄的東西就一定要捨棄，難道你忘了我剛才所說的話嗎？」

紀空手深深地看了五音先生一眼，彷彿從五音先生的眼中看到了那份殷切的期望。一個有情之人，卻要作出無情的決定，這對紀空手來說，其本身就是一種無情。

他唯有默默地低下自己的頭。

五音先生這才鬆了一口大氣，緩緩而道：「剛才你能從密林中逃到這裡，並不是你的功力在陡然之間提升了多少，而只是我用無忘咒激發了你體內的潛能，讓你在某個時段達到一定的極限，從而釋放出大量的能量。所以對你來說，硬闖絕對不是辦法，唯一的可能，就是用整形術。」

「整形術？」紀空手抬起頭來，驚詫地道。

「對！江湖上的易容化裝種類不少，各有妙方，但整形術一名卻是我爲你的易容奇技而定名的！當年神農爲了不讓張盈看出破綻傳於你縮骨移肌之術，但你是易容天分之高讓我難以相信，你竟將丁衛的易形術與神農教你的縮骨移肌術相結合創出了如此奇技。我相信丁衛在泉下有知也定會爲自己眼光獨到而身感欣慰，所以我認爲天下間要讓一個人變成另一個人，甚至讓他最親近的人都無法識破，也只有唯你一人了。否則，卓小圓又怎能變成虞姬，卻讓項羽毫無察覺呢？」五音先生微微笑道。

「那先生要讓我易容成誰？」紀空手問道。

「當然是劉邦，因爲你對劉邦十分熟悉，他的舉止神態你應該都還熟記於心吧！再說你們二人身材相式，一定能做得天衣無縫，毫無破綻。」五音先生胸有成竹地道。

「可是……」紀空手遲疑了一下道：「如果我遇上了劉邦，還是會穿幫，而此時此刻這種可能性又很大。」

「你絕對不會遇上劉邦，我敢肯定！」五音先生笑得非常自通道：「我會在你走後，將劉邦和衛三少爺引來這裡，有我這樣的魚餌，還怕鈎不上他們這兩條大魚嗎？」

「……」紀空手欲言又止，喉頭已是一陣哽咽。

他不再說話，而是取出了薄如蟬翼的人皮與各色所需藥水，靜下心來，仔細回憶起劉邦的臉型，然後再憑自己的手感觸摸臉部，分析兩張臉在各個方面的比較下產生的結果，從而在心中確定了整個整形術的方案。

（註：紀空手所用的整形術，已經非常接近現代的美容整形，它以比較原始的方式，採用了自然界的數種藥物與人工煉製的藥水，然後在受術者原臉的基礎上，作必要的隆高或拉扯，再以縮骨移肌之術定位，便可達到非常完美的效果。而現代的美容整形，卻是利用科技手段，在原臉皮膚的內層注入塑膠定型，以達到理想的變化。譬如隆鼻……兩者雖然在本質上有根本的不同，但大致的原理相同。是以作者大膽估計，現代的美容整形正是借鑒了紀空手所創的整形術才有今日的發展，是否與事實相符，還有待專業人士加以考證。）

然後，他開始了非常流暢的自行複製過程。不過一刻功夫，當他再次出現在五音先生的眼前時，已完完全全變成了劉邦。

就連五音先生這等大行家，在近距離審視這張經過整形的臉部時，也不由得嘖嘖稱奇，爲之歎服。

身爲易形術始祖的他所歎服的當然不是整形術的神奇，而是紀空手近乎神奇的悟性。紀空手明顯是在他與丁衡的基礎上加以創新，使易形術的內涵與外延都有所發展，到了超乎於想像之外的效果。

五音先生的手緩緩地觸摸著紀空手經過藝術加工後的臉形，臉上的表情從欣喜到肅穆，又從肅穆漸漸轉變成激動，眼神陡然一亮，喃喃地低呼起來：「我明白了，我終於明白了。我明白了，我……」

紀空手怔了一怔，驚問道：「先生，你明白了什麼？」

五音先生的心緒變得異常亢奮，緊緊地抓住紀空手的手道：「龜藏龍相，蛻殼成龍！龜藏龍相，蛻殼成龍……」

「龜藏龍相，蛻殼成龍……」紀空手跟著五音先生默念了幾遍，臉上依舊是一片迷茫，似乎完全不明白五音先生心中所思的真正意圖。

「先生，你沒事吧？」紀空手心中一痛，還以爲五音先生行將就木，是以胡話連篇。

五音先生臉上驀生怒意道：「我清醒得很！」他要紀空手附耳過來，然後壓低嗓門，嘀咕起來。

紀空手初時聽得幾句，尙不以爲意，陡然間臉色劇變，幾經反覆，整個人變得越發精神，眼芒暴閃，似乎聽到了一個他生平從未聽過的計畫，其構思之妙，的確是匪夷所思，也只有五音先生這種見識廣博之人，才能突發此想，做別人聞所未聞之事。

「你懂了嗎？」五音先生喘了一口大氣，然後微微一笑道。

「懂了。」紀空手的臉上泛出一絲古怪的笑意，充滿自信地回答道。

「你這就去吧！」五音先生深深地看了紀空手一眼，眼神中充滿著濃濃的父愛與一股眷戀。

紀空手默默地點了點頭，不再說話，突然站將起來，大步向林中走去。

五音先生緊緊地盯著紀空手的背影，眼中似有一股熱流湧動，在刹那間，他猛然揉了揉自己的眼睛，似乎看到了一件十分怪異的事情。

紀空手的影子在雪光的閃躍下不斷拉長，當拉到某種極限時，這影子突然碎裂重組，宛若一條遊龍爬行……

而此時的紀空手，早已消失在了這黑夜之中。

◆

經過近兩個時辰的地毯式搜索，劉邦的目光已經緊緊地盯在了眼前這方圓不到一里的山林之中。山林茂密，古樹參天，縱有千百火把照明，依然有無數暗影浮動。

劉邦更加小心翼翼，每走一步，都對四邊的環境觀望良久，因爲他明白，搜索的範圍愈小，存在的危險愈大，唯有憑藉敏銳的洞察力去感知隱藏的危機，才可將危險的概率降至最低。

在他的身後，是聲色使者和一幫護衛。這些人無一不是真正的精銳高手，但是若要讓他們與紀空手這等級數的高手抗衡，依然有所不及，所以劉邦只有更加集中自己的注意力。

「通知每一名參加搜索的戰士，必須三人一組，不能落單，因爲你們所面對的敵人不僅身手不凡，而且詭計多端。」劉邦再一次發出了相同的指令，而這一次，已是第三次，可見他對紀空手實在是心有忌憚。

色使者「吃吃」笑了起來，花枝招展：「大王未免太抬舉那小子了，剛才在殿頂上，他不是一招未接，就開始逃竄了嗎？」

劉邦讓自己的目光強行從色使者那巨無霸式的豐胸離開，深深地吸了一口氣道：「這才是他最聰明的地方。」

色使者故意挺了挺胸道：「奴家倒要向大王請教了。」

劉邦道：「如果他在殿頂上動手，那就是逞匹夫之勇，不足爲懼。他之所以可怕，是能忍，能夠在瞬息之間審時度勢，甚至選擇好自己撤退的路線，根本不與我們鬥氣，作無謂的拚殺。像這樣的人，你千萬不要小看他。」

色使者媚眼一拋，剛要說話，卻聽聲使者搶著說道：「大王所言極是，這小子的確聰明，早看出大王的氣勢銳不可擋，是以才三十六計走爲上策，來了個溜之大吉。」

劉邦搖了搖頭，目光一寒道：「他不是怕本王，而是他心有牽掛，是以不戰。可惜呀可惜，假若三少爺真的能將五音先生拿下，那本王就可以用其人之道，還治於其人之身，讓他就範。」

聲色使者對望一眼，想到五音先生竟能從四大高手聯手之下活著逃出，頓有匪夷所思之感。

「不過，五音先生已身受重傷，紀空手若想突圍而去，恐怕只是妄想。」劉邦冷笑一聲道：「若是連今天這樣的機會尚且不能將他們置於死地，那本王真的要對這紀空手佩服得五體投地了。」

說話之間，他腰間的劍鞘發出一聲「嗡嗡」之響，將其內心的殺機暴露無遺。

眾人無不爲之一愕，信心頓增，似乎根本沒有想到劉邦的功力之深，精湛如斯。

但就在劍響的刹那間，林木間的一團暗影驀然晃動，移前速度快如電芒。

劉邦冷哼一聲，在劍響的同時，他的心裡已生警兆，迎前幾步，突然將身形一錯，只感覺到一股銳利至極的勁風堪堪從身邊掠過。

他沒有猶豫，「錚……」地一聲拔出劍來，但來人的出手快中有變，已然自另一個角度飛襲而來。

劉邦一退之下，劍鋒劃出一道扇形的弧度，準確無誤地點擊在勁風的鋒端。

「蓬……」地一聲悶響，令劉邦心中狂驚不已，因爲他已聽出，對方的兵器絕非金屬。

「羽角木？難道說五音先生根本沒有受傷？」劉邦一怔之下，卻見對方已然飄出三丈，斜靠在一株古樹上，神情悠然，風度翩翩，竟然正是五音先生。

「宮、商、角、徵、羽，是謂五音，這五音乃是音律中的根本，千年萬代不會改變，如同五行相生相剋，神妙無比，是天地變化的自然法則。而我既用羽角木爲兵器，當以變化取勝，劉邦小兒，敢與我一戰否？」五音先生淡淡一笑，豪氣畢生，任誰也不敢懷疑，五音先生竟然會有內傷在身。

劉邦情不自禁地退了一步，心中驚道：「這是怎麼回事？他明明身負重傷，怎麼會不到兩個時辰就發生了這麼大的變化？莫非他受傷乃是使詐？」

思及此處，劉邦頓時意識到了問題的嚴重性，如果單單只有一個五音先生，他並不懼怕，但是再加上一個紀空手，兩人聯手，只怕今日就是一場惡戰。

劉邦深深地吸了一口氣，讓自己的心情盡可能地冷靜下來。雖然在他的身後還有眾多高手，但他更需要像衛三少爺那等級數的高手增援。

不經意間，他作出了一個手勢。這是一個約定的暗號，隨即便有一串煙花升上空中，耀眼奪目，照亮半空。

他知道，最多不過十息時間，衛三少爺就會趕到。他需要以絕對的優勢來對付五音先生與紀空手，儘管紀空手此刻不在他的視線範圍之內。

當衛三少爺帶著影子軍團出現在劉邦的身後時，每一個人的臉上都現出一種從未有過的訝然與駭異。因為他們明明看到五音先生在逃出樂道三友的制穴禁錮之後，根本就失去了還手之力，又怎會在數個時辰內，整個人又重新煥發出無窮無盡的生機，散發出近乎張狂的戰意？

這是一個謎，懸在每一個人的心頭上，平添出無盡的壓力。

但對劉邦來說，他更想知道的是，紀空手現在躲在哪裡？以五音先生與紀空手的智慧，他們所做的每一件事情都具有深意，甚至在不經意間就會讓人掉入他們事先設計的殺局之中，倘若自己不思慮周全，一味冒進，只能是得不償失，甚至有生命之危。

以劉邦的行事作風，他當然不會這樣冒失，所以他只是靜靜地站在五音先生的面前，卻用自己敏銳的靈覺去感知未知的殺氣。

結果一無收穫，這讓他既感到驚奇又彷彿是在意料之中的事情，如果說自己這麼容易就能找到紀空手的位置所在，那紀空手就並不爲他所忌憚了。

但他卻突然感到，此刻的五音先生，就像是一團被點燃的炸藥，隨時都有爆發的可能。

這當然只是劉邦的一種感覺，但這種感覺卻異常清晰，讓他不自禁地又退了一步，然後沈聲答道：「你真的能與本王一戰？」

「能與不能，只有戰了才知，但若是你想與我一逞口舌，老夫倒情願甘願下風。」五音先生淡淡一笑，當他的羽角木橫在手中時，誰又能心生半點小覷？

至少劉邦不能，也不會！他絕不敢將自己的聲望與威信當兒戲，誰若是與五音先生一戰，必須先要有失敗的心理承受能力。

劉邦身爲漢王，絕不允許有任何的失敗，這是由他的身分所決定的，於是挑戰五音先生的重任，只有交給衛三少爺來承擔了。

衛三少爺別無選擇，只有踏步向前，當他走到相距五音先生僅三丈之距時，倏然止步，因爲他已感覺到了來自五音先生體內的那股殺意。

三丈的距離，並不是太長的距離，對五音先生與衛三少爺這等級數的高手來說，甚至算不上什麼距離，但衛三少爺卻不敢再行踏入，他心裡明白，一旦自己強行擠入五音先生布下的氣機之中，這三丈距離的空間絕對不會像現在這般寧靜。

靜，靜至落針可聞，這是五音先生給衛三少爺的感覺。此刻的五音先生，就像是斜靠在大樹邊上的一尊精雕的石像，寧靜得讓人聯想到子夜時分的蒼穹。

劉邦已退到了聲色使者的中間，靜默無聲，只是任由靈覺去感知這兩大絕頂高手的精神世界。但是當他的靈覺觸摸到這種精神實質的周邊時，陡然發現自己根本無法深入進去。在五音先生與衛三少爺相峙對立當中，兩人的氣機與精神緊鎖，構成了一個嚴密的整體，絕對不是外人可以擅入的，若是強行闖入，必將遭到兩人最無情的摧毀。

靜立，對峙，時間就這樣一點一點地過去，突然間，兩人的目光在不經意間悍然相撞，猶如迸裂出一串火花，迅速點燃了他們心中抑制已久的戰意。

衛三少爺以電光石火般的速度驟然拔劍，劍鋒抬起，卻緩緩地遙指向五音先生的眉心。

一個簡單的動作，用快慢兩種截然相反的速度演繹，充分反映了衛三少爺對自己內力與劍法的駕馭能力。而五音先生眼芒一閃，捕捉到的卻是衛三少爺的劍鋒在上抬之際，以一種怪異的弧度作著幾不可察的震顫。

這說明衛三少爺的心情並非像他表面所表現的那樣平靜，無論是亢奮還是怯懦，他的氣機都將出現必然的裂紋，而這就是五音先生的機會。

五音先生良好的預判能力當然不會錯失這個機會，身子陡然一挺，向前緊跨一步。

只需一步，就足可讓衛三少爺感受到那難以承受的壓力，於是衛三少爺一聲長嘯，再也無法保持這種靜默的相峙，唯有主動出擊。

劍出虛空，他的整個人已如清風般化入萬千劍影之中，以一種扇面的弧度向五音先生展開了最猛烈的攻勢。

攻勢如潮，更如一道狂飆，擠入這密不透風的虛空，頓時打破了兩股均衡之力構建的平靜。

三丈的距離，簡直不是距離，在衛三少爺的眼中，根本就沒有任何距離可以妨礙他的攻擊，他唯一擔心的，是五音先生的眼睛。

這是一雙空洞深邃的眼睛，彷如深海般寧靜，讓人無法揣度其深，更無法掌握它的流程。但誰都知道，暗流的爆發往往就隱藏在寧靜的背後，只是誰也不能預料它爆發的時間。

爆發，其實只在一笑之間。

當五音先生的臉上泛出一絲淡淡的笑意時，羽角木已然出現在虛空之中，自一個玄奇莫測的角度緩緩而出，看上去是如此的平淡，如此的普通，但所指的破點，卻讓衛三少爺嚴密的劍影中真的出現了一道裂痕。

那是劍影中的裂痕，更是氣機中的破綻，衛三少爺根本沒有想到五音先生的目光如此敏銳，出手更是精確無比，爲了彌補這點破綻，他唯有退。

一合未交，他的人已退出七尺，這在衛三少爺的記憶中，是從未有過的恥辱。

他驚駭之下，卻見五音先生身形依然保持不動，只是臉上的笑意更濃，濃似醇酒。

他無法忍受敵人對自己這般藐視，於是一退即進，劍身再揚，企圖以變化莫測的劍路與攻擊角度來破襲羽角木的佈防。

這是他一生的心血所致，劍法的名稱就叫「無影術」。他之所以取這樣的一個名字，是因爲他知道，作爲一個影子，只有無影，才是影子追求的最高境界。

名叫無名，劍自然無影，當劍入虛空的一剎那，連劍的本身也消失在虛空之中，化爲一片虛無，有的只是那猶如怒潮般的劍氣。

沙石、散雪、斷枝、敗葉，隨劍氣而起，漫舞空中，形如一個巨大的漩渦在高速飛旋。當它強行擠入到五音先生三尺範圍內時，突然炸裂，在漩渦的中心，乍現了一點足以驚魂的寒芒。

衛三少爺的劍鋒終於再現，當它出現在虛空的那一瞬間，連衛三少爺自己也覺得這是近乎完美的一劍。

可是，令他不可思議的是，這近乎完美的一劍最終未能刺出，不是不能，而是不敢，因爲他一眼就看出，當自己的劍芒插入五音先生的咽喉時，五音先生手中的羽角木早已洞穿了他的心口。

他唯有再退！

這一次他真的感到了一絲恐懼，更有一種心理上的失落。他之所以恐懼，是不敢相信自己與五音先生相較竟然會有如此大的差距，當他竭盡全力攻出自以爲是勢在必得的一擊時，五音先生總能悠然輕鬆地將之化爲無形。

而就在這時，劉邦的眼神卻陡然一亮，似乎看到了五音先生的破綻所在。

當衛三少爺攻出兩式近乎完美的劍招時，從劉邦的角度來看，也是難以破解的上佳之作，可是都被五音先生彷如信手拈花般一一破解。劉邦大驚之下，不得不承認五音先生對武道的領悟達到了常人根本無法企及的地步。

不過，在劉邦的心裡，卻感到了一種莫名的困惑，始終覺得五音先生在破解衛三少爺劍招的過程中，似有手下留情之嫌。他當然不相信五音先生會對衛三少爺手下留情，唯一的解釋，只能是五音先生力不從心。

思及此處，劉邦的心裡頓時一亮：五音先生的確受了極重的內傷，他之所以能逼退衛三少爺的攻擊，全憑招式的變化。如果衛三少爺不顧及五音先生的招式，而是直接以內力比拚，當可收到意想不到的奇效。

當劉邦想通此節之後，當然不想放過這個名揚天下、樹立聲威的機會，因爲對手是威震江湖的五大豪閥之一，只要將之擊敗，這一戰帶給自己的名望簡直不可估量。

所以他決定親自出手！

衛三少爺正愁沒有台階可下，難得劉邦願意接這燙手山芋，心中當然是巴不得，趕緊退到了戰圈之外。

劉邦跨前一步，橫劍於胸道：「先生既然有心與本王較量，本王豈可辜負了先生這番美意？就讓本王親自領教羽角木的變化吧！」

他既有心揀這現成的便宜，所以話音一落，根本就不等五音先生說話，手中的長劍已然緩緩刺向虛空。

五音先生眼中閃過一絲訝異與驚駭。他是當局者，當然能夠感受到劉邦這一劍所帶來的氣勢與壓力。他能瞞得過衛三少爺，終究還是騙不了劉邦，於是，他的臉上泛出一絲淡淡的苦笑。

劉邦捕捉到了五音先生表情上的這一細微變化，這也更加堅定了他所作出的判斷。所以，他不再猶豫，加快了出手的速度。

長劍破空，空氣彷彿被它撕裂，如一鍋攪動的沸水，又似萬馬狂奔，使這鬱悶的雪夜變得充滿殺意，猶如地獄鬼府。

碎雪激捲，亂石橫飛，劉邦的身影雖在劍氣之後，卻被自身的劍氣所吞沒，在飛旋中化作一道狂飆，以快得無可形容的速度向五音先生奔殺而去。

這是劉邦的劍，捨棄了變化，還原於真實的一劍，以最簡單直接的方式攻出，卻可以驚天動地，可以讓威震江湖數十年的五音先生色變！

五音先生色變，卻無驚、無懼，彷彿多了一絲亢奮，以至於臉上多了一層淡淡的紅暈。然後他緩緩地閉上了眼睛，當這團劍影逼殺至他身前七尺時，突然暴喝一聲，便見在這段虛空之中，奔湧出一道勁氣的洪流，以無匹之勢迎向了劉邦的氣勢鋒端。

這是羽角木，充滿著活力，更帶著沛然不可禦之的氣勢的羽角木，未知起始，不知終點，彷彿天上地下，唯它縱橫。

只此一招，已展現五音先生一生的武學修爲，更是他體內殘存潛能的最後爆發。

五音先生消失了，劉邦也消失了，當兩股勁流悍然相撞時，他們就消失在這氣旋飛湧的虛空。

「滋……滋……」之聲不絕於耳，正是氣流在高速撞擊中產生的摩擦之聲，雖然沒有眾人想像中的暴裂瘋狂的炸響，但虛空彷彿凝固，不再有空氣的流暢，那無盡的壓力，充斥著每一寸的空間，擠壓得場中每一個人在倒退之間，都恍若窒息，呼吸難暢。

一切都變得如此詭異，兩股異流在虛空中幻化成龍，閃爍互動，在最牽動人心的一剎那，異流若兩頭好鬥的公牛，轟然相撞一處。

驚心動魄間，一陣驚天動地的裂響，炸響於半空之中，震動著每一個人的耳膜，存留於所有人的心中。

所有的戰士都駭然而退，包括聲色使者和影子戰士。從他們驚而不亂的後退方式來看，他們無疑都是訓練有素、久經沙場的優秀戰士，但即使如此，在每一個人的臉上依然對眼前發生的一切表示出難以置信的神情，甚至是懷疑與困惑。

地面上的積雪泥土有若風捲殘雲，盡數被狂猛的氣流激上半空，在扭動變形中散落四野，而塵土雪霧淡去，兩條人影重新出現在地面，重現於他們原來的位置，有若兩尊屹立已久的雕塑，從來就未曾移動過一般。

五音先生依然是五音先生，劉邦還是劉邦，他們不曾有變，變的只是這密林中的其他東西，包括雪夜中寧靜。

劉邦的劍在手，遙遙指向五音先生的眉心，他的神情鎮定而冷漠，就像一塊千年寒冰，根本不摻雜任何的感情。

一縷鮮紅的血液從劉邦的嘴角流出，滴噠之聲不絕，顯示著他已受了極重的內傷，難道在這場他認爲必勝的決戰中，最終的敗者竟然是他自己？

沒有人知道最終的結局會是什麼，包括衛三少爺。當衛三少爺將目光移向數丈外的五音先生時，五音先生的意態依然悠閒，恬靜自然中帶著一股莫名的神情。

天地在刹那間靜寂了下來。

五音先生的心中溢出一絲苦澀，一種無奈，甚至是一種蒼涼。他知道，自己的生命就要結束了，當他決定以死來捍衛自己畢生的榮譽時，便將自身體內唯一可供生命延續的真氣完全催發出來，企圖在生命的最後一刻寫下最悲烈的一筆。

他幾乎已經做到，可惜，只差一線，因爲他的對手是劉邦。在他的眼中，一直認爲劉邦的武功是一個謎，一個無法揣度的懸念。因爲以他對衛三公子的了解，他使終不信衛三死前會浪費自身的功力。所以當他以自身最後的力量驅動羽角木擊出必殺一擊時，雖然得手，但他事實也證實了他的想法是正確的，劉邦體內真氣爆發的反震之力已經將他的每一根經脈震得寸斷不續。

不過，劉邦雖然得到了衛三公子的功力，但在五音臨死的一擊之下也不可能安然無恙，體內必然會留下不可歸原的暗傷。

因爲這是要換取五音先生生命所必須付出的代價。

「你可以去了。」劉邦冷冷地看了五音先生一眼，雖然嘴角的鮮血四溢，但他還是開口說了這句話。

「是的，我……可……以……放心地……去了。」五音先生淡淡一笑，臉上根本就不見淒涼。

這本是一句平淡的話，卻讓劉邦驀然色變，他陡然間想起了紀空手。

這裡所發生的一切實在反常，反常得讓劉邦有一絲驚詫。當五音先生竭盡全力攻出這最後一擊的時候，紀空手呢？他又在哪裡？他絕對不可能眼睜睜看著五音先生送命！

這似乎只有一個解釋，那就是紀空手根本不在這裡！

紀空手不在這裡，那會在哪裡？如果他真的逃過了此劫，這對劉邦、對問天樓，甚至整個漢王的軍隊來說，都是一件非常可怕的事情。

劉邦大驚之下，正要下令展開搜索，卻見五音先生微微一笑，搖了搖頭道：「遲……了，一切……都遲了。他……就像是……一條離水……的蛟龍，已……經……遨遊在……九天……之上。」

他勉力說完這些話，整個人便若山嶽般轟然倒下。

他終於死了，這位曾經叱吒風雲、縱橫天下的五閥之一，知音亭當世之主終於閉上了自己的眼睛。他走得是那麼匆忙，甚至沒有留下任何東西，但他留在世人記憶中的，是一段故事，一段傳奇，以及臉上那一絲淡淡的笑意。

與此同時，當五音先生倒下的那一剎那，紀空手的心猛然一跳，似乎感到了一股強烈的悲情湧上心間。

他沒有猶豫，強忍著淚水，迅速自另一個方向繞到大鐘寺前。

第五章　七日悟道

大鐘寺前早已戒備森嚴，數千戰士嚴陣以待，各持兵刃，佈下數重防線。當紀空手現身於眾人視線之內時，數千戰士無不神情一愣，隨即變得恭敬起來，肅手相迎他的到來。

紀空手心中暗吃一驚：「劉邦能有今日的成就，絕非偶然，單看其治軍之嚴，已然有王者之師的風範，我若非扮成他的形相，一味硬闖，只怕唯有命喪當場。」

他從這些戰士的表情中看出，自己的整形術完全成功。他唯一擔心的是自己的說話舉止會露出破綻，是以眼芒一閃，緩緩自每一個戰士的臉上掃過。

目光所及，無人敢不低頭，紀空手要的就是這種效果。當他快步自人群中穿過後，這才回頭道：「加強警戒，絕不能讓紀空手漏網逃脫，有違令者，格殺勿論！」

話一出口，連他自己都嚇了一跳，他怎麼也沒有料到，神農所傳的變音術會如此神奇，竟然可以將說話的語氣和腔調變的與劉邦如同一轍，唯妙唯肖。

數千戰士無不肅立，任由紀空手旁若無人而去。

紀空手不慌不忙地走出眾人視線範圍，迅即加快腳步，逃出上庸城去。當他回頭來看時，再也忍不住心中的悲痛，淚水緩緩地自臉頰淌過。

五音先生死了，這是一個不爭的事實，雖然紀空手沒有看到這撕心裂肺的一幕，但是他明白，身受致命之傷的五音先生，絕對擋不住劉邦與衛三少爺的聯手一擊。

他的心中充滿著一種難以言表的失落，更感到了一種獨行的寂寞。他從來都是將五音先生當作是自己的靠山，是一棵可以依靠的大樹，當這棵大樹轟然倒下之時，他猶如一個幼稚的孩童般頓現迷茫，彷佛不識路途，迷失了前行的方向。

這種迷茫的心情一直纏繞在他的心間，伴著他來到了忘情湖邊，此刻天色漸亮，淒冷的湖風吹過，令他忍不住打了個寒噤。

他的頭腦頓時清醒了不少，緩緩地取下臉上幾塊多餘的東西，幾經搓揉，還原了自己的本來面目。

他對著湖水一照，只見湖面映出自己的臉來，容顏未改，卻多了幾分憔悴，眼窩下陷，眸子裡卻是一片迷離，儼然是一副落魄之相。

這令他大吃一驚，似乎沒有想到五音先生的死竟然讓自己如此消沈。他此刻最需要的，是一種冷靜與理性，因爲他明白自己肩上所擔負的責任。

他深深地吸了一口氣，望著這波瀾不驚的湖水，企圖讓自己的心情盡快從悲傷中跳出，恢復理性的思維。

就在這時，他卻突然感到了一陣躁動不安，就像是野狼突遇危機的感應，讓他爲之心驚。

忘情湖畔的早晨，一片靜寂，湖岸積雪數寸，除了徐徐而來的湖風，又哪來的動態之物？

但紀空手卻相信自己的直覺，這倒不是他對自己的武學修爲有一種盲目的自信，而是他的確確地感到了這股危機，如刀刻般清晰。

對方絕對是一個高手！

紀空手之所以有這種感覺，是源於他對這股危機的認識。他敢斷定，對方已經跟蹤多時，只是自己直到此刻才有所察覺而已。這固然有自己心神不寧的原因，主要還在於對方內力雄渾，善於隱蔽。

來者是友是敵，紀空手無法判斷，但是對方既然跟蹤自己，必然看到了他不該看到的事情，是以紀空手頓起殺心。

他絕對不能讓任何人知道他曾經假扮劉邦之事，此事關係之大，大到無法想像的地步，紀空手唯一可以採用的方式就是殺人滅口。

只有死人才能保守祕密，他與劉邦一樣，堅信這一點。是以，他的手已握住了刀柄。

他此刻所處的位置是一片平地，只有在十數丈外才是矮小茂密的灌木叢林，林頂積滿白雪冰凌，根本不像是有人進入的痕跡。

但紀空手確定此人就潛伏於灌木林中，因爲他感應到了對方的存在。他的靈覺隨著補天石異力的提升和加強，變得超乎尋常的敏銳，甚至可以探測到對方心神稍縱即逝的波動。

他之所以遲遲未動，是想等待一個最佳的出手時機。他不容自己有半點閃失，否則唯有抱憾一生。

十數丈的距離，也許適用的武器不該是離別刀。

「嗖……」一道耀眼奪目的電芒突然劃亮了灰濛濛的天空，沒有弧度，七寸飛刀以筆直的線路出手，直奔灌木叢中。

在電芒的背後，是一道暗雲般的身影，以追風之勢緊緊躡於飛刀之後，同時在虛空中驀現萬千刀芒，擠壓向飛刀所去的方向。

同樣是刀，卻演繹出了不同的意境；不同的意境，卻同時體現了刀的真義。所以紀空手一旦出手，整個人便快若驚鴻，他所要的，便是給對方絕對致命的一擊！

眼見飛刀就要沒入灌木叢中，突然「蓬……」地一聲，叢林爲之而開，隨著灌木向後貼伏的角度，一條人影飄行於灌木叢上，趕在飛刀撲至的刹那，硬生生地作出一個迴旋，斜退了七尺。

七尺，已足夠讓他躲過飛刀，但卻無法躲過離別刀的襲殺。勁氣激射間，紀空手的手腕一振，及時校正了出刀的角度，正好劈向了原定位置七尺外的虛空。

「叮叮……」一連串刀槍交擊，引出金屬般磁性的脆響，勁流四散，像是瘋狂而躍動的星火，虛空似在一剎那間打破了寧靜，被兩種截然不同的兵器撕裂成喧囂雜亂般的景致。

「蓬……」在十數下攻守轉換中，刀槍終於在極小的概率下形成點擊，氣流由此而暴起，捲著散雪碎泥如狂飆般旋飛空中，兩道人影一觸即分，各退丈餘，然後相對三丈而立。

直到這時，紀空手才看到對方頭戴一頂形如鍋底的竹笠，遮住了大半張臉龐，但從他顯露出的下巴與鬍渣來看，依然不失剛硬的線條。

但不知為什麼，紀空手卻有一種似曾相識之感，雖然他肯定自己絕對沒有見過這個人，卻對此人的身形並不陌生。

「閣下是誰？」紀空手一時想不起自己在哪裡見過對方，是以不費腦筋，採用了更直接的方式。

「你無須多問。」此人的聲音極冷，冷得如這徐徐吹來的湖風，拒人於千里之外。儘管紀空手的刀法超出他的想像，他也沒有顯出任何的驚懼。

但紀空手卻聽出此人的口音偏離中土，剛硬得有些刺耳，所以他也絲毫不讓，完全以壓迫的方式說出了他的第二句話：「我不得不問，因為你看到了你不該看到的東西。」

「那又怎樣？」那人冷笑一聲，笑聲如刀，更如寒芒。

「不想怎樣。」紀空手突然笑了起來，抱以同樣的冷笑：「我只想將你送入地獄。」

雖然紀空手依然看不到對方的臉，但他卻感到對方的瞳孔收縮成一線，透過竹笠的些許縫隙，似乎在打量著自己的臉。

紀空手的人就如他手中的刀，傲然挺立，戰意勃發，隨便一站，就可以最大限度地讓人感到他體內蘊含的生機與活力。當他的嘴裡吐出「地獄」二字時，沒有人敢將它當成是一句玩笑，或是一種遊戲。

對方顯然感受到了這股濃烈的殺機，只能沈默不語，冷靜以對，同時他的大手發出一聲骨節的錯響，緊了緊手中的槍桿。

他用的是一杆長槍，卻不同於扶滄海長槍的線條流暢，而更顯槍身的粗獷。自始至終，他的大手都是超乎尋常地穩定，顯示出他具有良好的心理承受能力。

但紀空手沒有立即動手，靈光一閃間，他重複了最初的問話：「閣下到底是誰？何以昨夜會出現於大鐘寺？」

他突然醒悟過來，自己之所以對來人的身形似曾相識，的確是曾經見過。

那人的眉鋒一抖，似有一分驚怒：「原來是你在我的背後搗鬼！」

紀空手悠然一笑道：「不錯，因爲你在錯誤的時間出現在錯誤的地點，我必須提醒你。」

那人的頭猛然抬起，終於露出了他的臉形，整張臉無所謂俊醜，卻帶有一種北方遊牧民族的剽悍，這讓紀空手的心中有一絲困惑。

「你很想知道我的名字？」那人似乎又變得冷靜起來。

「當然。」紀空手道：「你既然是劉邦的敵人，我想看看你是否會是我的朋友。」

「我叫巴額。」那人終於爽快地說出了自己的名字，但更爽快的話還在後面：「我絕對不是你的朋友，所以，我希望你能殺得了我！」

紀空手笑了，他從來沒有見過這樣直爽的人，這與他印象中的那個遊牧民族的風格大致相同，但有好感是一回事，殺人卻又是另外一回事，他從來不想混淆自己的視聽。

所以，他不再說話，他決定以自己的方式尊重對方——出刀！

刀走偏鋒，緩緩地向前推移，當它漫入虛空時，卻在虛空的中心。

這本是一種非常玄奇的感覺，但到了紀空手的手裡，卻變得自然之極，彷彿事情的實質就是如此。

巴額緩緩地將長槍旋動起來，他感到紀空手的殺意已經滲入了這冰寒的朔風中，令他的心底升起一股沈悶與躁動——這是一種壓力，一種無法擺脫的壓力。

不可否認，這股壓力強大而實在，有質無形，無所不在，巴額渾身的骨節發出一陣驚人的暴響，似乎承受不住這股壓力的擠壓，又似在這股強壓之下迫發的生機。他只感覺到一股濃烈如酒的殺機在這暗流湧動的虛空中醞釀成形，隨時孕育著一場驚心動魄的殺戮。

巴額握槍在手，槍尖輕顫，抖閃出一種弧度，使得鋒刃沒有一個固定的定向。他沒有攻擊，也不敢貿然攻擊，這是因爲在紀空手嚴密的氣機之下，他根本找不到一個可以攻擊的角度。或者說，迄今爲止，他還沒有看到紀空手有一絲破綻。

所以，他採取了一種保守卻有效的方式，那就是後發制人——長槍漫入虛空，佈下氣陣，以防禦抗拒對方如山嶽逼至的沈重壓力。

紀空手的眼中有一絲憐憫的神情，還有一絲不屑，他心裡清楚，巴額之所以後發制人只是迫於一種無奈，但這樣卻加速了他的失敗！假如巴額有膽一拚，以他絕妙的槍法，雄渾的內力，或許還有一線生機，而現在，巴額之敗幾成定局。

但敗不是紀空手的目的，他必須要讓巴額死！雖然他對巴額的耿直有幾分好感，卻沒有任何選擇的餘地。

狂野而飛湧的殺機在紀空手的體內瘋漲，在身體與刀身之間如電流般竄動，終於，「咚……」地一聲，他重重地踏前一步。

只有一步，卻如重錘般砸在巴額的胸口，幾乎讓他喘不過氣來，而紀空手的這一步踏出，不僅生出一股概莫能敵的豪氣，更使湖岸的這片空間壓力增至極限。

他這麼做，只有一個目的，就是要巴額更鼓易弦，臨時改變決定。

「呀……」巴額暴喝一聲，更改策略，強行出手！因爲他突然之間產生了一種幻覺，如果任由紀空手這樣一步一步地逼近，他根本就沒有後發制人的機會。

是以，他唯有出手！

紀空手的眼眸中閃過一絲笑意，很冷，宛若森寒的鋒刃，一閃即沒。

巴額鎖定紀空手身體的某個部位，這才陡然起動，長槍漫射虛空，帶起一陣碎石穿雲般的怒嘯，一震之下，幻出萬千槍影。

空中驀起無數氣旋，伴著這密不透風的攻勢，將紀空手的人影夾裹其中，聲勢之烈，比及扶滄海也不在其下。

槍影迅速向前推移。

三丈、兩丈、一丈……

槍鋒所向，勁氣密如織絲，充塞了每一寸虛空，更帶出一股仿若颶風般的壓力。

當它進入到紀空手七尺的範圍時，就在此刻，紀空手平空消失了。

沒有人可以平空消失！

之所以巴額有這種錯覺，是因爲紀空手的動作之快，猶如一條魅影，閃出巴額的視線，步入到他目力的盲點。

巴額陡然生驚，神情爲之一變，略一遲疑，卻發現一股刀芒自左肋方向快速迫來，迅如怒潮滾滾。

刀是離別刀，當它每一次出現在人們的眼中時，總是可以在不經意間勾起人們的離情。這一次，又有什麼東西會與巴額的身體分離？

沒有，沒有什麼東西會與巴額的身體分離，當離別刀漫舞虛空時，它要的是讓巴額與這個人世分離。

幾乎是無可抗拒的一刀，來自於不可思議的角度，當紀空手出手的剎那，他甚至有幾分得意地問著自己：「這是不是我最完美的一刀？」

這是不是紀空手最完美的一刀？

也許是，因爲在他的內心深處，有悲傷、有離愁、有對五音先生的無盡思念，這種心態，正合離別刀的刀魂之境。

如果說唯一的不是，是在他出手的剎那，不該得意，雖然這種得意自然而然，由心而生，彷如畫師爲一幅至美的畫卷添上最後的一筆時油然而生的心情，但用在離別刀上，便是一點瑕疵，美中不足。

正是這一點瑕疵，使得巴額在瞬間捕捉到，得以從容而退。

但是，就在他退的同時，紀空手人刀並進，刀在空中劃過一道美麗的弧線，隨之展開最強猛的攻勢。

「叮……叮……」交擊之聲不絕於耳，巴額大驚之下，勉力出手，一連格擋了這勢如狂風驟雨般的刀芒，每格擋一記，他都似有力盡之感。

他心中的驚駭簡直無可形容，有些爲自己此時的處境感到不值。他一直以爲自己跟蹤的是劉邦，卻沒有料到這劉邦別有其人，易容假扮。

這一切是他未曾料到的，因爲他從來不知道這個世上還有如此高明的易容術。

巴額此次南來，原本是肩負著一項非常重要的使命，想不到功未成，自己卻糊裡糊塗就要死於一個連姓名都不知的人手中，他真要對天喊冤了。

他雖然覺得自己很冤，頗有不值，但卻絲毫怪不得自己，因爲誰又能想到這樣一個年輕人竟然擁有如此高深的武學造詣？畢竟在當世之中，在他的記憶裡，年輕人躋身絕頂高手之列的，只有那麼幾個，但他卻偏偏能像撞大運般遇上一個！

「莫非他就是紀空手？」巴額飛退之下，頭腦猛地打了個機伶。

刀芒奔湧而來，刀鋒所向，帶起一陣如狂飆般強烈的殺氣。那湧動的氣勢猶如長江大河之水狂泄而來，根本不給巴額任何喘息之機。

「你……你……你就是紀空手？」狂猛的刀氣幾令巴額窒息，心生恐懼間，他陡然驚呼。

他的聲音一落，刀芒頓消，彷如雨過天晴，紀空手收刀於手，人在數丈外飄然而立。

「你認識我？」紀空手心中雖有殺意，卻淡了幾分。如果給他一個充足的理由，對方未必就非殺不可，因爲他始終覺得，每一個人活在這世上都不容易。

巴額的眼中頓時閃過一絲驚懼，眼芒閃動間，竟然在揣算他與紀空手之間的距離。

紀空手將這一切看在眼中，微微一笑，不以爲意。

他同樣也對距離非常敏感，所以才會暫停攻勢，因爲他覺得就算巴額打算逃跑，在這樣的距離之內，他有十足的把握將之擊殺。

「我不認識你，但對你的大名卻久仰多時，今日得見，真是幸會。」巴額的臉上擠出一絲諂笑，奉承道，舉止神色間有些反常。

「你無須奉承於我，我只是覺得你是一個耿直之人，才給你這個機會，希望你能如實回答我幾個問題。」紀空手皺了皺眉道。他的心裡生出一絲厭惡，原有的幾分好感也因巴額這一絲諂笑而蕩然無存。

「你請問，你請問……」巴額連連點頭，神態改變得如此之快，讓人感覺到有什麼陰謀。

「你何以會到大鐘寺去？難道說大鐘寺裡有你要找的祕密嗎？」這個問題一直懸於紀空手的心裡，因為他知道，當世之中，能知曉登龍圖祕密的人寥寥無幾，除了自己與五音先生之外，只有劉邦、衛三公子、韓信三人知情。

五音先生與衛三公子既死，那麼剩下的知情者就只有三個，如果巴額真的是為了登龍圖寶藏的取寶之道而來，那他就只可能是韓信的人。

對於韓信，紀空手只要一想到他，心中就有撕肝裂肺之痛。大王莊一役，當韓信在他的背後刺出那無情的一劍時，他就知道，在他與韓信之間，將無情可言，因為他們已不是朋友！自那一劍刺出，他們就互為對方今生最大的宿敵。

巴額遲疑了一下道：「這很重要嗎？」

「對我來說，也許是無關緊要。」紀空手冷哼一聲道：「而你則不同，也許它關乎到你的生死。」

「是嗎？」巴額的臉上突然露出一絲詭笑，一改剛才的諂笑，又恢復了最初的冷傲道：「如果我不想說呢？」

紀空手為之一怔，似乎沒有料到巴額的臉竟然說變就變，但他並沒有將之放在心上，只是緊了緊手中的刀柄道：「你可以試試看！」

他再說這句話的時候，整個人彷彿已多了一股霸氣，意志堅定，似乎不爲任何形勢而轉移。當五音先生死後，他有所消沈，但經過一段時間的緩衝後，他又重新振作起來，因爲他突然悟到，五音先生死的是否有價値、有意義，全在於他能否有所作爲。他若想報答五音先生的知遇之恩，唯一的辦法就是將其忘掉，開創出屬於他自己的大場面。

如果將紀空手的這種認識比作是他思想上的一次大爆發，一種昇華，那麼五音先生的死也許就是這場爆發之前的陣痛。沒有這種陣痛，就絕對沒有這場爆發，紀空手的命運因此而出現轉折。

紀空手似乎感受到自身的這種變化，並不覺得有半點意外，對他來說，他已把昨天所發生的一切都看成是一種化繭成蝶的蛻變，當質發生量變，一切也就隨之而生了。

這種變化還體現在他對武道的重塑，強大的自信使他突破了過去的思維空間與模式，登高一步，從而窺得了武道極處的某些玄機。當他面對巴額、手握長刀之時，他似乎已不再把自己定位爲一個高手，而更像一個王者，自然而然便透發出一種君臨天下的氣勢。

也許，五音先生的死是一個契機，它就像是一束火花，點燃了紀空手體內不盡的潛能與激情。紀空手之所以能成爲武道中罕有的奇才，更在於他總是能夠抓住屬於自己的每一個機會，無論這個機會是好是壞，他總是能將它引入正確的軌道，加以利用。

巴額不明白發生在紀空手身上的一切，他只是感覺到自己站在紀空手的面前，就像面對著一座難以撼動的大山。不過，他對自身的修爲相當自信，所以他始終認爲自己可以安全地逃出紀空手的捕殺範圍。

這就是他臉上表情變化的原因，奉承別人、低聲下氣並非他的本性，但有時候爲了生命，他也能委屈自己。

於是，當紀空手說出最後一句話的時候，巴額不再猶豫。

「嗚……轟……」

風雷聲響起於旋動的槍鋒之中！

巴額的出手，更像是六月天的飛雪，突然、隱蔽，出乎紀空手的意料之外。

紀空手沒有退，而是面對這凜然的槍鋒迎前。

只迎前了一步，離別刀已斜出，幻起了一幕亮麗的刀弧。

紀空手的眼中已盡現寒芒，殺機畢露。既然巴額選擇了死路，他只有成全。

「叮……」刀芒與槍鋒一錯之間，槍鋒在巨力的擠壓下突然炸裂開來，一縷輕煙漫出，與無數寒芒交織一起，若暗雲般襲射向紀空手。

這顯然是巴額的精心之作，在紀空手氣勢全盛的時候出手，無疑可取到突襲之效。

紀空手的眼中頓時閃現出一絲驚詫，沒有料到巴額的長槍還設置了如此精妙的機關，這使他出現了一絲猶豫。

他無懼於這些寒芒，卻驚懼於這股伴隨寒芒而來的輕煙。這股輕煙一出槍鋒，迅即向虛空蔓延，剎那間彌漫了整個空間，影響了紀空手的視線。

紀空手無法判斷這輕煙中是否有毒，唯一的辦法就是閉住內息，同時躍身閃避。

「呼……」在閃避的同時，他的飛刀陡然飛出，如一道撕裂雲層的閃電，破入煙塵之中。目標，就是煙塵的最濃處。

然後人隨飛刀之後，闖入迷霧。

紀空手此時只有一個念頭，那就是絕對不能讓巴額逃脫，無論付出多麼大的代價，他也必須做到這一點！

當他衝前數步之後，迷霧已在身後，可是眼前只有連綿不絕的灌木，卻哪裡尋得巴額的人影？

「這莫非就是傳說中的忍術？」紀空手陡然一驚，驀然想起五音先生曾經向自己提及的東海忍道。

原來在東海的眾多島國中，於戰國初期出現了一股神祕的武林勢力，人數不多，但其內功心法及搏擊之道與中原武學大相逕庭，被中土武者視爲旁門左道。

但它能屹立江湖百年之久，自然有其生存之道，門下弟子更是憑藉著其獨門的武學修爲與獨樹一幟的搏擊變化涉足江湖，為世人矚目。因其善於隱蔽，精通逃遁之道，來去突然，行跡詭祕，又被人稱爲忍者，而忍者所用的一切技藝，是爲「忍術」。

紀空手之所以有如此聯想，實是因巴額的逃生手段有忍者之風，這使他心驚之下，唯有靜心以對，讓自己的靈覺去感知十數丈範圍的一切動靜。

他相信自己的靈覺，更相信自己的實力。忍術雖然神祕詭異，但只要它是來源於武道，就絕對會有跡可尋。

他要做的，就是去僞辨真，撕開忍術的一切僞裝，還原於它本來的面目。

不過三息的時間，他終於發現在數十丈外的灌木林中，有一叢灌木如波浪起伏，迅速地向前飄移。雖然此刻無風，但要發現這點異狀的存在實是不易，以紀空手的目力，也是花費了極大的精力才有所察覺。

「嗖……」這只能說明，巴額採用的方式是土遁術，幸好紀空手對於此道並不陌生，是以沒有猶豫，飛身追去。

那突起的灌木移動極速，就在紀空手踏步追出的剎那，土泥炸開，巴額滿身泥土地縱身而出，便要飛掠而去。

「轟……」巴額的身形剛欲掠起，突然在他周圍的幾叢灌木炸裂開來，塵土散盡後，卻見巴額頹然倒地，在他的身邊，站有三人，正是車侯、土行與水星。

◆

紀空手又驚又喜，快步上前道：「你們怎會出現在這裡？」

車侯一聲呼哨，便見湖中心現出一條船，緩緩向這邊駛來。

「我們已在忘情湖上待了數日，就是在琢磨如何才能自這百尺水下取出登龍圖的寶藏。正巧碰上你和這人纏鬥，所以就趕過來瞧瞧。」車侯微微一笑，向四面張望片刻，訝然問道：「怎麼不見先生與樂道三友？」

紀空手神色一黯道：「先生已去了。」

車侯渾身一震，回頭與土行、水星相視一眼，掉過頭來笑道：「這個玩笑可開不得。」

紀空手搖了搖頭，目光望向上庸方向的那塊天空，沈默半晌，才幽然而道：「我沒有開玩笑，就算是開玩笑，我也絕對不會拿先生作爲對象。」

他的臉上肌肉一陣抽搐，扭曲成一種難看的線條，低聲道：「這是一個事實！」

車侯的臉色「刷」地一下變得煞白，連連搖頭道：「不會的，這是不可能的，這不是真的！」

他猛然撲了上來，抱緊紀空手的肩頭一陣猛搖道：「你撒謊！在這個世上，誰也不可能殺得了他，就算是兩個劉邦也絕不是他的對手！」

他近乎是在嘶喊，利用這種方式來發洩自己的情緒。在他的眼中，五音先生不僅是他的朋友，也是他的恩人，更是他心目中的神，如果沒有五音先生，就不會有今天的他與西域龜宗！像這樣一位無所不能的神，又怎會死於他人的手上呢？

紀空手任憑他用力搖動著自己的身體，沒有作出任何的阻止。他明白車侯對五音先生那份深深的感情，是以只是靜靜地看著他，直到車侯喊得嗓音嘶啞。

「我們低估了劉邦的實力，所以陷入了他佈下的死局之中。」紀空手緩緩說道：「但最致命的一點是，樂道三友本是問天樓安插在先生身邊的奸細，所以不可能發生的事情最終還是發生了。」

車侯呆呆地望著紀空手異常冷峻的臉，早已是老淚縱橫，連連搖頭，半天也說不出話來。他心裡已然明白，紀空手所說的是事實，假如樂道三友真是奸細，五音先生縱然是神，也未必能倖免遇難。

紀空手緩緩地將昨夜發生的一切講述出來，直到這時，他才感覺到自己的心裡好受一點。

「事情就是這樣。」紀空手看了一眼已然無法動彈的巴額道：「然後我就遇上了他。」

他刻意隱瞞了自己整形的那一段，以及五音先生臨別時的幾句囑咐，這不是他不相信車侯等人，而是有了樂道三友的教訓，他必須有所保留。

他扶著車侯，保持著應有的冷靜道：「我們現在不是悲傷的時候，當務之急，是要派人弄清上庸城此時的情況，設法將先生的遺體送回峽谷安葬。同時，我必須要知道這位巴額的背景與來歷！」

車侯慢慢地平復了自己激動的心態，望著巴額道：「我認得他。」
紀空手奇道：「此話當真？」
「他的確叫巴額，是北域龜宗之主李秀樹座下的七大高手之一，因北域龜宗與東海忍道門聯婚的關係密切，是以他會一兩手忍術並不為奇。」車侯說得很慢，卻非常詳細。
「可是他怎麼會跑到上庸來，甚至出現在大鐘寺？」這才是紀空手關心的問題。
「這我也不知道。」車侯搖了搖頭道：「這個問題也許由他本人來回答更為合適。」
紀空手將目光轉向巴額，不禁大吃一驚，只見巴額的臉由紅轉青，呼吸急促，正是中毒之兆。
「怎會這樣？」紀空手出手之快，在瞬息之間連點巴額周身數大要穴，以防毒性繼續蔓延。
「我是不會回答你任何問題的。」巴額慘然一笑道：「因為死人是不可能開口的！」
話一說完，他的頭已然垂下，一縷烏血緩緩地自他的嘴角處滲了出來。
紀空手驚詫地望著車侯，卻見後者搖了搖頭道：「不成功，便成仁，這是李秀樹一生奉行的做人原則，體現了他為達目的、不擇手段的行事風格。在他門下的上千弟子中，無不將這一句話奉為至理名言，巴額自然也不例外。」
車侯大手托住巴額的下巴，微微用力一錯，便見巴額的嘴已然張開，車侯指著巴額的滿口牙齒道：「每一個北域龜宗的弟子，甚至包括李秀樹自己，他們的嘴裡必有一顆是刻意裝上的假牙，牙裡藏有見血封喉的劇毒，一旦他們見勢不對，或是受俘於人，就會咬破牙齒，讓毒液進入咽喉。」

「這豈非太殘酷了？」紀空手倒抽了一口冷氣道。

車侯冷冷地道：「這只是他們對自己而言，倘若是對待敵人，他們所使的手段可謂是無所不用其極，殘忍到你不敢想像的地步。當年我與李秀樹之間爲了龜宗分裂之事，曾經有過數次火拚，而最後一次，李秀樹爲了不想我再有翻身的機會，竟娶了東海忍道門之主那位醜得可以讓任何男人倒胃的女兒，巧幸我有五音先生及時出手相助，否則只怕龜宗就不會有西域與北域之分了。」

他言下之意，顯然是在當年的火拚之中落入下風，後來得到五音先生的幫助，才得以保存實力，立足西域。提及五音先生，車侯的臉上又平添幾分傷感。

但紀空手懸念未解，繼續問道：「以車宗主的實力，尚且不能與李秀樹一較高低，難道說李秀樹真的就那麼可怕嗎？」

車侯沈吟片刻道：「李秀樹雖是我龜宗子弟，但背景複雜，來自於北域高麗國的一支王室貴族。據說他當年混入龜宗，就是想利用龜宗的力量，來達到自己的某種政治目的。是以他雖爲北域龜宗的宗主，卻掌握了北域龜宗、東海忍道以及棋道宗府三支力量，如果他入主中土，足可與五閥分庭抗禮。只是此人城府極深，胸有大志，一向行蹤詭祕，隱忍不發，所以才不爲中土江湖人所知。但從巴額的行動來看，莫非他認爲時機成熟，準備出手？」

車侯的臉上現出重重隱憂，顯然對李秀樹此人有所忌憚。

紀空手看在眼中，心裡暗道：「如此說來，這李秀樹既爲高麗王室貴族，只怕其志不小，意在天下，如果他與韓信暗中勾結，勢力之大，恐怕連劉邦也未必控制得了。」

這絕非紀空手杞人憂天，因爲他從巴額上庸之行就似乎看到了這種跡象。登龍圖寶藏的所藏地點除了他與劉邦、韓信三人知道外，天下再無人可知，但巴額卻能尋到上庸，這只能說明，他的消息來自於韓信。

這是一個不爭的事實，只要用排除法稍作分析，結果自然水落石出，這不由得不令紀空手的心情愈發沈重起來。

他望著巴額漸冷漸硬的屍體，感到自己的思緒被太多的問題充斥，以至於有頭大欲裂之感。他需要單獨一個人靜下心來好好地想一想，以作出一些正確的決斷。不僅爲自己，也爲這數千峽谷子弟，當五音先生這棵大樹倒下時，他已經責無旁貸，必須讓自己成爲擎天之柱，支撐起每一個人頭頂之上的那片天空。

五音先生的死訊傳到峽谷，每一個人都沈浸於悲痛之中，紅顏更是悲痛萬分，茶飯不思。

只有紀空手超乎尋常地冷靜，將自己一個人關在洞殿之中，整整過了七天七夜。在這七日之中，車侯與扶滄海受虞姬之託，數番相勸，可是洞門緊閉，裡面卻絲毫沒有回應，就連紅顏從哀思中振作起來，想來勸上幾句，但洞門依舊緊閉，誰也無法知道紀空手的心中所想，更不知道他在做些什麼。

就在眾人擔心之下，決定破洞門而入時，紀空手鬚髮俱亂，形銷神蝕地出現在眾人的眼前。他只說了一句話：「我沒事，我只是想通了一些事情。」

說這句話的時候，他的臉上一片寧靜，但每一個人都從他的目光中看到了堅定與自信。

◆

洞殿之中，燃起幾根燭火，紀空手、車侯、扶滄海、紅顏坐在一起，無不一臉肅然，似乎要作出一個重大的決定。

「你是否再考慮一下？」車侯看了紀空手一眼，還是忍不住說了一句。

紀空手搖了搖頭道：「我已經考慮得十分清楚，我不能登位知音亭閥主。不是我不想，而是不能，還有更重要的事情需要我去做。」

「難道連我們也不能告知嗎？」扶滄海詫異地道。

「不能，這是天機。」紀空手斷然答道：「總有一天，你們會知道事情的真相的，但是現在卻不能告訴你們，這並不代表我不信任你們，而是此事的危險性之大，超出了你們的想像範圍。此次我再也不能有失！」

紀空手說完這些話時，眼神裡充滿著真誠，更有一種剛毅。當他的目光一一與車侯、扶滄海的目光交錯而過時，他感到了他們對自己的忠誠與信任。

「你需要多長的時間去做這件事情？」車侯問道。

「我不知道。」紀空手剛毅的眼神中霎時轉變爲深沈，也透著一絲迷茫道：「因爲我無法預測未來。」

「那麼我們可以幫你做點什麼嗎？」車侯的心裡有幾分詫異，似乎從來沒有見過紀空手這般沒有自信，不過他有一種預感：紀空手所做的事情，不僅艱鉅，而且必定驚天動地！

「謝謝，只要你們能協助紅顏管理好峽谷中的一切事務，能夠讓我放心而去，我就感激不盡了。」紀空手與紅顏的目光相對，彼此間透著對對方的那份牽掛之情。

「這是我們份內之事，只要尚有一口氣在，我們誓與峽谷共存亡！」車侯與扶滄海大聲答道。雖然他們與紀空手相處的時日不是太久，但都被紀空手的爲人處事所折服，心中已隱推其爲領袖。

紀空手深深地看了車、扶二人一眼，很是感動，然後緩緩地站立起來道：「在我即將離開之前，我還有兩件事情要做，這關係到我們是否能在日後爭霸天下中佔有立足之地。雖然要完成這兩件事都非常艱難，但幸運的是，我已有解決之道。」

車侯與扶滄海相視一眼，似乎不懂紀空手話中之意，臉上微露困惑。

「爭霸天下能否成功，取決於幾個要素，所謂天時、地利、人和之外，真正取決定性因素的，就是要有強大的軍力與財力。而我們現在擁有的，除了我們是真正爲天下蒼生百姓的正義之師外，還在於我們適逢於這個亂世，比及項羽、劉邦，甚至韓信，我們除了占到人和之外，還有天時，而在地利、軍力、財力上都有所不及。如果我們就憑現有的實力與之一爭天下，只有一個結局，那就是失敗！」紀空手緩緩而道，一臉沈重，顯然他這七日七夜閉門所思的，正是這些時局大勢。

「這些都是無法改變的事實，就算我們奮起直追，也根本不可能在短時間內起到卓有成效的變化。」扶滄海道。

「所以當日先生在世之時，提出要另闢蹊徑，就是看到了我們劣勢所在。」紀空手充滿信心地道：「因爲他以超人的智慧與豐富的閱歷作出了大膽的判斷，認爲在當今亂世，真正能夠對爭霸天下取到決定性因素的，唯有財力！無論一個人擁有多麼強大的軍力，假如沒有龐大的財力支撐，他是維持不了多久的。而我們要做的，就是在這一兩年內，成爲當今最爲富有的一支勢力，藉此與劉、項抗衡，最終達到我們奪取天下的目的！」

「可是，我們眼睜睜看著登龍圖寶藏就在眼皮底下，卻無計可施，縱是有心奪取，也是徒勞無功啊！」扶滄海想到爲了這取寶之道，竟然搭上了五音先生的性命，不由黯然神傷。

「的確，要想取出寶藏，實在難如登天，不過，此次上庸之行，並非全無收穫，如果我所料不差，這登龍圖中的寶藏未必就與我們無緣。」紀空手微微一笑，似乎胸有成竹。

車侯又驚又喜道：「莫非你已經得到了取寶之道？」

「可以這麼說，但此時定論，尚且太早。我已經派出土行與水星按照我的吩咐重新勘查忘情湖，希望能夠印證我的想法。」紀空手沒有否認，也沒有肯定，但從他臉上的表情來看，很是輕鬆，似乎已有了一定的把握。

「如果真的能夠得到登龍圖中的寶藏的話，那我們就是如虎添翼，可以大幹一場了。」扶滄海興奮起來，他非常同意紀空手的觀點，那就是財力在戰爭中的重要性。

「就算我們真的能夠將寶藏據爲己有，也不能坐吃山空，僅憑這點財富與劉、項抗衡。」紀空手搖頭道：「這場爭霸之戰，遠比我們想像中的要殘酷得多，甚至是一場持久之戰，絕不是一兩年內可以結束，我們若是想最終取得這場戰爭的勝利，以登龍圖中的寶藏只怕還遠遠不夠。」

他的話頓時引起了車、扶二人的深思，畢竟他們也是江湖中的大豪，思維敏捷，見識廣博，不會不明白紀空手所說的可能性，但隨即他們又同時將目光投射在紀空手身上，因爲兩人明白，紀空手既然這麼說，肯定已有解決之道。

「不過——」果然不出車、扶二人所料，紀空手微微一笑道：「幸好我們還有後生無，有這樣一個生財有道的人才來襄助我們，我們或許就真的擁有了一座取之不盡、用之不竭的寶山！」

他拍了拍手，後生無便出現在洞殿之中，一一向車侯、扶滄海行禮之後，在紀空手的身邊坐了下來。

車侯與扶滄海以疑惑的眼光看著後生無，對紀空手的話將信將疑。

紀空手道：「你們無須懷疑他的能力，事實已經證明他的確具有經商的天賦，在這幾天的時間裡，他已經用我們爲數不多的資本，賺到了最大限度的利潤。」

峽谷中的資金緊缺已經成了不爭的事實，每一個人也心中有數。直到這時，車侯和扶滄海才發覺，按照正常的進度，這兩天峽谷的經濟危機正是臨近爆發的時候，可是看到紀空手與後生無十分輕鬆的樣子，難道說危機真的已經過去？

「其實商場如戰場。」後生無也許在江湖中算不上一流的好手，但只要論及經商之道，他已儼如王者：「要想真正成爲一個成功的商人，必須遵循幾大因素的開發創造，譬如有關貨物的訊息，把握買進賣出的時機，一旦決策，全力以赴，重拳出擊，這些都是作爲一個成功商人應該把握的事情。而作爲商道之根本，誠信是必須強調的，只要擁有了良好的信譽，你甚至可以用最少的資本運作來創造最大的利潤空間，這也就是商道中的最高境界『白手生金』！」

他所說的道理並不深奧，對於在場的每一個人來說，都能或多或少地表示理解。從他們的表情來看，已對經商之道有了非常濃厚的興趣。

「但要真正做到白手生金，需要時間的積累與感情的投入，經過長期的考驗之後，才可以博得別人的信任，建立起良好的信譽。」後生無娓娓道來，思路清晰：「然而時不待我，紀公子要我在不到十日的時間內將我們手頭的資本翻上一倍。也就是說，要用一個錢賺到另一個錢，這本來是絕對不可能完成的任務，但對我來說，卻並不難辦到，因爲我一直關注著各地的商情，看到了一個利潤巨大的商機。」

車侯與扶滄海都倍感驚奇，見後生無慢吞吞地吊著大家的胃口，趕忙催促道：「快說出來聽聽。」

後生無微微一笑道：「自劉邦進入巴、蜀、漢中三郡之後，便大肆收購民間商家的銅、鐵，以作鍛造兵器之需。這樣一來，便造成銅、鐵兩物在三郡民間奇缺，供不應求，價格居高不下。而巴、蜀一向盛產井鹽，物優而價廉，只是劉邦對鹽稅徵收過高，使民間井鹽只能在巴、蜀等地自行流通，不能遠銷各地。如此一來，商機自然就應運而生。」

「你想在銅、鐵、鹽上大做文章？」扶滄海問道。

「是的，所謂買賣買賣，就是互通有無。恰好我知道有一個地方正好是銅鐵泛濫，獨缺井鹽，只要將這個地方的銅鐵運到巴蜀，轉眼就可謀取數倍暴利，而將巴蜀的井鹽運回，同樣可以取得可觀的利潤。」後生無點頭道。

「既然有這樣一個地方，不可能只有你一個人想到，你所說的恐怕另有玄機吧？」紀空手道。

後生無道：「我所說的這個地方，就是夜郎國，相距巴蜀不過數百里，雖然看到商機的不止我一個人，但別人縱然想到，也是有心無力，而唯有我才可以將這個計畫付諸實現。」

「何以會這樣呢？」車侯問道。

「其實很簡單，從巴蜀通往夜郎國，只有一條馬幫通行的山路可走，一路上共有十九家頗有勢力的山賊，一般的商人根本沒有膽量走上一趟，更不用說帶上大批貨物上路了。」後生無微笑而道：「而我們的優勢就在於有強大的武力可以保證貨物在路途的安全，有雄厚的資本購置貨物，再加上擁有一批懂得經營之道的人才，自然可以無往不利了。」

扶滄海恍然大悟道：「原來這就是你向我借兵的原因。」

後生無拱手道：「此事若無扶公子的成全，後生無要想在十日之內將手中的萬金變成五萬金，不過是癡人說夢罷了。」

他說得平淡，卻讓車、扶二人聽得心驚，十日之內就能賺到五倍的厚利，這的確顯示了後生無對商道的駕馭能力達到了何等精熟的地步，像這樣的經營奇才，真是天下罕有。

紀空手笑道：「你說得容易，但我卻知道你們所付出的努力絕對不少。從我的角度來看，更想知道你是如何在十日之內賺到這四萬金的，因爲我知道，從巴蜀到夜郎，正好需要五日的行程，時間上剛夠一個來回，而你們還要買進賣出，這如何來得及呢？」

後生無道：「我將我手中的人力一分爲三，一部分人由公不一率領，直接與那十九家山賊商量借道事宜，這事看上去挺難，但是在武力的威逼下和財貨的誘惑下，那些山賊的頭領都非常聰明，採取了全力合作的方式。」

「山賊見利忘義、出爾反爾是常有發生的事情，難道你不怕他們會在關鍵時刻耍你一手嗎？」扶滄海皺了皺眉，顯然聽說過夜郎道上眾山賊的行事作風。

「這一點早在我意料之中，不過他們一向與巴蜀江湖上的關係密切，對五音先生敬若神明，只要抬出知音亭的招牌，一路便可暢通無阻。」後生無微微一笑道：「另一部分則由公不二率領，在巴蜀各地收購一批井鹽，然後躲過劉邦軍方設置的稅卡，進入夜郎國。這兩件事情進行得都非常順利，而由我親自率領的一批人馬到了夜郎國時，反而遇上了一個小小的麻煩。」

「哦？」紀空手的興趣反而更濃了。

後生無道：「夜郎國的銅山鐵礦的確不少，幾乎隨處可見，但是大宗的交易權並不在每個山主礦主的手中，而是被夜郎國國郡授權於一個陳姓世家。這一世家的家主名爲陳平，行事低調，深居簡出，常人根本不能見得一面，我曾一日三次登門求見，都被拒之門外。正當我無計可施之時，這陳平突然派人送來了一封手令，同意以井鹽換銅鐵的方式交易，這才使得整個買賣順利完成。」

「他何以會突然改變了主意？」紀空手提出了自己的置疑。

「這個我也不太清楚。」後生無的臉上也現出一絲迷茫道：「不過我在夜郎國的時候，遇上了另外兩批身分神祕的行商，他們提出的收購價格遠比我的豐厚，卻一直未獲准採購，這讓我心中也好生迷惑。」

紀空手眼睛一亮道：「你是否聽出這些人的口音是來自於何地？」

後生無搖了搖頭道：「他們的口音太雜，天南地北都有，難以讓人作出判斷。不過，看他們的舉止作風，雖然刻意隱瞞，卻仍掩蓋不了他們身上的那股軍士氣質。」

車侯與扶滄海相視一眼，若有所思，抬頭望向紀空手，卻見紀空手淡淡一笑道：「這應該是意料之中的事情。亂世之中，大戰在即，各方當務之急，就在於儲備糧草軍需，而銅鐵乃鍛造兵器之物，理所當然成爲戰時各方爭奪的緊俏貨。」

後生無驚道：「紀公子莫非懷疑這些商人是來自於項羽、韓信的軍營？」

紀空手道：「我不敢確定，但無論劉邦、項羽、韓信中的任何一方，出現兵器的緊缺都是不爭的事實。自始皇當年收繳民間兵器之後，天下間的兵器不足百萬之數，而這三方的發展勢頭極猛，數年時間各自擁兵俱在五六十萬之上，兵器數量與兵力呈現明顯的不成比例。只要登龍圖寶藏一日不到他們手中，這銅鐵之物就是這三方必爭之物。因此，如果我們能與這陳氏家族搞好關係，控制住夜郎國銅山鐵礦的貿易權的話，無疑會對劉、項、韓三方構成一定的制約。」

車侯大喜道：「果然妙計，能夠不損一兵一卒，就能對敵有所制約，這的確再好不過了。」

後生無猶豫了片刻道：「可是這陳平神龍見首不見尾，就是見他一面都猶似登天般艱難，我們又如何才能與他攀上交情呢？」

紀空手沈吟半晌，緩緩而道：「憑我的直覺，這陳平應該是友非敵，否則他何以三次拒絕與你見面，之後又突然改變主意？任何已經發生的事情都有困果，也　許……」他沒有再說下去，只是淡淡一笑，臉上多了一份悠然之意，讓人無法揣測他心裡的祕密。

第六章　夜郎之行

洞殿中只剩下紀空手與紅顏，兩人相擁一起，默然相對，似乎都不願意打破這寧靜中的溫馨。

紀空手輕撫著紅顏一頭烏黑滑亮的秀髮，聞著那淡淡沁人的體香，突然道：「對不起！雖然我曾經發誓，今生今世絕不在你的面前提起這三個字，但是爲了不失信於你的父親，我不得不說，只希望你能理解我此刻的心情。」

紅顏斜靠在他的肩上，幽然歎道：「我明白，其實在我第一眼見到你的時候，就知道像你這樣的男人，本就不該屬於我一個人。」她的眼中閃動著一絲亮光道：「你也不屬於虞姬，更不屬於你自己，你本是應運而生，屬於這個天下的黎民百姓。」

紀空手卻搖了搖頭道：「我不知道自己是否屬於這個天下，但我心中所想的是盡力而爲，不願讓此生有絲毫的遺憾，對你和虞姬來說，這未免有些不公平，可我已無退路可言。」

「君這一去，不知相逢又在何年？」紅顏輕歎一聲，臉上已是離愁萬千。

「我不能預測今後的事情，但是今日一別，相逢終會有期。」紀空手的臉上充滿剛毅。

當他的目光與紅顏的秋波相對時，心中頓時湧現出無數柔情，柔聲道：「只是我走之後，這峽谷中的一切事務都得靠你承擔，實是有些難爲你了。」

「有車叔叔與扶大哥的相助，再加上後生無生財有道，相信峽谷只會愈來愈興旺，絕不會有敗落之虞。倒是你一人踏入江湖，兇險異常，讓人家揪心得緊。」紅顏掩飾不住自己心中的擔心，緊緊地握住紀空手的手道。

紀空手微微一笑道：「我也許天生就是江湖命，江湖對我來說，就像是魚兒與水的關係，只有踏入江湖，我才會有活力與生命，所以你無須擔心。你聽過有水將魚兒淹死的事情嗎？」

紅顏也笑了，雖然紀空手一臉輕鬆，其實兩人的心裡都好生沈重。誰都明白，此次離別，也許有再見的一日，也許就是永別，當自己最敬愛的父親離她而去之後，紅顏又得爲愛人的離去而傷懷。

這是一種無奈，人在江湖，身不由己的無奈。有的人只要一踏入江湖，他就不再屬於自己，因爲他的根就在江湖。

紀空手緩緩地從自己的衣袖裡取出三個香囊，一一將它放入紅顏的手裡，微微笑道：「還記得這三個香囊嗎?多麼精緻的手工啊!當我每次站到你們的身後時，我都在暗暗驚歎，何以老天會這樣厚待於你和虞姬，不僅給了你們絕世的容顏，還給予了你們如此靈巧的小手，看來上天製造一種美的東西，就是要讓它美到極致，美到讓人嫉妒它才甘心。」

「想不到紀大哥奉承起人來也有一套，雖然肉麻，不過我心裡著實喜歡。」紅顏嬌嗔地笑道，臉上已是一抹飛紅。

紀空手笑道：「這只是我的真心話。」

「如果你真的以爲這三個香囊很美，那麼它之所以如此美麗，並不在於繡它的人手巧，而是在於我和虞姐姐都是用心在繡。它的一針一線都代表著我們對你的那份深深的感情！」紅顏抬起頭來，與紀空手的目光交纏於虛空。

對紅顏來說，大家閨秀的修養令她從不輕易地對人流露自己的真實情感。雖然當時的禮教並不如後世這般對男女之間設置種種限制，但紅顏還是受身分所制約，而不能任情感自由流露。

可是面對離別，她已顧不得這份矜持。她只想讓紀空手知道，雖然他縱馬江湖，關山萬里，她的心總是隨著他，魂牽夢繞，永不分離。

紀空手又豈會不知紅顏的這一番心情？感動之餘，眼中似生一層霧氣，沒有說話，只是深深地將她擁入自己的懷中。

良久之後，他才深深地吸了一口氣，穩住自己略顯激動的情緒，然後貼著她的耳垂悄然道：「這三個香囊之中，我依序排號，各自置入三個計畫在其中。一旦你收到信使九君子或是鴿鷹傳來的箋書，你照手書中的吩咐，按號拆開香囊，依計而行。你一定要記住，我之生死，盡在這香囊之中，只要你能辦好這三件事情，我就可以度過兇險，逢凶化吉，切記！切記！」

紅顏將香囊緊緊抓在手裡，就像緊緊抓住紀空手的性命一般，拚命點頭。

紀空手只覺肩頭已是一片濕濡，卻沒有去看，他只是輕輕地將她推開，然後大步向洞殿之外而去。

他不想看到紅顏的眼淚，也不敢，他只怕自己會被那如珠般的淚水融化，而改變主意。

當他即將走出殿門的剎那，只聽到紅顏幽幽一歎，聲音中帶著一陣哽咽道：「虞姐姐要我告訴你，她之所以不來見你，是怕你會爲她分心，因爲她已有了三個月的身孕。」

紀空手的心裡驀然一顫，頓時湧出了一股莫名的情感，說不出是驚是喜，但他已不能回頭。

他知道，只有在這一刻無情，才能最終得到他所想要的東西。人世間的一些事情，唯有無畏，唯有義無反顧，才能達到目的，他不想讓兒女之情改變自己的初衷，改變自己的決定。

傳入紅顏耳中的，除了那沈重的腳步聲外，還有紀空手那一聲歎息。

歎息中除了惆悵，更有幾分無奈，但誰都不可否認，紀空手在每一個人的印象中，不僅堅韌，更具有大無畏的勇氣。

紀空手走出峽谷的時候，正是深冬，天下形勢相對平靜，就像是暴風雨來臨之前的寧靜，各地竟成偏安之局，戰禍雖無，但幾大勢力在各個方面的明爭暗鬥依然有跡可尋，隨時隨地都有爆發戰爭的可能。

紀空手孤身一人行走在夜郎北道上。

這條道路一直是夜郎國聯繫中土的要道之一，一路行去，雖無戰亂之禍，但盜寇橫行，民不聊生，令紀空手唏噓不已，心有感慨。

不過，相對於中原軍閥割據的亂局，夜郎國倒顯得一時發達興旺，民間殷富。進入夜郎國地界，這種感覺就愈發強烈，也只有在這個時候，紀空手才深深地懂得了百姓之所以視戰亂為猛獸洪水的原因。

戰爭的破壞性之大，遠比天災為甚，是以沒有一個民族，沒有一方百姓會因為戰爭而戰爭，只有在忍無可忍的情況下，他們才會被人利用，為自己的生存而拚殺。

而這種生存的代價，就是在危及別人生存的情況下換取。這似乎是一種無奈，其實更是一種殘酷，世道之無情造就了這一幕幕人間的慘劇。

金銀寨是夜郎北道上一個重要的礦區，集市繁華，娼賭盛行，到夜郎國不過一日行程。當紀空手單騎入城時，金銀寨裡的氣氛明顯與往日不同，雖然熱鬧依舊，繁華不減，但卻多了不少來自中土口音的遊子浪人，從他們腰間鼓鼓的刀套劍鞘中，似乎可以預測到某種正在醞釀的殺機。

這些人無疑都是高手，江湖中少有的高手，人數雖不過百，卻顯得安分守己，從不惹事生非。紀空手微微一笑，似乎看出了這些人的背景來歷，並不驚奇，好像這一切本在他的意料之中，當下尋了一處客棧住下，稍作改裝，扮成一個行商，出沒於茶樓酒肆之間。

他之所以沒有太過驚訝，是因爲他知道金銀寨正是夜郎國三大世家之一陳氏世家的轄地。陳氏世家富可敵國，又執掌夜郎國境內銅鐵礦產的貿易權，在這非常時期，陳平無疑是中原各方勢力必須籠絡的物件，在他的轄地裡出現一些江湖好手，這說明劉邦、項羽、韓信三方已經派人到了金銀寨。

雖然當時天下公推項羽爲首，號稱「西楚霸王」，但劉邦以「漢王」之威統轄巴、蜀、漢中三郡，韓信以「淮陰侯」坐鎮江淮，其聲勢之大，已力壓各路諸侯，隱然與項羽、劉邦形成三足鼎立之勢。在大戰當即，兵器奇缺的情況下，他們三方雖然表面上看來相安無事，但暗地裡卻已經開始了你死我活的爭奪。

紀空手在這種情況下孤身一人來到夜郎國，其用心之深，讓人無法揣度。當他悠然地在金銀寨裡轉了半天之後，已經對金銀寨目前的局勢有所了解。

原來自後生無從陳平手中買到一批銅鐵之後，這大半個月來，夜郎國便再也沒有與任何人做過一筆銅鐵交易。因爲在陳平的書房裡，擺下了項羽、劉邦、韓信三方送來的親筆手書，書信中都只有一個意圖，就是誰都想成爲夜郎國唯一的合作夥伴，包攬下其境內的所有銅鐵產量。

夜郎國畢竟是一個小國，它的興衰往往取決於中原的局勢，所以在形勢尚未明朗之前，夜郎國國王根本就不願得罪這三方中的任何一方，而是將這個難題推到了陳平頭上。

陳平心知這是一個燙手山芋，稍有不慎，就有可能給夜郎國帶來亡國之虞，於是權衡再三之下，決定在金銀寨的銅殿鐵塔擺下棋局，以棋局的勝負來決定銅鐵的貿易權。

當紀空手聞聽這一消息時，大爲陳平的奇思妙想而叫絕。唯有如此，陳平才能將自己與夜郎國置身事外，勝者該勝，敗者也無話可說，使夜郎國不會輕易得罪任何一方，從而得以保全。

可是當紀空手聽說棋賽舉辦之日時，掐指一算，不由大驚，因爲此時距棋賽開賽之日不過七天。七天，雖然算不上很長的時間，但在紀空手的眼中，卻充滿了變數，永遠無法預測在這七天之中會發生什麼事情。

這就是江湖，這就是亂世，只有踏入其中，你才能感受到其中的兇險與殘酷。

在不知不覺中，他隨著人流來到了金銀寨的一條熱鬧街口，遠遠望去，便見一座偌大的建築矗立於一片群樓之中，規模宏大，構造氣派，在主建築群的四周，尚有十餘座小型房舍逐一配套，宛如眾星捧月，令人頓感富氣逼人。

在這套建築的最高處，立有一杆大旗，上書「通吃館」。顧名思義，紀空手當然不會不知道這「通吃館」裡面是幹什麼營生的，所以一時興趣，又勾起了他在淮陰城中的舊事，毫不猶豫地入門而去。

待他進入主廳時，才發覺這賭場中的賭客很多，更有一些有頭有臉的人物，根本就不在主廳多作停留，在賭場雜役僕從的引領下，紛紛向內廳雅室而去。

紀空手心中一怔：「如此盛況空前，的確少見，看這些賭客之中，倒是外來商旅居多，難道說其中另有緣故？」

紀空手尙自沈吟之間，忽然有人在他的肩上輕拍了一下，他回頭一看，只見一個四旬左右的漢子正笑瞇瞇地衝著他畢恭畢敬地點頭哈腰道：「這位客官一定是頭一遭來我們金銀寨，實在面生得緊。」

紀空手一眼就看出這人是專門混跡賭場、靠賭客吃飯的老手，並不生厭，反而多了一絲親近之感，忙拱手還禮道：「這位兄台好眼力，居然一眼就看出在下不是本地人。」

「這不稀奇，像客官這般英俊挺拔之人，我夜郎國一向少有，加之你一臉風塵，必是遠行而來，是以不難猜出。」那人受寵若驚似地拍著馬屁道：「在下夜五，最愛結交朋友，若是客官不嫌棄，小弟願作東道，請客官小斟幾杯。」

紀空手明知他是欲擒故縱，套的是自己口袋裡的銅錢銀子，也不說破，當下與他來到主廳外的一間酒舍，兩人謙讓一番落座。

「在下姓莫名癡人，江淮人氏，一向做些跑南闖北的行商買賣。」紀空手既已改扮，便隨口說出了他在淮陰時用過的化名。他雖然知道像夜五這種人並不可靠，但消息靈通，只要重賞之下，必然可以得到一些自己需要的資訊，是以對他顯得親熱得緊。

「怪不得，怪不得，莫兄除了英俊挺拔之外，還分外多了一絲清秀，原是只有江淮人氏才獨有的風範。」夜五一臉諂媚道。

紀空手拍了拍他的肩道：「我們既是朋友，你就無須奉承於我，只要今日玩得盡興，我一定少不了你的一份報酬，也算有福同享吧。」

「那敢情好！」夜五隨便叫了幾碟下酒菜，一壺本地產的「小燒」，裝出大方的模樣，連連斟酒讓菜。

紀空手並不忙著喝酒，而是望著「通吃館」人山人海的場景歎道：「我走南闖北這麼多年，還是第一次看到開賭場的生意竟有這般好！集賭、酒、色爲一體，規模之大，絕非是一般人可以辦得起來的。如果我所料不錯，這賭場的主人只怕非富即貴，必是大有來頭之人。」

夜五立時翹起大拇指讚道：「莫大爺果然好眼力，不錯！這通吃館的主人的確是大有來頭，集財權於一身，乃是我夜郎國第二號人物，此人雖然不在朝中做官，但大王對他寵信有加，比及朝中百官更是風光顯赫。」

紀空手並不覺得有絲毫詫異，似乎這一切都在他的意料之中，淡淡一笑道：「你說的是陳平吧？」

夜五「噓」了一聲，霍然色變，向四周張望一下，壓低嗓門道：「這裡正是陳公的地盤，莫大爺說話還需注意分寸，須知禍從口出，以免惹上不必要的麻煩。」

「多謝提醒。」紀空手的眼芒從主廳攢動的人頭掃過，耳中盡是蠱搖骰響，人聲鼎沸，皺皺眉道：「此人既然有這等權勢，也就難怪他的生意會這麼好了。自古以來，沾上『嫖、賭』二字的生意，想不發達都不行，可見龍有龍道，蛇有蛇路，活該他賺個缽滿盆滿，笑逐顏開了。」

夜五道：「莫大爺所說雖有幾分道理，但通吃館的生意之所以突然火爆起來，卻另有原因。就在前兩天，通吃館的生意雖然不錯，但來往的賭客也只有今日的一半。」

「哦？」紀空手故作詫異地道：「倒要請教。」

夜五輕啜一口酒道：「再過七天，陳公將在銅寺鐵塔擺棋設局，迎戰來自中土的三路棋王。據說棋局的勝負關係到礦產的貿易權，內中的詳情，便不是我這等小民百姓可以聞知的了。不過我夜郎國自古賭風盛行，任何事情只要可以分出勝負，便可開賭設局，國人當然不會放過這種大好機會，這通吃館便投其所好，開盤坐莊，開出了每局棋的賠率。而今天便是三日下注的頭期，捧場的人當然不會少了。」

紀空手顯得頗有興趣地道：「這賭棋我倒聽說過不少，但有人開盤坐莊卻是頭一遭聞聽，不知這又是怎麼個賭法？你能否細細道來，讓我也開一回眼界？」

夜五見他如此熱心，心中暗喜，笑了笑道：「這次棋局，是由陳公一人分別與三路棋王各下一局棋，每局棋的賠率雖由通吃館開出，但下注者可以根據雙方的棋技選擇注數的大小與多寡，隨你投注多少，通吃館都會接單開賭。我平生最愛相人氣色，看人財運，莫大爺印堂發亮，隱現紅光，當是旺財之命，若是你有興趣，何不下手一搏？」

紀空手搖了搖頭道：「賭棋一道，要熟諳雙方棋技，全盤運籌，逐一分析，才能有所收穫。而我只是一個外地客人，對陳公與這三路棋王都陌生得很，哪裡敢貿然下注？」

夜五笑道：「其實今天來通吃館下注的人誰又識得那三位棋王的棋技如何？就連陳公的棋藝也未必有人知道深淺。但正是因爲如此，才顯得精彩刺激，懸念迭生。而這些賭客最看好的一點，就是棋局絕不會有假，根本不容人去操縱棋賽結果，誰也不可能爲了區區幾萬金賭碼而丟失了銅鐵的貿易權。因爲任誰的心裡都非常清楚，這貿易權一旦到手，便是日進斗金，財源滾滾而來，只有傻子才會去拾了芝麻丟掉西瓜。」

紀空手見他說得來勁，微微一笑道：「你如此熱心地慫恿我下注，難道真是幫我這麼簡單？我倒想聽聽你能得些什麼好處。」

夜五臉色一變再變，忙道：「莫大爺老於江湖世故，真是一點事情都瞞不過你。不錯，所謂無利不起早，莫大爺一進通吃館，我就看出你不是一個平凡之人，所以盡心結納，是想賭一賭運氣，看你是不是一擲千金的賭場豪客！」

紀空手笑了起來道：「是與不是，與你有什麼相干？」

夜五一臉諂笑道：「我絕無歹意，假若莫大爺真是賭場豪客，那我夜五也跟著你沾沾光，去萬金閣見識一下，順便瞧瞧漏臥國公主的模樣兒長得是否像傳說中的那般勾人魂魄。」

紀空手打量了他一眼，見其眼神雖然飄忽，卻有一股誠實的味道，知他所言非虛，頓時來了興趣道：「這萬金閣又在哪裡？而漏臥國公主又是怎麼回事？你一五一十說個明白，用不著這般吞吞吐吐，讓人聽著難受。」

「是！」夜五望了紀空手一眼，忙道：「這萬金閣就在通吃館中，與主廳僅有一牆之隔，若想進入萬金閣，必須先在主廳買足千金籌碼方可入內，是以常人根本無法踏足一步，而萬金閣裡的客人，除了那三大棋王之外，聽說還來了不少異國的貴賓，其中就有漏臥國的靈竹公主。」

紀空手心中一動，暗自尋思道：「這倒是一個難得的機會，這三大棋王敢來夜郎國應戰，想必棋藝極是了得。不過以項羽、劉邦、韓信三人的性格，都非良善之輩，絕不會消極等待棋局的勝負來決定自己的命運，他們肯定會在棋賽之前有所動作，做好萬無一失的準備。」思及此處，紀空手立時心生進入萬金閣打探虛實的念頭，更想知道這三大棋王身邊到底有哪些護駕的高手。經過了上庸大鐘寺一役，紀空手已經深刻體會到了「知己知彼」的重要性。

他尚自沈吟間，卻聽得夜五笑道：「莫非莫大爺也曾聽說過靈竹公主的豔名？」

紀空手搖搖頭道：「這倒未曾，我此次南來，只知有夜郎國，卻不曾聽說還有漏臥國，真是孤陋寡聞，讓你見笑了。」

夜五道：「這也怪不得你，但凡中土人士，知道夜郎國的已是不多，更不用說夜郎國之外的相鄰小國了。我夜郎國國土雖小，卻北靠巴、蜀、黔中三郡，南依漏臥、句町等國，西臨邛都、嶲國，實是各國通往中土的必經之道，如果莫大爺有心與這些國家做些買賣，不妨趁今日這個大好機會，進入萬金閣，結識幾位貴賓，肯定對你的生意不無裨益。」

他一心慫恿，顯然對這漏臥國的靈竹公主心儀已久。對他來說，能見佳人一面便已足矣，絕無非分之想，充其量日後在人前吹噓幾句，聊作話題。畢竟這萬金閣不是普通人可以自由出入的，夜五當然不肯放過這個一長見識的機會。

紀空手微微一笑道：「既然如此，我便聽你一句，快點吃吧，吃完我們就上萬金閣去。」

夜五大喜之下，將酒菜一推道：「真要上萬金閣，裡面的美酒佳餚豐富得緊，誰還吃這些東西？」

紀空手搖了搖頭，不再說話，當下在夜五的引領下，來到主廳櫃檯前，用千兩金票兌換得一塊通吃館特製的「千金券」，大搖大擺地向萬金閣走去……

萬金閣。

◆

雖以閣爲名，卻如花園式的殿堂，屹立於主廳之後，以寬大的走廊貫通，廊道兩邊是水池假山，花草盆栽，此時雖是冬季，但夜郎國地處南方溫熱地帶，是以絲毫不影響到草木的生長。

紀空手緩緩而行，一面欣賞著眼前的景致，一邊觀察著這美景中暗伏的危機。看似閒散寧靜的廊道，其實埋伏了不少暗哨，戒備之嚴，就連紀空手也暗自心驚。

身後的夜五雖是本地人氏，卻哪裡見過這等氣派的建築？忍不住嘖嘖稱奇。兩人走到廊道盡頭，便見四名戰士橫作一排，攔住去路。

紀空手遞上「千金券」，驗明之後，便往裡走。剛走了兩步，就聽到夜五在身後叫了起來。

紀空手回頭一看，原來是武士將夜五攔在了門外。

「這位大爺，此人是本地的一名無賴，並非大爺的隨從，按照規矩，他是不准入內的。」一名武士拱手作禮道。

「想不到夜兄爺這麼有名。」紀空手見夜五一臉猴急相，並不著急，反而打趣道。

夜五頓時哭笑不得道：「還請莫大爺看在咱們朋友一場的面子上，替我美言幾句。」

紀空手一擺手道：「放他進來吧，他的確是我雇請的跟班。」

他既已發了話，那幾名武士不敢違拗，讓夜五進入門去。兩人說笑幾句，沿著一排彩燈而行，老遠就看到了萬金閣的宏偉建築。

那是一座可比宮廷的廣闊殿堂，兩旁各有四根巨木柱，撐起了橫過殿頂的四道主樑，分一樓一底，中間搭設了一個偌大的平台，讓人一入其間，頓覺自己的渺小，感受那萬千氣象。

在平台的四周，各排了三列席位，大約一數，應有數十席之多，看席間佈置，當是貴賓所坐。與貴賓席相距五丈之外，便是擁有「千金券」賭客的席位，密密匝匝，緊然有序，恰設百席之數，而樓上的十數個包廂，則是爲本國權貴與鄰國貴賓所設，場面之大，令夜五目瞪口呆，嘖嘖稱奇。

這時大半數的席位上都坐有賓客，紀空手選了一個靠南的席位坐下，眼見貴賓席上空無一人，不由奇道：「怎麼這酒宴還不開始？」

夜五湊到他的耳邊道：「這不叫酒宴，而是歌妓會，是陳公專門答謝三大棋王遠道而來設下的表演。這樣既可讓三大棋王欣賞到我夜郎美女的萬種風情，又可讓持有『千金券』的賭客觀察幾位棋王的表現，作好下注的準備。這三日下注之期，每逢酉時便在萬金閣內舉行一次，賭客可以隨意盡興，一律免費。」

「這就是你要跟著我進來的目的？」紀空手似笑非笑地問道。

夜五一臉興奮地道：「進入萬金閣是我這一生中最大的夢想，憑我的這點本事，一輩子也掙不到一千金，更不要說將它豪賭一場了，難得今日遇上了你，總算遂了今生的心願。」

紀空手相信夜五所言非虛，因爲他在淮陰的時候，最大的理想就是能像那些富人一樣賭十兩銀子一注的籌碼，喝一兩銀子一罈的美酒，娶個小家碧玉式的鄰家女孩……這些在現在看來都是隨手可及的事情，可是換在當時，卻是難以企及的目標，所以紀空手理解夜五此刻的心情。

「一個人的慾望真的是沒有止境的嗎？若非如此，我何以實現了少年時候的理想之後仍不知足，竟然想到的是爭霸天下？」紀空手霍然心驚，陡然之間，當他從夜五的身上看到自己往昔的影子時，這才發現，自己真的變了，再也不是昔日街頭的無賴。

「難道世事如棋，真的不是人力可以掌握？若非如此，自己何以怎會身不由己？」紀空手的眼中閃爍出一種迷茫與困惑。

「哇，這莫非就是靈竹公主？」夜五一聲低呼，令紀空手頭腦清醒過來。他順著夜五的目光朝左邊樓上的一間包廂望去，首先入目的是肉光油亮、健康美麗的玉臂與美腿。

穿著如此大膽的美女，令紀空手聯想到張盈與色使者，但是這位美女雖是袒胸露臂，身材畢現，卻沒有一絲下流的感覺，反而渾身上下充滿著野性的美感與青春的活力。當她斜憑欄杆，流波顧盼時，甜美的笑意猶如燦爛的陽光，頓時吸引了全場人的注意。

如果說紅顏如幽谷的芝蘭，虞姬似綻放的牡丹，那麼這美人便如大山深處的一朵野玫瑰，一切都那麼清新自然，令紀空手的眼睛為之一亮。

正當紀空手的目光流連之餘，靈竹公主偶一偏首，正好與紀空手的目光在空中相對。

靈竹公主抿嘴一笑，似乎並不在意，反而大膽地看了他幾眼。

紀空手唯有低頭，他忽然發覺靈竹公主的笑很像一個人，似有紅顏的幾分神韻。

在這一刻，他的心裡湧出一股溫馨，不是因為靈竹公主，而是想到了紅顏，想到了虞姬，甚至想到了虞姬肚子裡的那個小生命……

人群突然騷動起來，有些人紛紛起身離座，望向自閣後而來的一條通道，上面鋪著鮮紅的地毯，直通貴賓席，顯然是專為陳平與三大棋王進入萬金閣所設。

「漢中棋王房衛、西楚棋聖習泗到！」一聲響亮的唱諾傳遍全場，紀空手精神一振，循聲望去，便見當先一人五十餘歲，白眉黑髮，精神矍鑠，衣袂飄飄，有一種說不出的飄逸，只是面容冷峻，故作清高，一副拒人於千里之外的架式，令人難生好感。

在他的身後，還有數十親衛，其中竟有樂白與寧戈護駕左右，看來劉邦在無法取出登龍圖寶藏之後，對此次的鑄鐵貿易權已有了勢在必得的決心。

紀空手迎頭望去，並沒有閃避之意，正好與樂白、寧戈等人的目光相對，這倒不是他對自己的整形術有十足的自信，而是他必須讓自己整形過後的面容經受考驗。如果樂白、寧戈能夠看出其中的破綻，那麼他就根本無法實施心中遠大的計畫。

「與其將來被人識破真相，倒不如現在就擔當風險。如此一來，至少可以讓自己還有機會一搏。」紀空手如此思忖著。

當他的目光移到房衛之後的習泗時，心神不由一震！

習泗比及房衛並未年輕多少，相貌也不出奇，紀空手一眼望去，就知道他沒有武功，不足爲懼，但在習泗身後的幾名老者，卻令紀空手心生忌憚。

這幾名老者顯然是流雲齋真正的精英，即使是身爲將軍的尹縱，對他們也絲毫不敢怠慢，禮數有加，神情謙恭。當紀空手的目光從他們的臉上一掃而過時，分明看到了那無神的眼眸中蘊藏的一絲精光，其內力之深，根本不在淩丁、申子龍這三大長老之下。

紀空手此時的內力已到了收發自如的地步，鋒芒內斂，並不怕別人看出他的功力深淺。不過，爲了保險起見，他的目光仍不敢多作停留，而是迅速移至一邊，低下頭來。

「看來項羽與劉邦都對這次貿易權的爭奪十分重視，不排除他們在棋局上一爭勝負的同時，在暗地裡做手腳，否則的話，他們就沒有必要興師動眾，精英盡出了。」紀空手心中尋思著，彷彿有一種強烈的預感。他始終覺得，無論是項羽方面，還是劉邦方面，他們在萬金閣顯示的實力並不是他們此次夜郎之行的全部，也許真正的主力藏於暗處，等待時機。

這並非沒有可能。

以紀空手對劉、項羽二人的了解，這種推理的準確性實在不小，不過紀空手此刻心中更想知道的，還是韓信那一方面的實力，因爲在他的心中，始終有一個懸疑。

這貿易權之爭，對於項羽、劉邦來說，盡力爭奪尙屬情理之中，畢竟他們各自所占的地界與夜郎相鄰，而韓信遠在江淮一帶，就算奪得貿易權，也無法將銅鐵運抵江淮，他又何必要多此一舉，湊這個熱鬧呢？難道他就不怕因此得罪劉、項二人嗎？

「莫大爺，你看了這兩位的模樣，心裡可否有了把握？」夜五見他兀自沈思，諂笑道。

紀空手斜了他一眼道：「賭棋一道，講究棋技，與人的模樣有何相干？」

「話可不能這麼說。」夜五一本正經地道：「世間萬事萬物，但凡沾上一個『賭』字，就是要講運氣。一個人的運氣好壞，往往可以在氣色中顯現出來，你可千萬不要小瞧了它。」

紀空手心中一動，驀然想到了五音先生臨去上庸時的臉色的確隱現暗黑，當時自己見了心中雖有疑慮，卻並未引起注意，現在想來，真是追悔莫及。

可見大千世界之萬事萬物，當它出現或是發生之際，總是在某些細微之處可以預見，夜五所言雖然違心，卻有一定的道理存在。

不過對紀空手來說，無論房衛與習泗的氣色如何，並不重要，他想知道的是在他們此行夜郎的背後，除了這貿易權之爭外，是否還有其他的目的？

而這才是紀空手關心的問題。

當房衛與習泗坐定之後，門官唱道：「江淮棋俠卞白到。」

大廳頓時又騷亂起來，除了房衛與習泗等一干人冷笑以對，無動於衷之外，其他人的目光紛紛投向閣後的那條通道。

卞白的出現立時惹起了大廳中人一陣嗡嗡低語，因爲誰也沒有料到，以江淮棋俠之名出現的卞白，居然不是江淮人氏，而是高鼻藍眼、長相怪異，屬於西域種族的另類。

夜郎國地處偏僻之地，消息閉塞，國人自然見識不多，眼見卞白的長相迥然有異，無不心生好奇，就連身爲漏臥國公主的靈竹，也是直瞪瞪地望著卞白，毫無女兒家的羞澀可言。

但紀空手的目光並沒有在卞白的臉上作過多的停留，而是對卞白身後的一班人更加有興趣。這些人雖然身著中土服飾，言行舉止已然漢化，但紀空手一眼就看出他們都不是中土人氏。

「卞白的身後由韓信支撐著，以韓信封侯的時間來看，僅只一年，卻能迅速地發展壯大，想必其中另有原因。」紀空手心中暗自揣度，從這些人顯現出來的氣勢來看，絲毫不弱於其他兩方，可見韓信對夜郎此行也是十分重視。

當卞白等人落座之後，在主人的席位上才出現了一位中年男子，一身華服，氣宇不凡，向四周人群拱手作禮之後，這才開口說話：「再過七日，就是比棋之期，難得有這麼多朋友相聚於此，以棋會友，我家主人實在高興，是以特別囑咐小人不惜重金，盡心款待，設下了這七日長宴。」

三大棋王紛紛還禮答謝。

夜五湊到紀空手耳際道：「此人乃是陳家大總管陳左陳大爺，陳公一向深居簡出，不喜熱鬧，是以府中的一切事務都交由此人掌管，在我國也算得上是一號人物。」

紀空手微微點頭，似乎對此人並不陌生，事實上後生無登門求見陳平時，正是此人拒而不見，所以紀空手對他留有印象。

陳左果然精明能幹，在這種大場合下代主行事，不卑不亢，禮數周到，令人感到場面熱鬧而不亂。

此刻全場足有百人之數，當陳左的雙掌在空中一拍之際，人聲俱無，一道管弦之聲悠然而起。一溜手舞水袖的舞姬踏著音樂的節拍而出，舞步輕盈，款款頻動，肉光閃爍於輕紗之間，誘發出讓人想入非非的青春與活力，在一種異族音樂的蠱惑下，演繹出別具一格的舞姿。

歌舞旋動，並未讓紀空手有所迷失，他的目光始終盯注著三大棋王背後的動靜，心中盤算著自己下一步的行動。

陡然之間，他渾身頓起一絲不適的感覺，感覺到有一道目光正時時關注著自己。

他心中一驚！經過整形術的他，已是面目全非，加上刻意內斂，氣質上也改變不少，整個人已經完全變了個人一般，怎麼還會有人對自己這般感興趣？

難道說自己的整形術還有破綻不成？

思及此時，紀空手不敢大意，眼芒一橫，迅速轉換角度，捕捉到這道目光的來源。目光所及之處，竟是陳左！

陳左臉上泛出一絲笑意，微一點頭，迅即將目光移至別處。紀空手一怔之下，彷彿墜入迷霧之中，不知其有何深意。

不知爲何，他的心裡驀生一種莫名的詫異！

與此同時，隨著歌舞的助興，場中的氣氛開始熱鬧起來，杯盞交錯間，陳左周旋於三大棋王之間，顯得極是忙碌。

紀空手想到陳左臉上的笑意，心中不安，在未知其底細之前，決定先行離開此地。

他拿定主意之後，故作無聊道：「這歌舞雖然新奇，但比及中土，仍然缺少了內涵與韻律，看久了實在無趣，不如我們返回大廳賭幾局過癮。」

夜五笑道：「莫大爺要想賭上幾局，何必要回大廳呢？你現在可是持有『千金券』的豪客，要賭就得與這裡的人賭，那才叫過癮呢。」

紀空手奇道：「難道這萬金閣裡還設有賭場？」

「不但有，而且還是第一流的賭場，只有像你這樣有錢的主兒，才有機會得以見識。」夜五神祕一笑，當下引著紀空手離開席位，向旁邊的一扇側門走去。

自門走出，是一段長廊，架設於一個小湖之上，通向湖心的小島。一路行去，除了森嚴的戒備之外，不時還遇到三三兩兩穿行的賭客與侍婢，每人的臉上都透出一種素質與涵養，顯示出他們將去的地方是一個品位格調都屬一流的場所。

「這通吃館之大，真是不可想像，我最初只道這通吃館規模雖大，畢竟大得有限，卻想不到館中有閣，閣中有島，真不知這島上還會有些什麼？」紀空手眼見這等規模的建築，不由心生感慨道。

夜五微微一笑，指著在夕陽斜照下兩座燦然生輝的建築道：「這島上除了銅寺鐵塔之外，還有一座樓，樓名一擲地，原是取一擲千金之意，所以只有身攜千金券的賭客才有資格進樓一賭。莫大爺進去之後，不愁找不到旗鼓相當的對手。」

紀空手笑了一笑道：「這麼說來，七日之後，這棋賽就將在這裡舉行？」

夜五道：「進了一擲地，就不要去多想明日的事情，因爲誰也算不準自己的運氣，更算不到自己的輸贏。」

紀空手深深地看了他一眼，微微笑道：「說得也是，俗話說：人到法場，錢入賭場。一個人不管他多麼有錢，只要進了賭場，這錢就當不得錢了，何況這七天豪賭下來，誰又知道我有多少錢去搏棋呢？」

夜五淡淡一笑道：「所以說你若真想搏棋，最好的辦法就是不入一擲地，回到萬金閣欣賞歌妓們的表演，否則的話，你有可能要不了七天，就會輸得一身精光出來。」

「我還能回去嗎？」紀空手笑道。

「不能。」夜五平靜地道：「只要你是一個賭徒，就不可能不進一擲地，因爲沒有人不想過上一把一擲千金的豪情與賭癮。」

「我是這樣的賭徒嗎？」紀空手說這句話的時候，臉上露出一絲莫名的笑意。

「你是，當然是！而且是不折不扣的大賭徒，否則，我就不會一眼看上了你。」夜五同樣也笑得十分詭異。

第七章　劍僕出世

只要有人的地方，就會有賭。

不論男女，不論老少，只要是人，血液中天生就流淌著一種物質——賭性。

有的人賭的是一口氣；有的人賭的是面子；有的人賭的是錢；有的人賭的是命……

女人最大的賭注是自己，她用最美好的青春去賭自己這一生中的歸宿；男人最大的賭注是尊嚴，當一個男人失去了身分地位，失去了金錢，他也就沒有尊嚴可言！

賭有千種萬種，賭注也是千奇百怪，但賭的本質，就是勝負。而衡量勝負的標準，人們通常都喜歡用錢的流向來衡量。

所以一擲千金永遠是賭徒最嚮往的事情，它需要賭者的激情、實力與良好的心態，是以能進一擲地的賭客，幾乎都有一流的賭品。

紀空手兩人進入一擲地後，在一位侍婢的引領下，來到了一間專設骰寶的廂房中，裡面的賭徒只有二三十位，比起外面大廳中的人氣來說，的確差了許多，但每個人的面前都堆放著一堆籌碼，下注的籌碼之大，就連紀空手也吃了一驚。

他之所以選擇骰寶來賭錢，是因爲他在淮陰的時候就深諳此道。骰寶賭錢，不僅簡單，而且聲音好聽，在「叮叮噹噹……」之聲中分出輸贏，讓紀空手覺得是一件非常享受的事情。不過，這一次吸引紀空手的卻不是這些，而是坐在莊家位上那位先他而至的靈竹公主。

紀空手第一眼看到她時，就覺得有幾分詫異，沒料到堂堂公主也是賭道中人，待他看到靈竹擲骰的動作時，心裡十分明白：這位美女無疑是個中高手！

擲骰的動作雖然簡單，卻講究靜心，手穩擲骰的一刹那，必須乾淨俐落，如行雲流水般快捷。靈竹公主顯然深諳此道，一擲之下，來了個滿場通吃，這才笑意盈盈地抬起頭來，看了看剛剛進門的紀空手。

紀空手微微一笑，在近處觀望，只見此女長得眉如彎月，眼似秋水，容貌皮膚匀稱得不同尋常，隱隱帶著異族女子的神祕。特別是她那誘人的身段，吸引著一大幫富家子弟如蠅蟲般陰魂不散，大有不得美人青睞勢不收兵之勢。

夜五低聲道：「莫大爺，我們還是換一種賭法吧，玩番推、鬥葉子，一樣有趣得緊。」

紀空手道：「你不就是衝著這位公主慕名而來的嗎？怎麼人到了近前，你反而畏手畏腳，害怕起來了？」

夜五尷尬一笑道：「美人雖好，畢竟錢也要緊，萬一你真的輸了個精光，我的那份賞錢可就泡湯了。」

紀空手拍了拍他的肩道：「這你大可放心，我對賭術雖然不甚精通，但運氣一向不錯，說不定財色兼收，也未嘗沒有可能。」

他的聲音略微高了一點，引得房中眾人無不回頭來望，每人臉上都帶著一絲怒意，倒是靈竹公主毫不介意，抿嘴一笑，招呼道：「光說不練，運氣再好也毫無用處，既然你這麼自信，何不坐下來玩上幾手？」

「美人相約，豈敢不從？」紀空手不顧眾人的白眼，笑嘻嘻地在靈竹公主身邊的一個位置坐下。靈竹公主身後的四位侍婢眉鋒一緊，手已按在劍柄之上，便要發難。

「退下。」靈竹公主低叱一聲，然後回過頭來，微笑道：「請君下注！」

紀空手的目光在骰盒上流連了一下，道：「你坐莊，還是我坐莊？」

「誰坐莊都行。」靈竹公主的臉上透著一股傲氣道：「只要你能拿出十萬兩銀子，也就是一百張千金券。」

「十萬兩銀子？」紀空手一臉驚詫地道：「我可沒有這麼多。」

「那麼你有多少？」靈竹公主很想看到紀空手尷尬的樣子，所以眼珠一轉，問道。

「一萬兩！夠不夠？」紀空手從懷中掏出大秦萬源匯票，放在桌上道。

「夠了！」靈竹公主根本就沒有往匯票上看一眼便道：「至少可以與我賭一把。」

此言一出，無人不驚。

雖然在座的諸位都是見過大場面的豪客，個個都有雄厚的家當，但是一萬兩銀子只賭一把的豪注依然讓他們感到震驚，畢竟這樣的賭法已近瘋狂。

不過靈竹公主是通吃館中的常客，一年總要在這裡賭上幾回，手筆之大，往往引起一時轟動，是以場中的賭客很快安靜下來，將目光投在了紀空手的臉上。

紀空手想都沒想，點點頭道：「一把賭輸贏的確痛快，不過怎麼個賭法，倒要請教？」

靈竹公主沒有料到紀空手會是如此爽快，立時喜上眉梢道：「兩家對賭，一擲見生死，先擲出豹子來，沒得趕。」

「什麼叫豹子？」紀空手追問了一句。

眾人頓時笑了起來，一個連豹子都不懂的人，居然敢賭骰寶，這有些像是天方夜譚。

但靈竹公主卻沒有笑，只是凝神望著紀空手的眼睛道：「你真的不知道？」

紀空手淡淡一笑道：「我賭的骰寶，擲出三個六就叫豹子，但是你們這裡的規矩我卻一竅不通，多問一下總沒壞處。」

靈竹公主道：「你這麼謹慎，一定在別的地方賭錢時吃過大虧。」

紀空手道：「以前的事不提也罷，只要今後不再吃虧就行了，難道公主不這麼認爲嗎？」

靈竹公主深深地看了他一眼，沒有說話，只是手在桌上輕叩了一下，一個荷官模樣的男子從門外進來，向靈竹公主叩首見禮道：「小人陳十七見過公主。」

靈竹公主望著紀空手道：「這位大爺是遠道而來，第一次來到你們通吃館照顧生意，你不妨向他說說你們通吃館的規矩，免得人家下起注來有所顧忌。」

陳十七清清嗓音道：「我們通吃館算來也是有百年歷史的老字型大小了，之所以生意興隆，長盛不衰，是因爲在我們的場子裡，從來就不允許有假的東西出現。」

他來到桌前，指著桌上那個雕工精緻、滑膩如玉的瓷碗道：「這個碗乃是從西域火焰山下的名窰燒製出來的，骰子是滇王府的御用玉匠花了一年零七個月做出的精品。在我們通吃館內，每一件賭具都是經過精雕細琢而成，不僅精美，而且可以防範一切作假的可能，甚至連一些內家高手企圖以氣馭骰的可能性亦被杜絕。所以客官無須多慮，只要到了通吃館，你就放心大膽地豪賭，輸贏只能怪你自己的手氣。」

紀空手微微一笑道：「我相信你們的信譽。」

「這麼說來，客官可以下注了。」陳十七做了一個「請」的手勢。

紀空手深深地吸了一口氣，然後望向靈竹公主道：「你真的要與我對賭，一把定輸贏？」

靈竹公主冷哼一聲道：「除非是你怕了！」

紀空手伸手入碗，抓起骰子在手中掂量了一下，臉上突然現出了一絲怪異的表情。

「誰先擲？」紀空手道。

「你！」靈竹公主顯得胸有成竹的樣子，只要紀空手擲不出豹子，她就始終會贏得機會，是以她一點都不著急，反而覺得新鮮刺激。

紀空手笑了笑道：「可以開始了嗎？」

「請便！」靈竹公主笑得很甜，是一種迷死人的甜美。

當這甜美的笑意剛剛綻放在她那嫩滑的俏臉上時，紀空手的手掌向上一拋，隨隨便便將三顆骰子擲入碗中。

房中除了骰子撞擊碗面的聲音，不聞其他任何雜音，每一個人都屏住呼吸，緊盯住骰子的轉動，根本不敢出半口大氣。

畢竟這是萬金之注！

只有當骰子將停未停之際，紀空手這才一聲暴喝道：「三個六，豹子！」

聲音尚在耳邊回響之際，骰子已經靜臥碗中，靈竹公主探頭一看，眼中閃出一絲驚奇道：「我輸了。」

她的確輸了，因爲那骰碗裡三枚骰子都是六，是骰寶中的最高點數，她連趕的機會都沒有了。

眾人無不嘖嘖稱奇，似乎沒有料到紀空手真有這麼好的運氣。

但紀空手連眼睛也沒有眨一下，依然保持著他的微笑，好像這結果就在他的預料之中一般。

過了半晌，靈竹公主才笑了笑道：「再賭一把？」

「不！」紀空手收起桌上的注碼，揣入懷中道：「我相信一個人的運氣再好，總有衰敗的時候，與其到時候輸個精光，倒不如現在見好就收。」

靈竹公主氣極而笑，沒料到紀空手會來這麼一手。對她來說，萬兩白銀算不了什麼，她只是輸得心有不甘，沒料到這個一臉豬相的男子居然深諳賭道。

她之所以會如此肯定，是因爲她不相信一個人的運氣真的會這樣好，隨手一擲，就是三個六，這種情況出現的概率應在萬分之一。如果紀空手不是靠運氣贏得這場賭局，那麼只能說明他在擲骰的過程中搗了鬼。

可是，她卻無法認定紀空手使用了何種手法，不過假如紀空手故伎重施，她或許還有機會。

但是紀空手顯然沒有給她這個機會，而是帶著夜五消失在眾人的視線之中。

◆

「我好像做了一場夢一般，眨眼的功夫，就多了一萬兩銀子，這簡直有些不可思議。」夜五領著紀空手來到了銅寺邊的一座建築前，門上有匾，題名「迎賓小築」，兩人在知客的引領下住進了一間客房中。

紀空手奇道：「我們何以要住在這裡？」

夜五笑嘻嘻地道：「因為有人想見你。」

紀空手並沒有出現任何詫異的表情，只是深深地看了夜五一眼，道：「誰？」

夜五面對紀空手如此平靜的反應倒吃了一驚，問道：「不管他是誰，你不覺得今天所發生的一切都非常奇怪嗎？」

紀空手淡淡一笑道：「的確很怪，自從遇上你之後。」他當然不會相信夜五的話，本來夜五的這句話並無破綻——每一個人活在這個世上，都會有朋友往來，莫癡人在夜郎國遇上一兩個朋友熟人，也未嘗沒有可能——但紀空手卻明白夜五在撒謊！

因為這個世上根本就沒有莫癡人這個人的存在，那麼莫癡人又怎會有朋友呢？

這個道理就像是母雞生蛋那麼簡單，沒有雞就沒有蛋，夜五之所以撒謊，難道是想意圖不軌？

古訓有云：財不露白。紀空手並沒有遵守這條古訓，這就難怪夜五會生異心。對夜五這樣一個街頭混混來說，他一輩子也沒有見過這麼多的錢，現在既有這樣的一個機會讓他一夜暴富，他欲鋌而走險也是很正常的事情。
可問題是夜五的算盤雖精，膽子也大，卻選錯了對象，要想在紀空手的身上打主意，實在是一件極具風險的事情。
「爲什麼你會覺得遇上我是一件奇怪的事情呢？像你這樣一個遠道而來的外地客商，在賭館裡遇上我這樣的街頭混混，應該再平常不過了。」夜五訝然問道。
「這只是我的一種感覺。」紀空手道。
夜五笑了，就在這時，門外突然響起了三聲敲門聲。
「正主兒來了。」夜五起身開門。
門開處，一個人踱步進來，紀空手抬頭一看，不由吃了一驚，似乎沒有料到來者竟然會是陳左。
如果夜五只是陳左手下的一個卒子，圖的是財，那麼紀空手此行的確有些風險。因爲這裡是通吃館，陳左擺下的是甕中捉鱉的架式，紀空手要想脫圍而去，並不容易。
可是陳左的臉上沒有殺氣，只有笑意，拱手道：「我家主人有請大爺前去一見，不知可否賞臉？」
紀空手道：「我與你家主人素昧平生，他怎麼會想到與我見面呢？」
陳左微微一笑道：「這就不是我們這些下人可以知道的事了，不過，只要大爺見到了我家主人，相信就能知道原因了。」

紀空手的臉上毫無表情，心中卻有了幾分詫異。如果陳左所言是真，難道說這個世上真的有人長得與自己的扮相一模一樣？而且還與陳平相識？

這實在太令人匪夷所思了，由不得紀空手不去解開這個懸念，所以他二話沒說，隨著陳左、夜五來到了迎賓小築附近的銅寺。

銅寺不大，占地不過數畝，卻極有氣派，雖在夜色之下，卻依然可見黃燦燦的光芒滲入空中。這是一座完全以黃銅所建的寺廟，所以得名銅寺。

寺中一片寂靜，當紀空手走入臨近正門的大殿時，突然間感到一陣心緒不寧，就像是老狼突遇危機時的感應，令他心生莫名驚懼。

是以，他止住了步伐。

此時的夜色正一點一點地變濃，夜色中的涼風習習而來，帶出了一股春寒露重般的寒意。

當紀空手停步不前時，陳左與夜五也同時止步，有意無意之間，雙方已拉開了一定的距離。

「請繼續向前。」陳左依然顯得彬彬有禮。

紀空手的眉頭一皺道：「你家主人真的在殿中？」

陳左淡淡一笑道：「你難道還怕有人伏擊於此不成？」他說這句話後，快走幾步，當先而行。

進入殿門之後，紀空手果然看到黃銅佛像前佇立著一條人影，身影映於夜色之中，有一種說不出的飄逸。

此人的年紀不過三旬，眼芒厲寒，渾身上下透發出一股令人不可仰視之勢，完全是一派大家風範。

讓紀空手感到驚訝的是，當他進入到銅殿之中時，他明明看到了此人的存在，卻感應不到對方的存在，只有一種可怕的氣息似有若無地縈繞於大殿之中，始終保持著一種神祕。

「你姓莫？」兩人沈默以對，片刻之後，那人終於開口說話了。

「不，我不姓莫。」紀空手淡淡一笑道：「就像你不是陳平一樣。」

此言一出，無論是紀空手身前的人，還是他身後的陳左、夜五，眼中都閃露出一絲驚奇。這簡直令人匪夷所思，畢竟紀空手與陳平從未謀面，而且陳平一向低調行事，深居簡出，世人很少有識得他真面目的，何以紀空手一眼看去，就敢如此斷定？

「我若不是陳平，那麼我又是誰？」那人笑了，追問道。

「聽說在夜郎國的陳氏家族中，有三大高手，都善使彎刀。」紀空手顯然從後生無那裡知道了夜郎國中的許多情報，是以對陳家的內幕並不陌生，娓娓道來：「而你卻不是這三人之列，因爲在你的身上，雖然有著極度張揚的殺氣，但我感覺到的，更多的是一股劍氣，而無刀的偏鋒之邪性。」

那人一怔之下，眼中更多了一份驚奇道：「難道說只憑感覺，你就可以斷定我所用的兵器是劍？」

紀空手微笑而道：「要成爲一名卓而不群的劍手，必須用心。當你將全部心血灌注於劍道之時，你的劍自然也沾染了你的靈性，所以只要用心去察覺，雖然劍未出鞘，依然可以感覺到它的存在，這就是武道中所謂的高手之感應。」

那人的表情爲之肅然，拱手道：「你能說出這一點，這說明你已是高手，不錯！我的確不是陳平。」

他似乎有意想考驗紀空手的眼力，頓了頓又道：「那麼我是誰？」

紀空手的眼睛在夜色的陰影下綻放出一道厲芒，緩緩地從他的臉上掃過道：「這似乎是一個非常困難的問題，因爲你自劍道有成之後，從未現身江湖，是以沒有人知道江湖上還有你這樣一號人物，但你的劍術之高，放眼天下，幾乎無人能敵，這就讓人感到有些奇怪了。不過，我幸好知道這個問題的答案。」

那人的眼神一亮，微笑而道：「你真的知道？」

紀空手深吸了一口氣道：「知道。」

「好！」那人的臉上陡然一沈，身形一晃之下，一道劍芒如閃電般自腰間掠出，直奔紀空手咽喉。

出手之快，毫無徵兆，彷如豔陽天下的一道霹靂，在最不可能的情況下迫出了劍鋒。

這似乎印證了紀空手對他的評價：他的確是一個讓任何人都不敢小視的對手，包括紀空手自己在內！

所以紀空手不敢有絲毫的大意，就在劍出的同時，他的離別刀已經橫出虛空，在最短的時間內封鎖了來劍的攻勢。

那人「咦」了一聲，聲音中帶著幾分驚奇，又帶著幾分棋逢對手般的興奮。手腕一抖，閃射出萬千幻影，繞身攻擊。

他的腳步移動極速，以紀空手所站位置爲中心，一圈一圈地收緊，大殿中頓時劍氣橫溢，勁風呼呼，猶如掀起了狂風巨浪，向紀空手發出了潮水般的攻勢。

但紀空手根本不爲他的攻勢所動，刀懸虛空，人卻一動未動，就像是一條盤身反擊的毒蛇，用自己的靈覺去感應對方真正出手的線路。

兩人無疑都是真正的高手，所以甫一出手，就演繹出了近乎極致的以靜制動，攻防之間，完全達到了很高的層次，讓陳左與夜五看得眼花繚亂，並在殺氣的逼迫下，一步一步地退向牆邊。

紀空手知道，對方的劍術之精，根本不在韓信之下，與其跟著對方的節奏變化，倒不如等待時機，後發制人。這看上去雖然有些冒險，但是他有充沛的補天石異力作爲保證，使得他體內的各項機能與反應要明顯比常人更快，甚至具備了一定的超自然能力。

「嗤……」就在紀空手的靈覺迅速捕捉對方在萬千幻影中存在的劍鋒時，幻影突然散滅，一道電芒閃爍著青光強行擠入紀空手佈下的氣場，直逼紀空手的眉心而來。

如此淒迷的劍氣，刺破了虛幻迷茫的空際，只憑這霸烈而肅殺無邊的氣勢，已足以震懾人心。紀空手的眼眉一跳，似乎也感應到了這一劍中的必殺之氣。

所以他在最及時的一瞬間出刀！

刀出，彷如在虛空中織就了一張密網，密網的每一個網眼都產生出一股巨大的磁力，吸納著這虛空中的殺戾之氣。無論再快的劍，當它進入刀網的剎那，其速也必會減弱三分，就像刺入一道無形的冰幕般難行。

「叮……」毫無花巧的撞擊，使得刀劍在剎那間一觸即分，一聲清脆而悠揚的響聲隨著一溜火花爆裂開來，帶出一種攝人魂魄的能量，使人氣血難暢。

殺氣因此而俱滅，兩人的刀劍同時入鞘，相對三丈而立。

風輕揚，微微的寒意滲入大殿中，使得氣氛變得輕鬆而愜意。兩人的臉上無不露出一絲如春風般的微笑，單看臉色，誰又想到就在剛才他們曾經作過生死的較量？

無論是這位劍客，還是陳左、夜五，他們的目光都緊盯著紀空手腰間的刀鞘，似乎對紀空手刀鞘中的離別刀產生了興趣。

「好刀，果然是一把絕世好刀！」那位劍客喃喃而道：「但不知刀名如何？能否賜告？」

紀空手的臉上流露出一種悲傷，黯然道：「刀名離別，實屬凶兆，因爲鑄刀之人在刀成之際，就已辭世而去，與這個人世離別了。」

那名劍客輕輕一歎道：「他的死雖然可惜，卻足以瞑目了。寶刀配英雄，他所鑄的刀能尋到你這樣的主人，總算不冤了。」

他的眼中突然暴射出一縷厲芒，在紀空手的臉上打量片刻道：「你果然不姓莫，應該姓紀！」

紀空手道：「你也不是陳平，而是五音門下兵、鑄、棋、劍、盜之一的劍！」

那人微微一笑，渾身上下頓時湧出一股無法形容的氣勢，在刹那之間，他的整個人就像是凝成了一座山嶽，高不可攀，腰間的劍鞘驀發一聲龍吟，飛入空際。

「我姓龍，名賡，師從五音先生，一直歸隱於山水之間。若非得悉恩師死訊，只怕今生都不會踏足江湖。」那人神情一黯，想到恩師之死，臉上不自禁地多了一股淒涼。

「先生之死，的確是一個意外。」紀空手看出龍賡對五音先生的那份敬仰之情，心中一痛，道：「因爲我們都低估了劉邦，問天樓即使死了一個衛三公子，其實力依然非常可怕。」

「無論劉邦的實力有多麼可怕，都不能改變我們必殺他的決心！」龍賡的臉上線條分明，稜角剛毅，道：「我們已經爲此訂下了一個非常周密的計畫，即使沒有你的加入，我們也勢在必行！」

「我們？」紀空手看了看陳左與夜五道：「如果我所料不差，陳平就是先生門下的棋弟子！」

「不錯。」龍賡點了點頭道：「陳平雖然是夜郎國的世家子弟，當年也曾拜在先生門下學藝，所以當先生的死訊傳來時，他就找到了我，開始策劃起這樁復仇的計畫來。」

「哦？」紀空手沈吟半晌道：「原來如此，我似乎有些明白你們的計畫了。」

他緩緩轉過身來，面對夜五，凝神看了他一眼道：「雖然你從丁衡那裡學過一點易形術，但我還是一眼就認出你是陳平，這不是說明你的易形術有問題，而是你沒有學到如何改變你本身的氣質。」

「夜五」笑了笑道：「紀空手就是紀空手，怪不得先生會如此輔佐於你，我陳平總算服了。」

他再說這句話的時候，整個人的氣質陡然一變，恢復了他身爲豪雄家主的霸氣。當他隨隨便便站在那裡的時候，誰又曾想到他就是剛才一臉無賴相的夜五？

第八章　捨刀悟道

「我們總算等到了你。」在鐵塔最頂端的密室裡，陳平望著紀空手手中的信物，真誠地道。

雖然這只是他們的第一次碰面，但彼此間就像是多年相識的朋友，沒有絲毫的隔閡，更不陌生。五音先生的死將他們這幾個天南地北的人召集在一起，共同商議著復仇大計。

「如此說來，你們已經算定我一定會來夜郎？」紀空手微感詫異，因爲這只是他臨時作出的決定。

「半月前，後生無來到夜郎時，我就得到了先生的一封手書，要我全力幫他搞定銅鐵生意。並且知道了你們在登龍圖寶藏的取用上出現了麻煩，否則我也不知道後生無是你們的人，更不會在這個非常時期向他低價出售銅鐵了。」陳平的言語中略帶哽咽，想到五音先生半月前尚在人世，卻不料說死就死，可見世事難料。

紀空手這才知道後生無的生意之所以如此順利，竟然是五音先生在暗中襄助。

「我們一直對你有所關注，知道你是一個非常聰明的人，肯定會從後生無夜郎之行的遭遇看出點什麼來，所以就派出了大量的眼線，佈於夜郎北道，準備試一試你是否如傳說中的那般神奇。」陳平與龍賡相視一眼，然後才道。

「這麼說來，我豈不是要令你們失望了？」紀空手當然清楚以陳平與龍賡的實力，絕對不會輕易服人，就算自己與五音先生有著這麼親密的關係，假如沒有真才實料，也難以讓他們心服。

「不！」陳平肅然道：「恰恰相反，經過今日的一試，不僅證明先生識人的眼力不錯，也證明你的確有過人的本事，我與龍兄實在是佩服得緊。」

頓了一頓，又微微一笑道：「更讓我感到驚奇的，就是你縱然認出夜五只是假冒之人，又怎能一口斷定那就是我？我心中一直納悶，還要請教紀公子。」

紀空手笑了笑道：「你將自己變成一個無賴，這就是你最大的破綻。因為我出道之前，是淮陰城裡真正的街頭混混，你這個假無賴遇上我這個真無賴，豈有不露餡的道理？」

三人同時笑了起來，陳平與龍賡心中歡喜，暗道：「此子連這等底細都向我們和盤托出，顯然沒有把我們當作外人。」不由更對紀空手敬服三分。

「其二，當你進入萬金閣時，似乎對每一個地方都十分熟悉，根本不像你所說的從未到過萬金閣。如此一來，我雖然不能斷定你是陳平，卻已經知道你與陳家必有瓜葛。」紀空手繼續說道。

陳平皺皺眉道：「這的確是一個不小的破綻。」

「任何事情的成與敗，關鍵在於細節，只有在細微之處你才容易看到破綻。是以一件事情要想成功，一個計畫要想得以實現，在掌握大局的同時，千萬不要忽略了細節。」紀空手道：「我之所以能判斷出你真實的身分，錯不在你，而在於他。」

紀空手所指之人，乃是守候於密室之外的陳左。

陳平微感詫異地道：「這與他有什麼關係？」

「當然大有關係，當時在萬金閣觀看歌舞時，他曾衝著我笑了一下，我就覺得有些奇怪了。」紀空手道：「他笑得有點謙恭，就像是家奴對主人的那種笑一般，於是我就在想：他所對的方向只有你我二人，既然他不是衝著我來，就只能是對著你笑。這個問題就像一加一這麼簡單，而當他出現在迎賓小築的時候，在無意識中總是帶出幾分敬畏，你們也許沒有察覺，但卻逃不過我的眼睛。」

面對紀空手無懈可擊的推理，陳平這才知曉自己破綻多多，然而在他的心裡還有一個懸疑，如鯁在喉，不吐不快。

「你與靈竹公主對賭的時候，真的是憑著運氣擲出的豹子？抑或使用了非常高明的手法？」

紀空手看了陳平一眼，道：「你為什麼會提出這麼一個問題？」

陳平神情一緊道：「我們夜郎陳家置辦賭業已有百年，憑的就是『信譽』二字，假如你使用了手法而獲勝，這說明我們的賭具還有問題，必須改進。」

紀空手微微一笑道：「其實你應該猜得出來，我之所以見好就收，就是擔心別人識破我的手法。」

陳平猛吃一驚道：「你真的能在西域名窰燒製的骰碗中作假？」

「這個世上本來就沒有絕對的事情，只要你對症下藥，就可以做到一些在別人眼裡不可能完成的事情。」紀空手道：「這碗與骰子雖然可以隔絕內力的滲透，防止一些內家高手以氣馭骰，卻隔不斷聲波的傳送。當我擲出骰子的剎那，便已束音成線，控制了骰子滾動的力道與方向，所以隨手就可以擲出三個六來。」

紀空手淡淡一笑，又接道：「不過你放心，天下能束音成線、駕馭此法之人，不會超過兩個，因為這種內力心法十分獨特，別人就是知道這種方法，也休想將之付諸實現。」

陳平一驚道：「除了你之外，還有誰？」

「韓信。」紀空手道：「他的內力心法與我同源同宗，應該也能做到束音成線。」

陳平的表情爲之一鬆。

因爲他心裡明白，無論是紀空手，還是韓信，他們的抱負遠大，所看重的不是錢財，而是天下。

此刻夜色已濃。

紀空手沈吟半晌，與陳平相視一眼道：「在你的計畫中，七日之後的棋賽無疑是關鍵，這三大棋王的棋技如何，你是否了解？」

「房衛的棋，寓攻於守，是以佈局嚴謹；習泗的棋，精於算計，尤其於官子功夫最爲老到；這兩人都是名揚天下的棋道高手，成名已久，棋技深厚，的確是難得的對手。但是在我的眼中，這兩人尚不足爲懼。倒是這卞白雖然號稱江淮棋俠，我卻從未聽人說過，棋技如何，尚是未知，有點讓人頭痛。」陳平一說到棋，整個人便變得非常冷靜，儼然一派大師風範。

事實上他師從五音先生門下學棋，於棋道已有很高的造詣，只是人在夜郎小國，又一向深居簡出，是以無名，但是他對天下棋手非常關注，假如連他對卞白都不甚了解，那麼此人的來歷的確神祕。

果然，紀空手皺眉道：「如果是這樣，問題就有些棘手了。韓信遠在淮陰，派人參加棋賽以爭奪這銅鐵的貿易權，這本身就有悖常理。」

陳平與龍賡相視一眼，再看紀空手時，眼中已多了一絲敬佩。顯然他們也意識到了這個問題，卻沒有料到紀空手才到夜郎，就看到了問題的實質，可見其思路縝密，目光敏銳。

「的確如此。當時韓信派來信使時，我也生疑，畢竟從夜郎到江淮各郡，無論走水路還是陸路，都必須從項羽的地盤經過。一旦韓信爭得銅鐵的貿易權，勢必與項羽、劉邦決裂，他又怎能將大批的銅鐵運回江淮？」陳平難以理解韓信此舉的真正動機，是以眉頭緊皺。

「你真的確定從夜郎到江淮再沒有別的路線可走？」紀空手必須要問清這個問題，只有這樣，他才能進行準確的推斷。

「我可以確定！」陳平點頭道：「夜郎至中原的路徑只有兩條，一條是夜郎北道，一條是夜郎西道。夜郎西道乃是通往巴蜀的道路，韓信即使得到了夜郎國的銅鐵，也無法運回江淮。」

紀空手站了起來，緩緩踱行幾步，突然停下道：「也許韓信的目的，並不是爲了得到這批銅鐵，而是不想讓劉邦、項羽得到。此時天下漸成三足鼎立之勢，兵器奇缺，嚴重影響到軍力的擴充與裝備的改進，在這個時候，只要有任何一方得到這批銅鐵，都會打破目前均衡的局勢，所以韓信既無地利得到它，當然也不想讓別人輕易得之。」

龍賡眼睛一亮，道：「你的意思是，即使卞白在棋技上有所不濟，韓信也會於暗中留有一手，根本不讓任何人贏得這場棋局？」

紀空手點頭道：「以我對韓信的了解，這種可能性極大。如果說卞白能在棋賽上獲勝，這固然好，韓信手握貿易權，只要不將銅鐵銷往劉、項的地盤，他有無銅鐵也就無礙大局。假如卞白輸了，我想，只怕在這金銀寨裡必有一場大的殺局，而目標，恐怕就是房衛與習泗了。」

龍賡道：「今日的歌舞會上，我對這三方的實力都做了估量，應該沒有太大的懸殊。假如事態真的如公子所料，那麼在金銀寨裡，肯定還有一支韓信暗藏的力量。爲了確保我們的計畫能夠順利實施，我們唯有先下手爲強！」

說到這裡，他的眼眉一跳，眼中盡是殺機。

紀空手道：「從現在開始，我們不僅要密切注意通吃館內的一切動靜，還必須要注視館外的一切事態，從中找到這股力量的藏身之地。如果我所料不差，在卞白與這股力量之間，必定會有聯繫，只要我們盯緊卞白，就不難找到他們。」

陳平道：「我這就去安排人手，密切監視卞白的動向。」

他剛要起身，紀空手叮囑道：「至於我的身分，除了我們幾人知道之外，切記不可走漏任何消息。」

陳平一愕道：「這裡已是我的地盤，何必再有顧忌？」

紀空手微微一笑道：「此乃天機，不可洩漏，若非如此，我也用不著孤身一人來到夜郎了。」

陳平與龍賡一臉疑惑，卻又不好再問下去。

三人走出密室，陳平帶著陳左趕去佈置監聽事宜，鐵塔上轉瞬間便只剩下紀空手與龍賡相對而立，兩人眼芒一觸，同時笑了。

「你在笑什麼？」紀空手在笑的同時，問道。

「我想起了一個人，覺得有趣，就笑了。」龍賡雙手抱懷，斜靠在塔牆上，瀟灑中帶著一份悠然。

「誰？」紀空手忍不住問道。

「小公主。」龍賡的臉上似乎多了一絲溫馨，沈浸於回憶之中道：「記得當年我離開師門的時候，她還只是一個七八歲的小姑娘，每天纏著我陪她玩耍，想不到幾年過去，我沒有見到她的人，卻見到了她的夫君。」

紀空手聽出龍賡的話裡帶出一份憐愛之情，可想而知，在龍賡的記憶中，他是多麼地疼愛自己的這個小師妹。當他看到紀空手時，打心眼裡替這個小師妹感到高興，因爲無論從哪個角度來看，紀空手無疑都是男人中的極品。

「總有一天，你們師兄妹會再見的。」紀空手寬慰他道。其實在他的心裡，又何嘗不想拋開這些恩怨，與自己的愛人長相廝守呢？

龍賡悠然一歎道：「將來的事，誰又能夠預料？我倒想聽聽你爲什麼要笑？」

「我笑，是爲先生而笑。在他的門下，出了一名你這樣的劍客，的確是一件讓他非常欣慰的事情。」紀空手答道。

「你真的認爲我的劍法不錯？」龍賡淡淡一笑道。

「豈止不錯，當可排名天下前十之列。單以劍術而論，你在劍道上的造詣已經超過了先生。」紀空手一臉肅然，毫不誇大，顯然對龍賡剛才所施劍法極爲推崇。

「先生門下，若是不能在各自的領域裡超越先生，豈不是要愧對先生嗎？」龍賡說這句話的時候全無吹噓之意，更像是說一個事實。

紀空手「哦」了一聲，滿臉驚奇地道：「倒要請教。」

「先生一生博學，六藝傍身，到了歸隱江湖之後，才深感藝多分心，難以達到技藝之極致，是以才收下我們這幾個弟子，專攻他六藝中的一門技藝。」龍賡的思緒彷彿又回到了過去學藝的日子，深有感觸地道：「當時我們五人之中丁衡帶藝投師，年齡最長，與軒轅子居於鬧市，而我與陳平各攻劍、棋，居於山巔茅舍，苦學十載，才各有所成，直到離開師門之後，這才相聚一處。」

「這麼說來，你們都沒有見過那個學兵之人？」紀空手心中一動，問道。

「沒有，這也算是我們四人的一件憾事吧。」龍賡道：「當時我們都問過先生，先生言道：『兵者，詭道也。』學兵之人，講究時運，縱然學有所成，假如時勢不對，也不過是窮苦一生，難以一展所長，是以大家不見也罷，免得讓他徒增傷感。」

頓了頓，龍賡又接著道：「當日先生臨行之前曾經言道：『你們四人今日能夠離開師門，是因爲爲師已經沒有什麼東西可以傳授給你們了。你們若真的想在各自的領域中有所成就，就要韜光隱晦，超越爲師。只有這樣，你們才配得上我五音門下這四個字。』此話雖然是在數年之前說來，但我覺得猶在昨天，不能忘卻，令我這幾年來不敢有半點鬆懈，方有今日這些許成就。」

紀空手喃喃道：「五音門下，的確不凡。」不經意間，他又想到了已經去世的丁衡與軒轅子來，頓感自己肩上的責任重大。

龍賡深深地看了他一眼，然後抬頭望天，半晌才道：「其實任何一種形式的超越，都不是一件容易的事情，因爲每一次的超越，都意味著你要捨棄一些東西，而這些東西裡，包括你的思維模式，固有觀念，以及一些曾經被你認爲是經典的東西。要將這些東西推翻、捨棄，談何容易？但你卻必須面對！毛毛蟲只有經過幾次痛苦的蛻變之後，才能化爲美麗的蝴蝶。」

「聽起來像是一段哲人所說的話，更像是經驗之談。」紀空手忍不住笑了一笑，然後正色道：「但我知道你不會平白無故向我說這些話，一定另有所指。」

「不錯！」龍賡不動聲色地道：「你的刀法中尙有破綻，剛才在銅寺，若是我全力出擊，只怕你已遭重創。」

他的表情非常嚴肅，是因他認爲這是一個非常嚴肅的話題，身爲武者，招式中若有破綻，就意味著死亡，他當然不希望紀空手死，更不願看到紅顏從此傷心。

紀空手心頭一震，緩緩抬起頭來，與龍賡的眼芒相對。

他相信龍賡所言絕不是危言聳聽，自從在咸陽與趙高一戰之後，他就開始對自己的武功有所懷疑。每當他與高手相搏之際，便有一種力不從心的感覺，始終脫離不了某種東西的禁錮。

也許，正如龍賡所說，他真的需要一次超越——超越自我！

清風徐來，紀空手卓立於鐵塔之上，在他的身後，是燈火闌珊的亭台樓閣。

他的臉上依然帶著一絲微笑，但他的眼裡，卻已多了一份迷茫。

他沒有理由不相信龍賡，因爲剛才在銅寺的短暫交鋒中，他的的確確在一剎那間感到過恐懼。

一個能夠超越五音先生的劍者，對武道當然有深刻的理解。

此刻的龍賡，就像岩石般屹立不動，整個人猶如未出鞘的寶劍，鋒芒內斂，卻無處不在，隨時隨地給人一種無形的威脅。

「你說得一點沒錯，每當我與高手抗衡的時候，就覺得自己有一種作繭自縛的感覺，似乎被一種意識禁錮了我的行動。」面對龍賡如利芒般的眼神，紀空手不禁有些頹然道。

龍賡的眼神卻陡然一亮，臉上似有一股欣慰之色。

當一個武者達到一定的境界之後，他的思維與意識通常都會變得固執起來，完全不能接受別人的觀點和意見。而紀空手在武道中的所悟已然達到了非常高深的境界，卻敢於承認自己的短處，這不僅需要莫大的勇氣，也證明紀空手的確不是一個常人。

「你自己難道沒有意識到癥結所在？」龍賡道。

紀空手搖了搖頭道：「我的直覺告訴自己出了問題，卻不明白問題的所在。」

說到這裡，他驀地靈光一現，望向龍賡道：「莫非你知道？」

龍賡淡淡一笑道：「這應是所謂的旁觀者清，當局者迷。我雖然是第一次與你見面，但一經交手，我的確看到了你的問題所在。」

他說的很是平淡，卻充滿了震撼力，由不得紀空手不信。龍賡也許無名，但他在劍道上的造詣令他的每一句話都有很強的說服力。

紀空手不由大喜道：「能得高人指點，實是空手之萬幸。」

龍賡道：「你真的這麼信任我嗎？」

「有的人相處一生，臨死也未必知道對方的心思；有的人只見一面，卻引為知己。」紀空手真誠地道：「以你的劍術，放眼天下，已是罕有敵手，可你卻至今無名，這說明你淡泊名利，甘於寂寞；為了殺師之仇，你又捨棄平淡，重出江湖，這說明你重情重義。像這樣的熱血男兒，我紀空手不交，還想交哪樣的朋友？」

「你真的把我當作朋友？」龍賡的眉鋒一動，頗顯幾分激動。

紀空手伸出掌來，兩人雙掌在空中互擊，在這一刹那間，他們彷彿相互間感應到了對方心中的激情。

龍賡緩緩地從紀空手的腰間取下離別刀來端詳良久，由衷讚道：「好刀！好刀！的確是一把絕世寶刀，若非出自於軒轅子之手，試問天下間還有誰能鑄出這等神兵？」

「它一直是我最心愛的兵器，這不僅因爲它的鋒利，更讓我時刻提醒著自己肩上的責任，不要半途而廢！」紀空手看著刀鋒在夜色映射下發出的淡淡毫光，有感而發。

但就在這一刻，龍賡突然做出了一個驚人的舉動，簡直讓紀空手感到難以置信。

因爲紀空手怎麼也沒有料到，龍賡竟然隨手一擲，將離別刀甩向百步之外的湖心。

紀空手「呀……」地一聲，向前衝了幾步，隨即戛然停止，猛然回頭。

「這就叫捨棄。」龍賡冷靜得近乎可怕，一字一句道：「刀雖是好刀，卻未必適合於你。」

紀空手深深地吸了一口氣，努力讓自己的心緒平靜下來，道：「我記得軒轅子當年說過一句話：武道的中心在於人，而不在於兵器。在高手的眼中，隨便一件物品都可以變成神兵，對於弱者，縱有神兵也徒然無益，所以……」

他沒有再說下去，因爲他看到了龍賡眼中的真誠，他沒有理由不相信朋友。

「軒轅子說的沒錯，也是至理，卻依然不適合你。」龍賡肅然道：「因爲你體內的真氣純屬另類，根本不是按照武道循序漸進而成，所以它可以釋放出一種超自然的能量，這種能量的威力之大，無法估量，一旦引導妥當，就可無敵於天下，反之受到禁錮，則對人體有害，長此以往，經脈必受其害。」

紀空手心頭一震，默然無語。

龍賡能夠一眼就看出他身上的內力源自補天石異力，這說明此人絕非信口開河，危言聳聽，而是看到了問題的所在。

「刀走偏鋒，是以無論是上古神兵，還是一把普通的長刀，當它固定成形之後，就必然具備刀的邪性。這種邪性對於一般的武者來說，不僅可以融入使用者的內力之中，而且可以使招式詭異飄忽，大增威力。但到了你的身上，卻反而形成了一道無形的禁錮，使你的心意與刀招難以達到和諧的統一。」

龍賡一字一句說得很慢，非常清晰：「爲什麼會出現這樣的情況呢？這只能說明你體內的這股異力來自於天地，它吸取了天地的精華，是以充滿了靈性，最終使得它難以與刀的邪性融爲一體。」

紀空手似有所悟道：「正邪不能兩立，我體內的異力根本不容於刀的屬性，是以不能將刀的精義發揮至極致。」

龍賡道：「無論任何兵器鑄成之後，代表它已成爲了一件武器、而每種武器必定有它的特殊用途。但你要知道它畢竟是件死物。」

此刻紀空手的臉上閃出一絲喜色，但卻一閃即沒，代之的是一片黯然，道：「而我卻從未體會到這種感覺。」

「其實你對武道的認識遠勝於我，內力修爲也在我之上，卻不能將我制於刀下，就是你已經進入了一個既定的思維模式，正是這種思維模式限制了你思想的自由，從而引你步入岐途，難以企及頂級高手的境界。」龍賡一臉凝重，鄭重其事地道。

紀空手豁然貫通了龍賡所說的意思，若有所思道：「我似乎有些明白了。以我體內的異力，既然具有天地之靈性，就不能以某種形式來限制它的自由，只要讓它發揮出靈性的極致，此時無刀便勝於有刀，天下萬物都可被我隨手拈來，成爲攻擊或是防禦的武器。」

「不錯，你的悟性之高，連我也不得不自歎弗如。」龍賡的臉上終於綻露出一絲笑意道：「心中有刀，不如心中無刀，只有達到心中無刀的境界，你才能做到『刀』無所不在！所以，首先你必須捨棄離別刀，唯有這樣，你才能最終與韓信相抗衡！」

「韓信？」紀空手心頭一震，不明白龍賡何以會在此時提起這個名字。

龍賡點點頭道：「我之所以能從你的身上看到這一點，的確是因爲韓信。不過這也是一個偶然，如果你不提到天下能夠束音成線的人還有韓信，我也想不到你與韓信的內力心法竟然如出一轍，同屬一脈。」

「這麼說來，你與韓信有過交手？」紀空手心中隱生不安。

「先生一直認爲，你今生最大的對手就是韓信，所以曾於兩月前密令於我前往江淮，密切注視韓信的動向。」龍賡搖了搖頭，眼中閃出一種莫名的神情道：「但是，我們卻根本沒有交手。」

紀空手一怔道：「怎麼會這樣？」

龍賡淡淡一笑道：「因爲我沒有必勝的把握。」

紀空手的臉色驟然一變，因爲龍賡的這句話似乎表明了一件事情，那就是以自己此刻的武功，已經不是韓信的對手！

「他真的變得有這樣可怕嗎？」紀空手忍不住問道。他不得不爲龍賡這句話感到震驚，因爲此前在霸上的時候，他對韓信的劍術根本毫無畏懼，難道在這短短數月之間，韓信的功力有了突飛猛進的突破？

「是的，他的確可怕，因爲當他出現的時候，我只感覺到了他的劍的存在，卻沒有感覺到他的人，或許，他已經達到了『人劍合一』的境界。」龍賡一字一句地道，他看到紀空手有些迷惑的眼神，冷然道：「劍能通靈，正好與他體內的異力相輔相成，融爲一體，所以，他最初也許不如你，可到了現在，他無疑已是天下有數的頂尖人物！」

他的目光變得凄迷，就像那一天的雪天，將他帶回到那令人心悸的江淮……

◆

江淮的冬天，滿眼凄清，一片蒼白，飛雪連天，肅寒得讓人心生悸動。

淮陰侯府中卻充盈著一股肅殺之氣，就像這天色，氣氛顯得無比緊張，每一個人的臉上彷佛都罩了一層嚴霜。

殺氣之濃讓人不寒而慄，在府中的大堂前，擺放著一具屍體，沒有傷痕，沒有血跡，如果不是死屍臉上遺留下來的怪異表情，還以為他只是靜靜地睡了過去。

雖然只有一具屍體，但圍在這具屍體周圍的，卻有十數人，使得大堂的空間似乎變小了許多。

在死屍的手上，原來還握著一道竹簡，此刻卻到了韓信的手中。

竹簡有字，書云：「欣聞淮陰侯劍道有成，雖在千里之外，但求一戰，以慰平生。」

竹簡上雖然沒有留名，但字跡卻是用劍隨手刻成，輕重有度，舒緩有方，隱隱然可見字的風骨。

韓信一見之下，心中大驚，因為他已看出書寫此簡者，絕對是一個可怕的劍道高手。

此人竟敢明目張膽地在淮陰侯府門前殺人，然後從容留書，瀟灑而去，可見對方的確是有備而來，有所針對。而且對方所殺之人，並非一般弱手，乃是韓信旗下的一名劍客，姓全名義，在江淮一帶大大有名，可是看他的死因，顯然是一劍刺中咽喉，根本就沒有一點還手之力。

「此人出手之快，十分可怕。」韓信俯下身來，看了看全義咽喉上的那一點劍傷道：「劍從此入，又從此出，創口只有一線，不留一絲血痕，可見此人深諳劍道，更懂得殺人之技巧。」

堂上眾人一時默然，誰也沒有異議，因為韓信本身已是劍道高手，他所下的結論通常都不會有錯。

只是每一個人覺得對方敢在淮陰侯府門前殺人，並且公然向韓信挑戰，這本身就是一件非常可怕的事情。

如果對方沒有驚人的藝業與強大的實力，誰又敢做出如此瘋狂的舉動？

此時的韓信，已是擁兵十萬的淮陰侯，在他的精心操練下，這十萬徵集而來的流民百姓在短短三月時間之內已成爲了一支戰無不勝的精銳！

這似乎是一個奇蹟，但只有韓信自己知道，他所做的一切，都是在印證上天通過蟻戰向他昭示的玄機，他絕對不會放過任何一個證明自己的機會。

「傳本侯之令，無論城中守衛還是府裡守衛，一旦發現可疑的佩劍者，可以不管不問，任其出入。」韓信看了一眼全義恐怖的表情，皺了皺眉，冷聲下令道。

「是，屬下這就傳令下去。」淮陰城守張弛一怔之下，雖然覺得這道命令下得奇怪，卻只能無條件地服從。

站在韓信身後的一干戰將顯然也有同感，韓信看在眼中，淡淡一笑道：「你們是不是覺得本侯這個命令下得很怪？」

在韓信的眼芒逼視下，沒有人敢喘半口大氣，無不低下頭來。

「你們都是本侯最爲倚重的將軍，如果你們不能理解本侯的用心所在，那麼本侯實在有點高看了你們。」韓信冷冷地道：「帶兵之道，最重要的是愛兵如子，如果你們連自己手下的士兵都不愛惜，又怎能希望他們在沙場上爲你們盡心殺敵呢？」

「我明白了！」一員戰將站出來道。

韓信微微一笑道：「說來聽聽。」

「侯爺下這道命令，是不想讓士兵受到無謂的傷害，因爲敵人的劍術高明，縱然嚴防死守，恐怕也難以阻擋。」那名戰將大聲答道。

韓信點了點頭，道：「說得不錯。」他的目光在眾人的臉上橫掃過去道：「要明白愛兵如子的這個道理並不難，難就難在你們能否做到！你們要想成爲留名青史、叱吒天下的一代名將，首先要做好的，就是『愛兵如子』這四個字！本侯希望你們一定要牢記於心，時刻不忘。」

（他卻不知，此言在數千年後得到印證。「韓信帶兵，劉邦帶將」，這八字足以證明韓信的成功。）

「是！」眾將整齊劃一地答道。

韓信滿意地點了點頭，道：「今日發生的事情，不能有半點洩漏，你們出去之後，該幹什麼就幹什麼，對於這個神祕劍客，本侯自有辦法對付，不用你們操心。」

他隨意一擺手，眾將去後，這才雙手背負，緩緩地走向內院花園中。

在一株傲然綻放的梅花旁邊，一個枯瘦的老者正在靜心欣賞著傲梅的風韻。他的臉上似有一種悠閒，嘴上似有一絲笑意，無論在什麼時候，他似乎都保持著一種非常優雅的氣質，一舉一動間卻盡顯高手的鎮定與氣度。

當韓信踏入他五步之內時，這才緩緩回過頭來，拱手道：「老夫見過侯爺。」

「王爺無須多禮。」韓信忙還禮道。

老者微微一笑道：「老夫聽人說起府中有命案發生，難道侯爺是爲此事而來？」

「王爺果然料事如神，一猜即中。」韓信肅然道：「此事的確是有些棘手，恐怕還得請王爺襄助才行。」

老者淡淡一笑道：「自高麗國與江淮軍結成同盟之日起，侯爺的事便是老夫的事了，侯爺又何必客氣？」

「的確如此。」韓信微微一笑道：「這數月來，若非有王爺的『北域龜宗』替本侯出力，我江淮軍又怎能在短短數月間發展壯大成這般聲勢？飲水思源，這都是王爺的功勞啊！」

原來此老者就是北域龜宗的宗主李秀樹，韓信之所以用「王爺」稱呼，是因爲這李秀樹的確是不折不扣的高麗國王爺。

高麗國地處北域苦寒之地，民風強悍，武風盛行，始皇一統天下之時，曾經是大秦的一個屬國，到了這一代的君王李氏鎮石，年少氣盛，野心勃勃，看到大秦覆亡在即，群雄紛紛割據，在李秀樹的極力慫恿下，也生了染指中原之心。

不過，高麗國畢竟是大秦的一個屬國，歷來被中土人士稱作蠻夷之邦，假如公然起兵，逐鹿中原，一來師出無名，二來不得人心，假若以一支軍隊強行遠征，只能是凶多吉少。以李鎮石與李秀樹的才情，當然不會看不到這一點。

所以他們在權衡了太多的利弊之後，終於想出了一個「借雞生蛋」之計。

所謂的借雞生蛋，就是在中原各路諸侯之中，找到一個具有較強實力又比較可靠的人物，然後以高麗國的財力與勢力全力輔佐，讓他最終擊敗其他諸侯，一統天下。

此事若成，那麼高麗國從中得到的好處便不言而喻，不過問題是像這樣既有實力又能聽話的角色實在難找，直到鳳五暗中聯絡到李秀樹時，他們才最終將這個目標選定為韓信。

鳳五雖然是問天樓的家臣之一，卻一向對劉邦的身世持懷疑態度。加之衛三公子死得不明不白，而劉邦又將衛三公子的頭顱獻給項羽，以洗脫嫌疑，這就更讓鳳五不能臣服於劉邦。不過，這些事情畢竟不能改變鳳五對問天樓的忠心，但因為鳳影的事，這才讓鳳五最終與問天樓決裂。

原來劉邦為了能夠控制住韓信，為己所用，就將鳳影軟禁於自己的都城南鄭。韓信雖然背叛了自己最好的朋友，卻對鳳影的感情始終如一，劉邦正因為知道這一點，所以才會在鴻門宴上向項羽推薦韓信。

這樣一來，鳳五與韓信雖然在表面上臣服劉邦，其實暗地裡已生異心。在經過了諸多權衡之後，由鳳五出面，終於使韓信與高麗國一拍即合，結成同盟。

雙方約定，由高麗國傾力相助韓信奪得天下，然後韓信再以割地的方式爲代價，以報答高麗國的扶植襄助之情。

正因爲有了這個原因，加上劉邦的資助，項羽的籠絡，韓信數十人馬到淮陰不到一年時間，竟然擁兵十萬，隱然與劉、項形成三足鼎立之勢。

事態發展得如此迅速與順利，是李秀樹當初始料不及的，這也使他對韓信的能力重新有了估量。此時聽到韓信如此奉承自己，忙連連搖手道：「老夫只是遵照我們雙方結盟的約定，略盡綿薄之力而已，說到帶兵治軍，還是侯爺的功勞大呀！」

韓信正色道：「本侯對治軍之道只憑感覺，既未讀過兵書，胸中也無韜略，仗著身邊一些善戰之才的輔佐，才有了今日這個局面，不過說到底，若無王爺替本侯解去後顧之憂，本侯縱是有這個能耐，也難以練成這十萬精兵。」

李秀樹微微一笑，話題一轉道：「我們還是言歸正傳吧，侯爺來找老夫，莫非又有什麼困難？」

「不錯。」韓信答得非常乾脆。

情。

「不知何事竟讓侯爺為難?」李秀樹微微一愕道。

「其實也不是什麼特別的事,不過本侯知道他的劍法之高,令人咋舌,本侯身邊根本沒有人會是他的對手,所以本侯只有向王爺求助了。」韓信的臉色十分難看,畢竟求人並不是一件讓人愉快的事情。

「有這等事?」李秀樹的神情一變,顯然沒有料到在這江淮之地還能遇到如斯高人。

韓信深深地吸了一口氣道:「的確如此。」

李秀樹沈吟半晌,道:「他現在何處?」

「不知道。」韓信搖了搖頭,遞上竹簡道:「但是他既然有心向本侯挑戰,想來在這一二日之內必會出現。」

李秀樹接過竹簡,瞄上一眼道:「侯爺可以肯定嗎?」

「不能。」韓信微微一笑道:「不過我們可以守株待兔。」

他的話剛剛出口,便聽到一個聲音遙傳而來:「敢將在下比作兔子者,普天之下,唯有淮陰侯!可惜的是,在下縱然是兔子,也是一隻會吃人的兔子!」

這聲音自門外傳來,竟然如一陣清風,一字一句都異常清晰,顯示出來者雄渾的內力。當最後一個字響起的剎那,在花園的門口處,突然多出了一道人影。

韓信與李秀樹的臉色同時一變，放眼望去，只見那條人影靜靜地斜靠門邊，雙手抱胸，一臉懶散，渾身上下好生落拓，卻又十分悠然。

風輕揚，雪後的肅寒使得花園中的氣氛變得有些緊張，韓信與李秀樹都靜立於傲梅之間，直覺告訴他們，眼前之人的確是一個非常可怕的對手，就像此人腰間那把未出鞘的劍一般。

那是一種絕對與眾不同的氣勢，猶如這雪中的傲梅孤寒而挺拔，無論是李秀樹，還是韓信，在他們的記憶中，見過無數的高手，但是擁有這等氣勢的人實在不多，也許紀空手是個例外。

那是一種王者的霸氣，自然而生，融於天地，有一絲優雅，有一絲隨意，在優雅隨意中讓人不可抗拒。也許它不如高山巍峨，不似大海浩瀚，但卻有著別人無可攀比的氣勢，給人視聽上最強烈的震撼。

李秀樹在不經意間看了韓信一眼，然後搖了搖頭，韓信卻在苦笑。

兩人的表情雖然不同，但他們所表達的意思卻是相同的，那就是他們都不認識這個人！

然而他們似乎一點都不著急，只是靜靜地站著，沒有開口，雖然他們與來者相距十丈左右，但他們並不擔心來人能從淮陰侯府逃脫。

淮陰侯府，進府容易出府難，無論來者是誰，只要他一步踏入，再走出去已是九死一生。

韓信相信李秀樹有這樣的實力，李秀樹也對自己的屬下非常自信，這看似寧靜的花園，自來人闖入的那一刻起，已成一個殺局。

來者沒有動，依然斜靠門邊，他之所以不動，不是因爲李秀樹，也不是因爲韓信，更非是出於他自己的原因，而是他看到地上的雪在動。

三條雪線若蛇般快速穿過雪地，隆起的雪堆如波浪起伏而來。來者的臉色爲之一變，抄於胸前的手迅速拔出了腰間的劍。

他拔劍的姿勢一點都不美，卻快！就像他的手本就按在劍柄之上，當劍芒乍現虛空時，「轟……轟……轟……」三堆快速移動的雪團突然炸裂開來，積雪散射間，三把凜凜生寒的東瀛戰刀橫現虛空，以最猛烈的攻勢如潮般襲向來人。

衣袂飄飄，無風自動，激流般的雪霧帶起漫天殺氣，天地在刹那間也爲之一暗。

暗光始於劍，更像是一道劍芒，或者說，它本身就是一道劍芒。

當這道暗光驀現虛空時，正是暗殺者認爲即將得手之際，劍在最及時的時候出手，本就是不給敵人以任何的退路。

劍已出，只憑那霸烈而肅殺無邊的氣勢，已足以讓任何人心生悸動。

包括李秀樹，也包括韓信，他們都是劍道中的絕世高手，卻也無法看清對方這一劍的來路。

正因爲他們無法看清，所以連他們的心也爲這一劍而悸動。

他們的眼力，已經練得如夜鷹般敏銳，就算一隻蠅蟲從他們的眼前飛過，只要他們願意，也能認出是雌是雄，可是他們卻偏偏看不清這一劍的來路！

這是不是說，這一劍之快，已經達到了劍道的極致，抑或說，它已脫離了人力可爲的範疇？

不知道，沒有人知道。

只知三聲慘叫過後，雪地上多了三個死者，三把戰刀斜插於死者的身旁，就像是祭奠所用的香燭。

李秀樹與韓信的眼眉同時一跳。

深深地吸了一口氣後，韓信才緩緩地開口：「好快的劍！能使出這樣一劍的人，絕不會是無名之輩！」

來者的劍早已入鞘，神色悠然，就像他腰間的劍從未出過鞘一般，淡然道：「你錯了，能使出這樣一劍的人，別人通常只記得他的劍，而記不得他的名。」

「但是這個世界並沒有絕對的事情，也許本侯就是一個例外。」韓信拱手道：「閣下尊姓大名，能否賜告？」

「我姓龍，名賡，希望你能記住這個名字。」來者冷冷地道。

韓信望向李秀樹，見他搖了搖頭，知道這個名字的確無名。他也想過來人用的是假名，不過他很快就否定了自己的想法。

「我們之間有仇？」韓信問道。

「沒有，這是我們第一次見面。」龍賡答道。

「這麼說來，你的確是想與本侯比試劍道。」韓信鬆了一口氣。誰擁有龍賡這樣的敵人，想必都不會安心，韓信自然也不例外。

「身爲一個劍客，對劍道的追求是永無止境的，所以當你在鴻門宴上擊殺郭岳的消息傳到我耳中時，我已經有些迫不及待了，急切希望能通過你來印證一下我在劍道上的所悟。」龍賡說的是實話，若非如此，他就沒有必要公然向韓信挑戰。

一個武者，最大的快感就是在高手對決中成爲勝利的一方。只有在勝利的那一瞬間，武者才能真正體會到他所付出的代價，從而在精神上得到感情的慰藉。縱然是淡泊名利、甘於寂寞的龍賡，也不例外，無法抵擋這種勝負的誘惑。

韓信當然相信龍賡所說的一切，事實上當他面對龍賡這等超一流的劍手時，他的心裡已經躍躍欲試了。

然而，他是韓信，是韓信就不能出手，這是由他的身分所決定的。對於這一點，連韓信自己也無法改變。

他不能出手的理由，有兩條。

第一，面對龍賡這樣的高手，韓信根本就沒有必勝的把握，冒這樣大的風險，他是否値得？

第二，李秀樹與他結盟的重要一點，是認爲憑他的實力根本無法與高麗國抗衡，在武功上也不是他李秀樹的對手，假如韓信爲了一時之氣，暴露了底細，只能是得不償失。

所以韓信只是笑了笑，道：「本侯認爲，如果只是爲了劍道而戰，其實大可不必，憑閣下的身手，假如加入我江淮軍中，豈不更勝於你這般四方漂泊？」

「人各有志，豈能強求？」龍賡淡淡地道：「對你來說，最大的志向莫過於爭霸天下，成爲不世的君王。爲了這個理想，你可以不擇手段，背信棄義，甚至不惜在最好的朋友背後捅上一劍。而我，心不黑，手不辣，焉敢與你爲伍？」

「原來你是爲他而來！」韓信的眉鋒倏然一跳，隨之而來的，是一股無匹的殺氣逼射虛空。

也許，在大王莊暗算紀空手一事，是韓信心中最大的痛，就像是一塊永遠不能癒合的創口，他將它深深地埋在心裡，不許任何人觸碰。

他只是爲了自己的夢想而背叛了朋友。當他一步一步地實現夢想，走向成功的同時，人在高處，他想的更多的，卻是與紀空手在淮陰時的那段純真的友誼。

此情只能追憶！

不過，他並不後悔自己當初的決定，人生就是如此，一步踏出，就永無回頭之路。
就在這時，李秀樹忍不住看了韓信一眼。
他心生疑竇，因爲他感覺到了韓信在這一刹那間爆發出來的殺氣！雖然這股殺氣的存在十分短暫，但卻清晰地印在了李秀樹的印象中，非常深刻。
韓信的劍法之高明，他早有所聞，只是沒有料到會高明到這種程度。當韓信的眉鋒一跳時，李秀樹幾乎以爲自己產生了錯覺。
因爲他只感到了一把劍的存在，卻沒有感覺到韓信的人，如果這不是錯覺，難道韓信真的達到了「人劍合一」的無上境界？
就在他心生詫異之間，韓信已緩步上前，一隻有力且穩定的大手已然按在了劍柄上。
龍賡微微一笑，神情依然是那麼悠閒，看似無神的目光，卻鎖定在韓信的腰間。
花園無風，只有漫天的殺氣，看似寧靜的空間，卻蟄伏著無窮的殺機。
兩位劍道高手的決戰，也許就在刹那間爆發，無論孰勝孰負，這一戰都註定慘烈。
不過，李秀樹絕不想看到這一戰的發生。當他看到龍賡一出手就擊殺了三大忍者時，他已不能讓韓信冒險。
因爲他知道，就算韓信的劍法達到了劍道的極致，這一戰下來，他也很難全身而退，如此一來，勢必會影響到他們已經制定的爭霸天下之計。

所以他拍了拍手，隨著掌聲響起，一叢梅花從中而分，人未現，梅香已撲鼻而至。

龍賡深深地吸了一口氣，他看不到梅花後面的人，也沒有聞到梅花的清香，卻已經清楚地感覺到了梅花之後來者的氣息。

那是一種不同尋常的氣息，絕對是一個高手的氣息，韓信的臉上綻出一絲笑意，終於退了。

他之所以退，是想讓出這段原本屬於自己的空間，因爲他相信從梅花後面走出的人，一定可以與龍賡一戰。

雪後的花園，一片肅寒，隨著來人的腳步聲，空氣突然變得凝重起來。

龍賡靜靜地立著，手終於落在了劍柄上。直覺告訴他，來者與李秀樹、韓信一樣可怕，無論是誰，當他面對這三大高手的時候，都無法繼續保持冷靜。

「你來了？」李秀樹看了一眼退到自己身邊的韓信，然後淡淡地對來人道。

「來了，王爺相召，焉敢不遵？」來人的臉上毫無表情，冷得就像是一塊冰。其實他早就藏身於梅花之後，卻故意裝作剛剛才到的樣子，看上去有些滑稽。

「如果老夫不召，你是否就不來了？」李秀樹問得很怪。

「我一樣要來。」那人冷冷地答道。

「爲什麼？」李秀樹的樣子似乎有些詫異，但那人卻仍是毫無表情。

「因爲我必須替他們報仇。」那人的眼芒不經意地掃了一下龍賡面前的三具死屍，然後投射在龍賡的臉上。

「他們是誰？用得著勞你大駕爲他們報仇嗎？」李秀樹淡淡一笑道。

「東海忍道門下，豈能任人欺凌殺戮？我雖然學藝不精，也只能勉爲其難，誓死一拚。」那人沈聲道：「誰叫我身爲大師兄呢？」

他，正是這一代忍道門中的高手東木殘狼。

忍道門是當今天下最神祕的江湖組織之一，它來自東海一個遙遠的島國，據說在這個島國中，女人溫情如水，男人剽悍兇猛，東木殘狼顯然具備了這種男人的特質，所以看上去就像惡鷹般冷酷。

在這個組織裡，「大師兄」就是掌門的意思，東木殘狼當然不能容忍龍賡對自己門下弟子的殺戮。

更何況龍賡只出一劍，立斃三人，這消息一旦傳出去，勢必有損其門的榮譽，所以東木殘狼必須爲榮譽而戰。

龍賡感到了東木殘狼眼中瘋狂的殺意，卻沒有吃驚，他敢單身一人直闖淮陰侯府，就早已將每一種變故都算計清楚了，根本無懼於任何人的挑戰。

事實上對手愈強，就愈能激發他心中的戰意，他對自己手中的劍永遠充滿信心。

「你真的要與他一戰？」李秀樹也感到了龍賡身上散發出來的氣勢，問了一句。

「是。」東木殘狼說完這句話時，「鏘……」地一聲，寒芒閃現，乍露虛空，在他的手中，已多了一把長及五尺的戰刀。

這是一把與中土武者所用迥然有異的刀，明顯帶著異族風格，刀身雖長卻窄小，線條略帶弧度，呈流水線型，看上去就像一把具有弧度的劍，好生怪異。

更奇怪的是他握刀的姿勢。通常刀手握刀，總是用一隻手的居多，但東木殘狼卻是以雙手互握，這樣的握刀方式力道之大，肯定比單手握刀要強，但在靈活性上似有不足。

「唉……」李秀樹看著這戰刀閃躍的光芒，突然輕歎了一聲，聲音雖輕，但聽在眾人耳裡，卻頗感詫異。

「王爺爲何歎息？」韓信就像唱雙簧戲般問了一句。

「老夫之所以歎息，是爲這位龍公子感到可惜，木村先生既然決定一戰，那麼他多半死定了。」李秀樹望向龍賡，臉上淡然一笑道。

「王爺何以對木村先生這般有信心？」韓信一驚道。

「老夫不是對他有信心，而是對自己的劍法有信心。」李秀樹冷笑一聲，說了一句莫名其妙的話。但是每一個人似乎都聽出了他話中的意思，是以皆沈默不語。
過了半晌之後，東木殘狼雙手微抬，眼芒與龍賡的目光在空中相觸道：「請！」
龍賡的眼芒從三人的臉上一一掃過，心中暗驚。雖然這三人都是難得一見的高手，假如單打獨鬥，他不怕他們中的任何一個，可是聽李秀樹話裡的意思，顯然有不顧宗師身分的嫌疑，若是真的以二搏一，甚至以三搏一，那他生還的概率幾乎爲零。
不過，他從來都沒有害怕過挑戰，更有藐視一切的勇氣，是以面對東木殘狼晃動的刀芒，只是淡然一笑道：「來吧！」
他只說了兩個字，語氣平淡，近乎無味，卻自然而然透著一種不卑不亢的氣勢，強大的戰意自他的身上湧出，如潮般不可一世。
東木殘狼心中陡然一緊，眼眸一閃，自兩道窄窄的眼縫中擠出兩縷鋒銳無匹的厲芒，橫掃虛空。
龍賡終於換了一種姿勢，向前邁出了三步，雙腳斜分，一身青衫無風自動，呼呼作響，宛如彩蝶的翅膀上下翻飛不休。
花園地面上的積雪隨之湧動，空氣爲之一滯，變得異常沈重。
李秀樹帶著淡淡的笑意靜立於韓信的身邊，神情中似有一絲得意。他地位尊崇，當然不可能不顧身分與東木殘狼聯手，他的用意是想用一句模棱兩可的話給龍賡的心裡造成陰影，這樣即使他不出手，也能達到出手的目的。

這個方法實在很妙，分寸也掌握得很好，所以李秀樹的心裡忍不住想笑。他相信以東木殘狼的刀法，假如龍賡心有顧忌，未必就能在東木殘狼的手上贏得一招半式。

東木殘狼的頭頸扭動了一下，關節「劈哩叭啦……」一陣作響，當聲音消於空氣中之後，他的整個人猶如一頭虎視眈眈的魔豹，眼芒逼出，望向龍賡，那眼神就像是面對一頭待捕的獵物。

他沒有貿然出手，在沒有絕對把握之前，他的刀絕不會殺向對方。

他必須等待一個最佳的出手時機，因爲他清楚自己所面對的敵人有多麼可怕，這是別無選擇的等待。

龍賡笑了一下，他也在等待。

「你怕了？」東木殘狼顯然不習慣這種長時間的等待，是以想變換一種方式來激怒對方。

他一開口，龍賡就看出了他心中的那一絲煩躁，不冷不熱地答道：「我的確很怕，怕你不敢動手。」

東木殘狼淡淡一笑道：「你很自信，但自信過度就變成了狂妄。」

「偶爾狂妄一次也未嘗不可，特別是在你的面前。」龍賡道：「因爲你已老了。」

東木殘狼冷笑道：「看來你的眼神不好。」

「你認爲你還沒老？」龍賡道。

「我今年才四十來歲，正値壯年。只有當我無法拿刀的時候，也許才真的老了。」東木殘狼的手腕一抖，刀鋒微晃，發出嗡嗡之音。

「你人雖未老，但心卻老了，要不然你的膽子怎麼會這麼小？」龍賡笑了笑，語帶譏諷道。

他歸隱山林，最能耐住的就是寂寞，東木殘狼想與他比耐心，顯然是打錯了算盤。

東木殘狼眉鋒一緊，怒氣橫生，似乎深深地感到了龍賡非常冷靜的心態。他根本就不知道，龍賡離開師門之後，爲了探索劍道極巔，孤身一人在深山絕地結廬而居，與自然萬物爲伍，已經達七年之久。

七年的時間，說長不長，在歷史長河中不過是稍縱即逝的瞬間；但在人的一生當中，又有幾個七年？一個人能將自己與世隔絕，融入自然，這種寂寞，這份孤獨，如果沒有堅強的意志與毅力，試問有誰能夠熬過？

而龍賡卻熬了過來，從自然之道中悟出了劍道的極致，像這樣的一個人，他的心態又怎麼會差呢？

所以東木殘狼不敢再等下去，一旦時間過去得愈久，愈會對自己的心神有所影響，形成不利，因此他必須出手！

李秀樹與韓信對望了一眼，微微點頭，似乎也認定東木殘狼的選擇無疑是明智的，而且也是正確的。龍賡雖然非常可怕，劍術之高無法想像，便他畢竟是人。只要是人，就有破綻，這種破綻一旦出現，就不可能逃過李、韓兩位劍術大師的耳目捕捉。

只要東木殘狼出手，龍賡就唯有拔劍，劍一出手，必有跡可尋，這樣一來，無論是李秀樹，還是韓信，都可以平添幾分勝算。

只不過他們都忘了一點，那就是東木殘狼的生死。但看他們的表情，似乎並沒有把這個問題放在心上。

東木殘狼背對著他們，所以沒有看到李秀樹與韓信的表情，但龍賡的眼芒顯然捕捉到了他們的臉上所表現出來的意圖，心裡不由爲東木殘狼感到一絲可悲。

因爲他知道，東木殘狼只要出手，就唯有死路一條，他絕對有戰勝東木殘狼的實力與自信。

東木殘狼臉上的肌肉一陣抽搐。

「呀……」一聲如野狼般淒厲的嚎叫從他的口中發出，終於，他的人毫不猶豫地向前疾衝，就像是一支離弦的快箭。

但就在他跨出第五步的同時，他的呼吸爲之一窒，忽然感覺到眼前暗了一暗。

一道比冰雪猶冷的寒芒閃躍虛空！

寒芒乍現，天色爲之暗淡！這一劍沒有風情，只有濃烈如酒的殺意。
此劍一出，花園中的空氣盡皆凝固，伴著一聲呼嘯而來的口哨，劍如冷電般直迫向東木殘狼。

第九章　詭異百變

東木殘狼心神微怔，雖然他有足夠的心理去面對這場吉凶未卜的決戰，但是他怎麼也不敢相信、對方的劍會這麼快，快得猶如無跡！

他自問自己的眼力不錯，卻看不到龍賡是如何拔劍的，更看不清劍的來路，因爲萬千劍影在虛空中閃耀，幻成了一幕如虛無影像般的暗雲。

正因爲他不能看清，所以才感到了一絲驚懼，同時感受到了這一式劍招中挾帶的無窮殺機。

「叮……」東木殘狼完全是以一種高手的直覺揮刀而進，在間不容髮的剎那，刀鋒一格，擋住了對方這近乎神奇的一劍。而他的手腕順勢翻出，刀鋒回轉，襲向那隻握劍的大手。

那只大手亦如幻影，卻異常地穩定有力，它的主人更像是一個無情的殺神，目光如電，竟然在捕捉著花園這片空間中任何一個存在的生命。

「噹……」東木殘狼的刀果然逼至那只大手三寸之處，但意外的是，就這三寸之距，竟如天涯遠隔，根本不讓他的刀鋒有任何企及的機會，一股如漩流般的氣旋壓在刀身上，使得刀鋒與劍背相碰，發出一聲懾人的金屬脆響。

交手不過一招，雖然未分勝負，但雙方都不再有半點小視對方之心。因爲誰的心裡都如明鏡般清楚，誰若敢小視對手，其付出的代價就只有一種——死亡！

龍賡借著一碰之力而退，卻只退一步，陡然間腳尖滑地而踢，在空中揚起了一道雪幕。

東木殘狼心中一驚，沒有料到龍賡居然可憑地形、環境爲掩體，創造出對他自己有利的形勢。不過東木殘狼沒有猶豫，手臂一振，那一直潛隱於刀身中的勁氣有若山洪般狂洩而出，穿過層層雪霧，激起雪花向四方竄射。

龍賡退，是不想暴露鋒芒，更想暗藏殺機，東木殘狼的戰刀雖然快如閃電，卻無法對龍賡形成致命的威脅。

「轟……」當龍賡的劍芒在幾無概率的情況之下再次與刀鋒相觸時，以他們所置身的地面爲中心，積雪似波浪般向兩邊飛瀉，瘋狂的勁氣在激湧中形成一個個大小不一的漩渦，猶如雪龍般在空中狂舞。

東木殘狼的神色出現了一種前所未有的難看表情，事態的發展已經超出了他的想像，對他來說，龍賡就像是橫亙於面前的一座大山，若想逾越，幾乎是不可能的事情。然而即使如此，他也無法放棄，更不能臨陣退縮。

這完全是由他的身分所決定的，雖然他受命於李秀樹，但他好歹也是東海忍者的領頭大師兄，亦算是一代宗師，又豈能在李秀樹與韓信的面前滅了自己的威風？

東木殘狼雖驚，卻不亂，戰刀依然能在最兇險的時刻化去對方看似必殺的劍招。他之所以沒有絕望，並不是指望李、韓二人出手相助，而是他還留了一手，必須在最恰當的時機才能妙手施爲，一戰決勝。

沒有人知道他的殺手鐧是什麼，卻知道忍道門下，神祕詭異，百變無窮，就算上天、下地，在他們看來，也未嘗不是不能辦到的事情。

據說二十年前，燕太子丹欲刺秦王，召集天下英雄，其中就有一個名爲中田英俊的忍者。此人相貌平平，年齡不大，但心智奇高，武技超凡，就是比及當時的高手荊軻亦不遑多讓，令太子丹在二人之間難作取捨。若非太子丹考慮到這位中田英俊乃異邦人士，未必對始皇有亡國之恨，否則刺秦的大任便是交給他了，而不是最終的荊軻。

一個敢與荊軻一爭高下的刀客，手上的功夫自然不弱，而更讓太子丹看重的是中田英俊那一身近乎旁門左道的詭異之術。這東木殘狼既然與中田英俊出自同門，即使不能與之相提並論，想必也不會遜色多少。

兩人刀劍再搏數招，李秀樹與韓信的臉色不由凝重起來。因爲龍賡的功力之高自不待言，讓人可怕的是他的劍法看似平凡，卻有著令人無法抵抗的魔力，一招一式間，在流暢中暗合自然之道。

這不僅超出了龍賡年齡的局限，似乎也在劍道上有所突破，這讓李秀樹與韓信不得不對龍賡刮目相看。不過，他們都沒有出手。

以他們的實力，任誰與東木殘狼聯手，都能在十招之內鎖定勝局。而以他們的身分，一旦聯手，傳將出去，無疑會對他們的聲譽造成極大的損失，所以，他們都選擇了袖手旁觀，對龍賡的一招一式毫不放過，希望能夠從中得到一些收穫。然後再對龍賡實施具有決定性的攻擊。

韓信似笑非笑，雙手置於胸前，神情依然是淡雅而悠然。他的目光所及之處，並不是龍賡的劍路，他所關注的，是龍賡臉上那一絲淡淡的笑意，似曾相識，讓他感到莫名心驚。

他的確是見過這種淡淡的笑意，這種笑意笑得非常自信，有一股無所畏懼的氣概油然而生，讓人折服不已。

對韓信來說，這種笑意並不陌生，因爲在紀空手的臉上，這種笑就像是他的招牌，無時不在。

雪在飛旋中狂舞，卻不能侵入龍賡與東木殘狼周身的三丈範圍。在他們搏擊的空間，沒有雪，沒有流動的物質，有的只是那令人心驚的殺氣。

龍賡的整個人都完全幻入虛空之中，只有劍在旋動。人是有內涵的實體，絕不可能融入空氣，難道說他已練成了武道傳說中的「化實爲虛」？如果不是，那是什麼？

東木殘狼帶著這串疑問，依然刀招綿密，二人鬥得難解難分。雪霧流轉，撲朔迷離，形成一道道噬人的漩渦，在刀氣的牽引下，變得更加狂野。

刀亮如雪，雪如刀身，刀與雪渾然一體，沒有彼此，就像是神話中的畫面。

刀已到了刀路的極致，劍亦發揮到了劍道之峰巔。東木殘狼每使出一刀，都能感受到那劍中蘊含的無處不在的殺勢。

劍在人不在，這是一種幻覺，一種表現，其實東木殘狼心裡明白，人在劍光之後。當他看到龍賡的身影之際，也是該定勝負的時候。

所以他唯有全力以赴，冷靜以對，面對隨劍衍生而出的光影，不敢有絲毫的大意。

沒有劍，也沒有人，一切的殺機都隨著這團光影的旋動而飛漲……

東木殘狼還從來沒有見過眼前的這般景象，他的眼力再好，也無法從這團變幻莫測的光影中看出劍鋒的走向，劍勢的流動，但他卻可以感覺到這團光影給自己身體帶來的如山般的壓力。

「轟……」東木殘狼一退再退，退到一叢梅花前，臉上突然綻出了一絲詭異的笑。在他退卻的路線上，地面驀然爆裂開來，泥石若勁箭般向那團光影飛射而去。

他似乎胸有成竹，對眼前的一切並不感到驚訝，因爲這一切其實都是他刻意佈下的機關，他當然不會感到陌生。

自從李秀樹率領北域龜宗、東海忍道門以及棋道宗府三股勢力從高麗進入中土之後，淮陰侯府中這個不大的花園便成了他們爭霸天下的大本營。經過各路高手的精心佈置，這看似平靜如死水般的花園，其實已成絕地——每一個擅自闖入者的絕地！

一入花園，便是步步殺機。

可惜的是，他們遇上的是龍賡，龍賡之所以遲遲站在園門處不動，是否早就預料到了敵人會有這麼一手？

沒有人知道。

爆炸引起的強烈震動激起飛雪狂飆，光影散滅間，東木殘狼的步法與刀芒都為之一窒，彷彿被光影帶出的氣勁吸扯得搖擺不定。

劍從光影中殺出，生出萬縷寒芒，在虛空中織就了一張無形卻有質的網線，就像是三月的江南下起的一場春雨，絲絲縷縷，倍顯纏綿，在纏綿中乍現它無情的一面。

「好霸烈的劍法！」李秀樹低呼一聲，只有看到了龍賡的這一劍，他才算真正領略到了龍賡的實力。在此之前，他對龍賡的認識只是感官上的了解，直到此刻，他才明白眼前的這個人已經快攀至劍道之巔了，便是昔日江湖上盛傳的劍神卓東行再生，只怕也不過如此。

韓信的臉色變了一變，顯然贊同李秀樹的觀點。不過他的心裡更想知道：究竟是自己的劍快，還是龍賡的劍快？如果沒有李秀樹在，他真的很想知道這個問題的答案。

東木殘狼沒有料到龍賡的應變會這般快捷，不僅化解了自己佈下的機關暗算，反而攻勢不減，奇招迭出。在別無選擇之下，他唯有揮刀相抗。

「噹噹……」之聲不絕於耳，毫無花巧的碰撞在刀劍相觸間爆閃出一溜溜火星。那金屬交擊的脆響恰似深山古寺中的暮鼓晨鐘，給人一種近似冥冥之中產生出的震撼，使人聽之氣血上湧，熱血沸騰。

花園上空一片迷茫，刀劍幻出的暗雲在高速變化，唯有李秀樹與韓信的臉色愈發凝重起來，似乎都看到了這一戰最終的結果。

東木殘狼的刀法怪異，功力高深，放眼天下，當可排名在前三十名高手之列，可是在龍賡的劍下，似有不敵之象。他吃虧就在於其刀法講究身眼合一、身心一體，在這種光線變幻不定的情況下，很難與自己與手中的刀形成一種默契，也構不成和諧的基調，從而不能按照自己的節奏出刀。

而龍賡出劍，卻是用心。他的每一劍刺出，更多的是憑著自己在出劍前那一刹那的感覺，因此他的劍招猶如大江之水奔騰流暢，滔滔不絕，永無休止，根本不容對方有任何喘息之機。

更讓東木殘狼吃驚的是，龍賡的劍音似有一種音律感！初時東木殘狼感覺不到，也無從感覺，但隨著雙方刀劍相交的次數增多，東木殘狼感覺到這種音律不僅漸漸控制著自己出刀的頻率，甚至企圖駕馭自己的心跳。

難道說龍賡的劍道已有生命的靈性，抑或進入了神奇的魔道？

這實在是一種可怕的想法，令東木殘狼根本不敢深思下去。他只能在出刀的同時，去捕捉對方的目光。

在忍術中，有一種近乎魔道的絕技，就是攝魂術！用眼睛的力量去影響對手的信心、狀態，讓其為己所用。這門絕技用於臨場搏殺極有成效，但卻有一個弱點，這是東木殘狼不敢在一開始就採用此術的原因。

這個弱點甚至是致命的，有點像苗疆女子的種蠱。如果對方的精神力遠強於己，又深諳其道，一旦破解了攝魂術，那麼施術者非但不能制敵，反而會為敵所制。

東木殘狼面對龍賡這樣的高手，當然不敢貿然施出攝魂術，只是隨著事態的發展，戰事漸漸轉向於己不利的局面，他不得不為自己與師門的榮譽鋌而走險。

「噹……」在刀劍再次相交之際，龍賡的眼睛如電芒一閃，終於映入了東木殘狼的眼際，那若夢幻般迷離的眼神，深邃而空洞，就像蒼穹的極處，根本無法揣度。

東木殘狼心中一片茫然，一種失望的情緒湧上心頭，更讓他看到了必敗的結果。

因為他雖然看到了龍賡的眼睛，接觸到了眼芒的光度，卻不能捕捉到對方眼中帶有實質性的東西。在龍賡的目光裡，就像是星際中巨大的黑洞，可以涵括，可以包容，卻絕對不會受人駕馭。

這是一雙無法被人控制的眼睛，如果有誰企圖對它採取約束，那麼——不是被它所吞沒，就是被它所摧毀，絕對沒有第三種結果！

東木殘狼從來都沒有想過，在這個世上，還有人的眼睛會擁有這般強大的精神力，攝魂術根本不可能對它起到任何的作用。這種不安的心態，讓東木殘狼好生恐懼，在絕望中他的精神幾乎崩潰。

「呀……」他發出了一聲如殘狼般的厲嚎，戰刀舞動，發起了一輪絕地反攻。戰刀所到之處，盡是瘋狂的殺意，三丈之內，空氣爲之一窒。

「唉……」一聲歎息，來自於李秀樹的口中，他知道這只是東木殘狼在這個世界上的最後絕唱，無論這種攻勢有多麼兇猛，都無法改變這固有的結局。

龍賡的目光冷若寒霜飛雪，根本就不流露出一絲感情，多年孤獨寂寞的隱居生活，已經讓他的眼睛變得無比深邃，就像是大自然的一道風景，誰也無法揣度在這道風景的背後，究竟還包含了什麼。但誰都明白，不管這道風景之後包含了什麼，一旦爆發，就會是驚天動地。

韓信臉上的微笑爲之凝固，他已經屏住呼吸，靜心等待著龍賡最後的一擊。

作爲劍客，他相信龍賡這最後一擊絕對是劍中精華，完全值得自己去期待他演繹出一段最華美的樂章。他此刻的心情，猶如約會中的等待，守望著姍姍來遲的情人，有幾分興奮，又有幾分彷徨。

當他不經意間看到李秀樹輕微顫動的耳垂時，他相信，這位高麗國的貴族王公、江湖上的豪閥，必是與他一樣的心情。

雪霧之中，一切都顯得那般詭謐。龍賡的身影就像是穿遊於雪中的精靈，在刀林中飄忽不定，遊刃有餘。

「刷……刷……」當東木殘狼接連劈出十三記渾如一體的快刀時，就在此刻，龍賡笑了，在他的臉上，綻露出一個宛若春天般燦爛的微笑。

微笑，在這種情況下綻出，的確是非常不合時宜，但卻異常分明。每一個人雖然感覺不到龍賡的存在，卻都清晰地感受到了這個微笑的綻出。

龍賡在這時露出笑容，是不是他已經認定了此刻已經進入了這一戰的尾聲，該是讓一切結束的時候了？

沒有人知道，這笑與他的眼睛一樣，深邃得猶如一個謎。

「嘶……」劍鋒一跳，橫入虛空。

一柄比雪更熠亮的劍，閃躍出一道淡淡的青芒，青白兩色交錯，刻畫出一幅異樣的圖案。

這是龍賡的劍，也是每一個人都認定必殺的一劍！因爲劍芒擴散，猶如魔獸之嘴，迎向東木殘狼的戰刀，似乎欲吞噬一切。

時間與空間在這一刻完全停止，也許這是一種錯覺，但每一個人心頭都相信這是真的，因爲他們都感受到了那種讓人無法呼吸的壓力。

「蓬……」兩道形如颶風般的氣流在一剎那間悍然相撞，其勢之烈，足以驚天動地。碎雪、殘梅、泥石、氣流……交織一起，旋出一大片迷霧，天地爲之一暗。

就在迷霧產生之際，一條人影已經跌飛而出，去勢之快，如電芒標射。

李秀樹不由大吃一驚，韓信也大吃一驚，他們怎麼也沒有料到，跌飛出去的這道人影居然是龍賡！

這的確是出乎所有人意料的結局，甚至包括了人在局中的東木殘狼。他的雙手依然緊握戰刀，臉無血色，卻有一股難以置信的表情。

他的眼睛望向人影跌去的方向——高牆之外，依然是淮陰侯府，卻不是花園重地。

一剎那間，李秀樹、韓信、東木殘狼三人同時明白了龍賡的用心。

「厲害，厲害，果然厲害！此人不僅劍術精絕，而且深諳進退之道，不逞一時之氣，可謂大丈夫也！」李秀樹愈想愈覺得龍賡的所作所爲像一個人，聯想到龍賡與韓信對話時說過的一句話，心頭不由一沈！

韓信的目光何等敏銳，顯然捕捉到了李秀樹臉上的這種表情，淡淡一笑道：「他讓本侯想起了兩個人，所謂物以類聚，人以群分，本侯相信他一定是來自於這兩個人的陣營。」

「莫非侯爺認定他是項羽與劉邦的人？」東木殘狼驚魂未定，好不容易才平穩了自己的心態，訝然問道。

「表面上，天下之爭是在項羽、劉邦以及本侯之間進行，其實本侯從來沒有忽略過另外一個人，那就是紀空手。以本侯對他的了解，雖然這數月來一直沒有他的消息，也一直沒有他在江湖上走動的傳聞，就像突然消失了一般。但是本侯卻知道，他絕對不會甘於寂寞，時下的蟄伏只是爲了養精蓄銳，等待時機。」韓信沈聲道。他的話令李秀樹與東木殘狼都有幾分詫異，因爲憑他們對韓信的了解，不僅自信，而且從不服人。能讓韓信如此推崇之人，自然不會是一個簡單的人物。

「紀空手？他是個怎樣的人？難道真的如此可怕？」東木殘狼望了李秀樹一眼，微微一怔。他自異邦進入中土的時間極短，所以沒有聽說過紀空手的大名。

「他在別人的眼裡，實在算不了什麼，只是一個小無賴而已。」韓信的眼神中又多了一絲迷茫，彷彿沈浸到回憶之中：「當年他與本侯就生長在這裡，情同手足，如果他不是處處壓我一頭，讓本侯的心中有幾分不暢，大王莊一役的那一劍，也許本侯就不會刺下去了。」

他喃喃而道，神情好生怪異。李秀樹微一皺眉，似乎對韓信與紀空手之間的恩怨有所了解，微微一笑道：「這也許就是命，若非當年的那一劍，侯爺又哪來今日的這般風光？」

「你說得不錯！」韓信的神情一凝，剎那間恢復常態道：「雖說如今天下漸成三分之勢，但紀空手擁有知音亭的力量，如今又多出一個龍賡這樣的絕世高手，對我們三方來說，都是一個不小的威脅，所以本侯想請王爺在注意劉邦、項羽兩人的動向時，也不能忽略了對紀空手的防範。」

「侯爺但請放心，雖然我們高麗是異邦，但終究是一個國度，無論在財力人力上，都有著豐富的資源，完全可以應付眼前的局勢。只要侯爺需要，我國一定全力以赴，大力支持。」李秀樹傲然道。

韓信心中一動道：「有王爺這一席話，本侯也就放心了。爭霸天下，在某種意義上來說，各方既要比軍力，比軍需，還要比的就是財力。本侯估算了一下，若是我們真要與項羽、劉邦抗衡，至少需要三十五萬的軍隊。對本侯來說，在一年之內將這三十五萬士兵訓練成精銳之師，並非一件太難的事，倒是這些士兵所用的兵器，才令人頭痛得緊。」

「我們現在就可召集大批工匠，連夜趕鑄，相信一年之內，必然齊備，這有何難，竟勞侯爺頭痛？」東木殘狼奇道。

李秀樹道：「木村先生所言極是，莫非侯爺另有隱情？」

韓信苦笑道：「若事情真的有這麼簡單，那本侯又何必頭痛？要鑄造兵器，就需要大量的銅鐵，自始皇征服六國、一統天下之後，爲了防止有人謀反，曾經收繳天下兵器，聚集咸陽，熔化之後鑄成大鐘，又另鑄十二個重達千鈞的銅人，置於登龍圖寶藏之中，致使民間銅鐵匱乏。但隨著大秦的滅亡，原有的武器悉數分流到了劉、項二人的戰士手中。因此，我們若真要訓練出三十五萬精銳之師，當務之急是要弄到數百萬斤的銅鐵，而數百萬斤的銅鐵從何而來，才是讓本侯感到頭痛的問題。」

「侯爺難道就沒有一點辦法嗎？」東木殘狼似乎難以相信，畢竟江淮各郡的大片土地已經盡在韓信掌握之中，難道連幾百萬斤銅鐵也不能購齊？

「辦法不是沒有。」韓信眉頭一皺道：「不過實行起來非常困難，成功的機率不大。而且容易與劉、項二人發生正面衝突，導致戰爭提前爆發。」

「哦？」李秀樹心中一驚，看韓信一臉肅然，非常凝重的表情，知其不是危言聳聽，皺皺眉道：「老夫倒想聽聽侯爺的高見。」

「要想得到數百萬斤的銅鐵，只有兩個途徑：一是從登龍圖寶藏著手。在本侯的記憶中，它所藏地點應該是上庸城外的忘情湖，如果能夠將它挖掘出土，盡歸己用，不僅兵器無憂，而且財力不愁，本侯敢說平復天下有七分的把握。」韓信的言語中透出一股無比的自信，渾身上下流露出一種王者氣質，不過這只是一剎那間的事情，一閃即沒之後，他臉上依舊是一片黯然：「但遺憾的是，劉邦同樣知道這個地點，所以才會自辭關中，遠赴巴、蜀、漢中三郡，其目的顯然是爲了將登龍圖寶藏占爲己有。幸好這登龍圖寶藏的挖掘工作十分艱難，以至於劉邦迄今爲止還只能是望寶興歎，難以將寶藏據爲己有。」

「怎會這樣呢？」連李秀樹也覺得有點不可思議，心中暗忖：「明明知道了藏寶地點，卻無法挖掘，這中土工匠的技藝未免也太神奇了。」

韓信冷笑一聲道：「幸好是這樣，否則若讓劉邦得到了登龍圖的寶藏，這天下只怕很快就會成爲他的囊中之物。」

頓了一頓，韓信又接著道：「假如我們從登龍圖寶藏著手，就算我們有取寶之道，一來時間上不允許，二來勢必與劉邦發生正面衝突。如果彼此爭奪起來，鷸蚌相爭，漁翁得利，只會讓項羽揀個大便宜。與其如此，倒不如靜觀其變，只要不讓劉邦取到寶藏，我們就有機會。」

「也只能這樣了。」李秀樹點頭同意，在這種非常時期，時間愈發顯得寶貴起來，只有趁著三方都在養精蓄銳的情況下擴張力量，才能保證在大戰將至之際占到先機。然後他又道：「你的第二個辦法不妨也說來聽聽，看是否可行？」

「這第二個得到銅鐵的辦法，就是遠赴夜郎。夜郎國的銅鐵藏量之豐，天下少有，但是這個辦法對於我們來說基本無用，因爲就算我們得到了銅鐵的貿易權，卻根本無法運回江淮。」韓信已然不是以前的韓信，經過了太多的變故之後，他的目光變得敏銳起來，論及時勢機變，似乎絲毫不在李秀樹這等世襲權貴之下。

第十章　靜觀其變

李秀樹深深地看了韓信一眼，等著他繼續說出下文，因爲他知道韓信既然明白這個辦法無用，卻還要說出來，肯定有其用意。

果不其然，韓信沈聲道：「雖然我們得不到夜郎國的銅鐵，出於力量均衡的考慮，我們也不能讓劉邦和項羽的任何一方得到它。尤其當登龍圖寶藏尙未現世之前，對各方來說，這批銅鐵的重要性可以說是不言而喻的，所以我們必須對此有所預見，早作佈置，爭取在劉邦和項羽的前面拿到貿易權。」

「侯爺您想到了這一點，劉邦和項羽也未嘗不能想到，萬一他們在我們之前先與夜郎國訂下了盟約呢？」東木殘狼憂心忡忡地道。

「那就不惜一切代價，破壞它！」韓信的眼中綻射出一絲凶光，臉部的肌肉形成一定硬度的稜角，顯示出他的決心與無情。

李秀樹將這一切看在眼中，既有些驚懼於韓信的無情，又有幾分欣賞。他明白，自己的選擇並沒有錯，只要給韓信機會，像他這樣的人一定會給自己一個驚喜。

「如果老夫去了夜郎，侯爺的安全只怕有些問題，若龍賡去而復返，恐對侯爺有所不利。」李秀樹有幾分擔心，但是韓信既然對夜郎之行如此看重，如果沒有自己親自坐鎮指揮，只怕不行。

「這一點王爺大可放心。」韓信微微一笑道：「如果這龍賡真是紀空手的人，他一定會趕赴夜郎的這場大熱鬧，因爲只要稍有戰略眼光的人都可以看出，這銅鐵之爭實際上就是各方大戰之前的前奏，誰能贏得這一戰，誰就能奪得日後爭霸天下的主動權。」

李秀樹沈吟半晌，點頭道：「既然如此，老夫便親自率人走上一趟，至於侯爺所說的銅鐵問題，老夫這就派人回國稟明大王，即使傾一國之力，也要讓侯爺訓練出來的戰士手中有兵器可用。」

韓信眼睛一亮，不由大喜道：「若能如此，何愁天下不歸入本侯的囊中？若真有得天下之日，到那時，一定請大王、王爺與本侯共用天下！」

李秀樹微微一笑，眼芒暴射，似乎想鑽到韓信的心裡去看個究竟，道：「這是侯爺的真心話嗎？」

「本侯可以對天發誓！」韓信道。

「侯爺有心就好了，何必發誓？難道老夫還能不信你嗎？」李秀樹當下吩咐東木殘狼通知所屬人馬開始準備，偌大的花園中，轉瞬間便只剩下李秀樹與韓信二人。

「此次夜郎之行，任務艱鉅，王爺務必多加小心，三思而行。據本侯估計，無論是劉邦還是項羽，都必將派出精銳高手前往夜郎，甚至不排除他們本人親自前往的可能，所以對王爺來說，這一趟乃是一件苦差事。」韓信說出了自己的擔心，也表明了自己勢在必得的決心。因為他明白自己在三足鼎立中是處於弱勢的一方，與劉邦、項羽相比，無論是實力，還是聲望，都有不小的差距。假如夜郎此行能夠阻止劉、項二人得到銅鐵，而自己又能得到高麗國的襄助，那麼一加一減，三方的差距也就不復存在了，他才可以在最終的爭霸天下中佔據一個有利的位置。

「老夫一生奔波於江湖，大風大浪見得多了，倒也無所畏懼。何況老夫此去夜郎，還能與舊友相逢，未必就是苦差事，請侯爺放心。」李秀樹哈哈一笑，一副悠然的樣子。

「哦？」韓信不由奇道：「高麗距夜郎足有數千里之遙，想不到在那種蠻荒之地王爺居然也有朋友，可見王爺高義，人人都以能與王爺交友為榮。」

「老夫這位朋友，並不是夜郎國人，但與夜郎只有咫尺之隔，乃是漏臥國主泰托。他與老夫相識多年，頗有交情，此次夜郎之行，有他照應，必能馬到功成。」李秀樹傲然道，自信十足。

韓信微一沈吟，突然壓低嗓門道：「除了夜郎之行外，本侯還想託付王爺一件事情，只是此事太過兇險，不知當講不當講？」

「但講無妨。」李秀樹一怔之下道。

「如果王爺從夜郎回來，不妨繞道巴、蜀、漢中，在漢王府所在地南鄭逗留數日，替本侯救一個人出來。」韓信說到這裡，已是神色黯然，目光中似有一絲纏綿，一眼就被李秀樹看破。

「此人必定是侯爺的相好吧？否則侯爺乃頂天立地的大丈夫，何以會變得這般忸怩？」李秀樹微微一笑道。

「王爺所猜的確不錯，此人姓鳳，你只須將這個東西交到她的手中，她就自然會相信你。」說完韓信從懷中小心翼翼地取出一塊鴛鴦錦帕，攤開一看，竟是一縷亮黑如新的青絲。

「可是南鄭這麼大，老夫要怎樣才能找到她呢？」李秀樹見韓信如此鄭重其事，不敢大意，將青絲依舊用鴛鴦錦帕包好，揣入懷中。

「她就在漢王府中的藏嬌閣。」韓信平靜地道。

◆

聽完這麼一段故事，夜已深了，鐵塔之上紀空手與龍賡相對而立，久久沒有說話。

「你和韓信根本沒有交手，何以能知道韓信在劍道上的成就會超過你？」紀空手一直注視著龍賡深邃的眼神，忍不住問道。

「這只是我的一種靈覺，也是直感。我隱於山野七年，練就了一種有別於人類的感應，這種感應之準確，甚至超過了野獸對危機的敏感。所以，你完全可以相信我的直覺。」龍賡淡淡地道，聲音低沈，卻有一種無法令人抗拒的魅力。

「我當然相信你。」紀空手笑了，他知道龍賡是爲了他好，才講出其在淮陰時的遭遇。不過，當紀空手聽完之後，卻不再對韓信此刻的劍法感興趣，而是將注意力集中到了李秀樹等人的身上。

「你能否確定出現在韓信身邊的老人就是北域龜宗的宗主李秀樹?」紀空手道。

「可以確定!我曾聽先生說起過此人，也知道一點此人武功的路數，應該不會有錯。」龍賡點點頭道。

「這麼說來，在韓信的背後，的確有一股強大的勢力在支持著他，否則他也不可能在短短一年時間內發展得如此迅速。」紀空手若有所思，想到了在忘情湖邊的巴額，這也同時印證了他對江淮棋俠卞白的猜疑是正確的。

「所以我們必須先下手爲強，不能讓韓信的人破壞了我們的計畫。」龍賡的眉鋒一跳，殺機隱現。

他與陳平究竟有著怎樣的計畫?他沒有說，紀空手也沒有問，但是看他們的樣子，似乎是心有靈犀，早已明白了這個計畫的內容一般。

紀空手的智商奇高，無疑是非常聰明之人，他已經從龍賡與陳平的身上得到了答案，所以沒有發問，他相信他們的計畫應該與他來到夜郎將要實施的計畫是相同的，唯一不同的是多了他的參與，使得計畫更加完美，幾乎天衣無縫。

「可是韓信派到夜郎的高手是誰？有多少人？分佈在哪幾個地點？這些情況我們都不清楚，就算要先下手，我們也無從著手。」紀空手搖了搖頭，顯然並不同意龍賡的下手計畫。

龍賡一怔之下，笑了笑道：「那我們應該怎麼辦？」

「只有等，等到陳平回來，有了消息後，我們再作決斷不遲。」紀空手也笑了笑道：「等人雖然是一件痛苦的事情，但我想，你一定還有事情沒有向我交代，否則，你也不會把我的離別刀就這樣扔了。」

「你莫非認爲，有失就必有得？其實有的時候，得失之間並非界限清晰，得就是失，失就是得，塞翁失馬，焉知非福？而你紀公子失刀，又何嘗不是福呢？」龍賡抬頭望天，只見夜空之中，一輪明月高懸，光華遍灑，將暗黑的蒼穹點綴得如詩如畫。

「月有陰晴圓缺，事有吉凶成敗，你若連得失都不能參透，又怎能參秀武道的至理？」龍賡喃喃而道，聲音雖輕，聽在紀空手耳中，卻如一道霹靂，彷彿震醒了他心中的一絲靈覺。

紀空手豁然清醒過來，似乎悟出了一點什麼，但是朦朧之中，又似沒有悟到任何帶有實質性的東西。

龍賡深深地看了他一眼，緩緩而道：「你既然懂得了自己的內力受到刀的邪性的影響，所以才捨棄刀，但棄刀只是一種形式，如果你真的要擺脫這種邪性的禁錮，只有做到心中無刀，才是正途。」

「我若心中無刀，那麼在我的心中，應該有些什麼？」紀空手頓時陷入了一片迷茫之中。

「可以有清風，有明月、有天、有地，有自由的放飛，有天地的靈性……總之該有什麼，就是什麼，又何必要強求它是什麼呢？只有做到心中無刀，你才能擺脫刀的禁錮！而唯有做到心中無刀，你才會驀然發覺，其實你就是刀，刀就是你，刀原本與你一直同在。當你真正超越了刀時，才最終能駕馭刀，成爲刀的主人，讓刀的邪性爲你的內力所禁錮。」龍賡一字一句地說得很慢，似在談哲理，又似拉家常，但他的目光一直盯注著紀空手的表情，直到他看見紀空手嘴角處驀然乍現的一絲笑意。

「我明白了。」紀空手笑得非常平和，無驚無喜，猶如佛家的「拈花微笑」。

「你明白了什麼？」龍賡驀然大喝一聲。

紀空手連眼皮也沒有眨一下，淡淡笑道：「你明白了什麼，我就明白了什麼。」

兩人似在打著謎語，話裡蘊含有無窮的深意，他們的目光在虛空中悍然相觸，隨即同時仰頭大笑三聲，有一種參透禪理般的喜悅。

龍賡望著夜色下的紀空手，心中有一種說不出來的滋味。他怎麼也沒有料到，就在剛才的一剎那間，自己蟄伏深山七年才悟出的武道至理，竟然被紀空手在幾句話間就窺破了內中的玄機。

七年與一刻，這是何等巨大的一個差距，時間也許不能說明什麼問題，或者，這就只能用一個緣字來涵括。抑或，紀空手本身就是一個天生的武者，否則，又怎會有那麼多的奇蹟發生在同一個人身上？

紀空手的臉是那麼地剛毅而富有朝氣，眼睛中透著堅定與深邃，就像是明月背後無盡的蒼穹，彷佛將自己融入自然，融入天地。

就連龍賡的心也禁不住爲之震撼，爲之感動，似乎深深地被紀空手這一刻爆發出來的氣質所感染，所臣服。對於他來說，已習慣了孤獨，習慣了寂寞，心靈自然地遨遊於天地之間，如高山之巔的蒼松般狂傲不羈。可是當他面對紀空手時，突然有一種欲頂禮膜拜的衝動，就像當年他甫入師門，面對五音先生一般。

「謝謝！」紀空手輕輕地向龍賡說出了這兩個字，臉上泛出了一絲笑意，就像是那一輪高懸天空的明月。

「你不必謝我，要謝，應該謝你自己才對。武道的本身，就是超越禁錮，超越自我。你能如此，我很開心，畢竟這對先生的在天之靈是一種慰藉。」龍賡的目光中閃現出真誠，毫不嫉妒。在剛才的那一瞬間，他的心態的確有些失衡，然而多年的隱居生活養成了他順其自然的性格。他始終認爲，只要存在，就是合理的，這才是真正的自然之道。

他相信，從這一刻起，紀空手已經進入了一個全新的武道境界。能如此快達到這個境界，放眼天下，真正能夠進入的只有兩人，那就是紀空手與韓信！這完全是由他們體內的補天石異力所決定的，所以，龍賡並沒有太多的失落感。

這只因爲補天石異力來自於天地之精華，純屬先天自然，是可遇而不可求的東西。龍賡沒有奇遇，卻憑著自己的努力達到了今天的成就，他已盡心盡力，所以無憾。

就在這時，龍賡低聲道：「有人來了。」

「不錯，陳平與陳左回來了，不僅帶回了消息，還帶來了美酒。」紀空手微微一笑道。

他說得十分悠然，似是不經意間道出，卻讓龍賡吃了一驚。

龍賡之所以吃驚，是因爲憑他的功力，對十數丈外的任何動靜都瞭若指掌，雖然他聽出了來人的腳步，卻無法認定來人的身分，可是紀空手卻一口道出。

這並非表示紀空手的功力遠勝龍賡，不過這份細心，這份嚴密的推斷，依然讓龍賡刮目相看。

他深深地吸了一口氣，果然聞到了夾在一股花香之中的酒味，雖然此時已是隆冬季節，但在夜郎國，依然是繁花似錦，綠意盎然，所以清風吹過，總有花香留住。

他不由看了紀空手一眼，然後回過頭來，便見陳平與陳左一前一後上到塔頂。在陳左的手中多了一個托盤，盤中有壺美酒，數碟小菜。在這夜色之下，就如一道風景，令人眼前一亮。

「有朋自遠方來，不亦樂乎，如此夜色之下，唯有美酒款待。」陳平以詫異的眼神看了紀、龍二人一眼，然後悠然道。

陳左已經在塔頂上置放了一張鐵几，幾張鐵凳，待他們三人坐下後，他便肅手立於十丈開外，完全沒有了在萬金閣中的那種作派。

陳平已還復了他的本來面目，一襲長衫，幾分清雅，無形中透出一股大家氣度，隨手執壺斟酒，道：「酒是上好的葡萄美酒，產自西域，乃是三百年佳釀，放眼天下，唯有兩罈，一罈由西域釀酒世家阿提家族窖藏，還有一罈，榮幸得很，正是由在下珍藏。今日紀公子難得光臨，是以才獻酒一壺，以表在下對紀公子的敬意。」

他隨意一說，卻讓紀空手與龍賡都吃了一驚，不由看向手中的酒杯，只見裡面的酒液稠如蜜水，呈琥珀之色，放在鼻下，有一股淡淡的酒香沁入脾胃，令人精神為之一振。

「前人曾言：葡萄美酒夜光杯。既然有上好的美酒，就應該有絕佳的酒器相配，正所謂好馬配金鞍，佳人配英雄，絲毫馬虎不得。你卻以這種酒杯待客，豈不大煞風景？」龍賡看著手中黝黑無光的杯盞，皺了皺眉道。

「龍兄有所不知，其實要喝葡萄美酒，並非一定用到夜光杯不可。夜光杯雖然珍貴，在我的窖藏中卻也有一套，我之所以不用，是因為喝這三百年的佳釀，有一套專門配置的酒器。取火焰山中的泥石煉製，歷三年工時，製出的黑泥瓷杯才是飲這種酒的最佳器皿，而此刻兩位手中拿著的，便是此杯。」

陳平微微一笑，示意紀、龍二人舉杯端視，道：「葡萄美酒夜光杯，不過是以訛傳訛，它唯一的優點就是色澤奇美，若真正用它來盛酒，反而容易揮發酒性，改變酒質。而用黑泥瓷杯，不僅可以讓酒質純冽，而且有適度的微溫來醞釀酒香，產生無窮回味。二位若是不信，不妨品上一口便知端倪。」

「怪不得你會用這樣一套其貌不揚的酒器，原來還有這麼多的講究。」龍賡輕嘗一口，頓覺回味無窮，便知陳平所言非虛。

紀空手放下酒杯道：「陳兄乃夜郎國三大家族之一的家主，名門之後，自然講究，否則夜郎王也不會將款待三方來使的重任交給你了。對酒之一道，我無知得很，更想知道你對這三大來使是怎樣安排的？」

陳平微微一笑道：「這一點還請紀公子放心，這裡既是我的地盤，當然可以做到心中有數。我剛才出去，就是加派人手，對卞白他們所居的掛雲樓實行晝夜監視，而且通知了本地各方人士，要求他們一旦發現有外地人出沒，必須在第一時間內向我通報。所以我相信，只要卞白還有同夥，最遲不到明天就可以讓他們現出形來。」

紀空手相信陳平有這樣的能耐，不過他擔心以李秀樹的心計，肯定早有安排，如果稍有紕漏，讓他們殺了房衛，那麼對紀空手來說，這一趟夜郎之行也就算是空跑一趟了。

只是，紀空手爲什麼要如此看重房衛的性命呢？房衛只不過是劉邦派來的一個棋王，難道他的生命就真的這麼重要嗎？

沒有人知道答案，除了陳平與龍賡之外。

「我看事情並沒有這麼簡單。」紀空手沈聲道：「這通吃館內人員複雜，除了大廳的那些下三流賭徒之外，持千金券進入萬金閣的賭客只怕就不下一百來號人，其中必定有李秀樹佈下的殺手，我們千萬不可大意。」

陳平神色一緊道：「這一百來號人的身分我們都做過了調查，並未發現有可疑的人物出現，倒是來自於本國的幾位王公貴族和鄰國的一些貴賓，出於眾所周知的原因，我們沒敢調查。」

紀空手眼睛一亮道：「據我所知，這李秀樹雖然是北域龜宗的宗主，同時也是高麗國的王公大臣，他會不會利用這種身分將自己的手下混入這些王公貴族的隨從當中，陰謀破壞呢？」

陳平沈吟半晌，突然驚道：「你這麼一說，倒讓我想起了一件事來。你還記不記得，當你與漏臥國的靈竹公主對賭的時候，我刻意看了一下靈竹公主身後的一大幫隨從，的確是有幾個陌生的面孔。」

「你怎能認出這些隨從的生熟呢？」紀空手奇道。

「這漏臥國相距金銀寨不過兩三百里的路程，靈竹公主又一向喜歡豪賭，所以一年總有幾個月要待在這萬金閣裡。一來二去，自然也就認識了。」陳平的眉頭皺了一皺：「不過她這次來，的確與往日有所不同。以前她在金銀寨裡有自己的飛凰院，每次來賭，吃住都在那裡，可是這一次她卻提出要住在我們通吃館內，我不好拒絕，就將她安置在臨月台。」

「哦，竟有這等事情？」紀空手精神一振道：「她是什麼時候到的這裡？」

陳平想了一想道：「應該是半月前，這舉辦棋賽的消息一傳出，她就來了，這的確是有些巧合。」

「巧合多了，就不是巧合，而是人為安排。」紀空手微微一笑道：「也許這靈竹公主正是我們要找的人，雖然我贏了她的錢，有些不好意思見她，但是偶爾拜訪一下她，也未必就放不下臉來。」

「你真的想去臨月台？」陳平道：「那裡的防衛都是她的手下負責的，只怕你連大門都未必能進。」

「她不讓進，我就自己進去。」紀空手笑了：「夜探深閨，豈不妙哉？相信龍兄也與我有同樣的興趣。」

「不錯。」龍賡笑道：「美女我見得多了，卻從來沒有見過什麼公主，偶爾見識一下，倒也新奇。」

「你們真的要去？」陳平問道。

「當然。」紀空手與龍賡同時答道。

「那好。」陳平一咬牙道：「不過你們千萬小心，如果靈竹公主真的與李秀樹勾結一起，這臨月台就無異是龍潭虎穴，弄出事來，連我也幫不了你們。」

他說的是實話，雖然他貴爲夜郎國的世家家主，卻不能對靈竹公主有半點怠慢，稍有不慎，不僅可能影響到夜郎國與漏臥國的邦交，甚至有可能爆發兩國之間的戰爭。

這絕不是危言聳聽。

在夜郎國相鄰的七八個小國中，一向戰火不斷，這些國家大多是由一個民族組成，在漫長的歷史長河中，民族間產生的仇恨隨著國家的建立也就衍生成了國恨，從而很容易爆發戰爭。

陳平當然不想因爲自己而讓國家陷入戰火之中，更不想因爲自己而讓萬千百姓飽受戰爭帶來的痛苦。所以，他不得不向紀空手與龍賡提出警告。

「你放心，我們絕對不會連累到你。」紀空手理解陳平的苦衷，微微笑道：「你應該對我們抱有信心，李秀樹也許真的可怕，但若是由我們二人聯手，只怕能勝過我們的人已經不多了。」

「不是不多，而是沒有。」龍賡糾正了一句，在他的臉上，充滿了十足的自信。

「既然如此，就讓我再來敬二位一杯。」陳平斟上酒道。

「陳兄既然不勝酒力，就不要再勉強了。」紀空手笑道。

「什麼?我不勝酒力？」陳平的臉色突然一變。

紀空手詫異地看了他一眼道：「我想定是此酒的酒性特大，否則你的臉怎會紅成這樣？」

「不可能！」陳平驚道：「這黑泥瓷杯裝上葡萄酒，除了味道甘醇之外，還有一個優點，就是怎麼喝也不上頭，我的臉又怎麼會紅呢？」

龍賡大吃一驚，微一運氣，突然間臉色巨變。

「我中毒了！」龍賡的臉色極爲難看，手已緊緊按在了劍柄上。

陳平的眉鋒一跳，壓低嗓音道：「我也一樣。」

「怎麼會這樣呢？」紀空手提出的問題也正是龍賡、陳平心中所想，對於他們三人來說，其內勁已足以讓他們對付一般的毒素，而且有人下毒，必有徵兆，以他們的目力，不可能一點破綻都看不出來。

無論是酒，還是下酒的小菜，都不可能有毒，這是毫無疑問的，而且這三人中，誰也不可能下毒，也沒有下毒的動機。就算他們三人中有人下毒，也不可能逃過另外兩人的眼睛。

但是，既然無人下毒，這毒又是從何而來？

鐵塔之上，出現了死一般的靜。

龍賡與陳平的臉色已如一片紅霞，豔麗得可怕。他們只感到自己的身體有些發軟，一點功力都無法提聚，就算此時來個普通的武者也能將他們置於死地。

「你難道沒事？」龍賡與陳平看了紀空手一眼，詫異地道。

「我沒事，一點事都沒有。」紀空手眨了眨眼睛，然後大聲道。

陳平與龍賡頓時明白了紀空手的用心，既佩服紀空手的反應之快，又擔心這個騙局終究會被人識穿。下毒者既然如此煞費苦心，當然是有備而來。

不過，他們的身邊幸好還有一個陳左。這裡既是他們的地盤，只要一道命令，這鐵塔在最短的時間之內就可以變成最安全的地方。

「陳左。」陳平不敢猶豫，叫來了十丈之外的陳左。

「老爺有什麼吩咐？」陳左似乎不知道這裡發生了什麼，哈著腰道。

「湊耳過來。」陳平貼著他的耳朵叮囑了幾句。

「是。」陳左站起身來，卻沒有動，連一點動的意思都沒有。

陳平詫異地盯著他道：「怎麼還不去？」

「老爺，我不能去。」陳左微微一笑道。

「爲什麼？」陳平話一出口，忽然心頭一沈，似乎明白了什麼。

「不爲什麼，因爲這毒是我下的。」陳左非常平靜地道：「這位紀公子雖然裝出一副沒中毒的樣子，可是我心裡清楚這胭脂扣的厲害，當然不會相信他真的沒有中毒。」

「胭脂扣？」三人同時呼道，顯然沒有聽過這種毒的名稱。

「是的，這毒的名字就叫胭脂扣。中了此毒之人，他的臉就會紅得像胭脂一般，所以才會有這樣一個讓人心動的名字。」陳左淡淡一笑道：「不過你們可以放心，中了這種毒，絕對不會喪命，它只會讓你們無法提聚內力，而且三日之後，無藥自解，對你們的功力一點都沒有損害。」

「我能不能問一句，這毒是怎麼下的？何以會下得這麼高明？」紀空手臉上的肌肉抽搐了一下，似有一股莫名的怒意。

「如果我換作是你，也會這樣問的，因為誰也不想糊裡糊塗地就著了別人的道兒。」陳左得意地點了點頭道：「好吧，我就告訴你。」

他深深地吸了一口氣道：「好香！怎麼會這麼香呢？難道你們都沒有聞到這花的香味？」

紀空手的臉色變了一變，他當然注意到了這沁人的花香，更看到了鐵塔邊上的似錦繁花，當時還覺得很香，所以就多吸了幾口，難道這是一種花毒？

「這些花沒有毒。」陳左一句話就推翻了紀空手心中的猜疑，道：「不過，在這些花中，有一種名為情人刺的花，卻很有意思。」

「情人刺？難道這種花香有毒？」紀空手問道。

「情人刺連花香都沒有，又怎麼會有毒呢？」陳左笑道：「但它的根部每到月出的晚上，就會散發出一種很淡很淡的氣體，這種氣體一旦與一種名為傷心樹的樹味接觸，就有可能變成一股毒氣，無色無味，卻能禁錮人體內的功力。」

「我們就是中的這種毒？」紀空手看了看四周，道：「可是傷心樹在哪裡？我倒想見識一下。」

陳左踱步來到鐵几旁，拿起那個送上酒菜的托盤道：「這個托盤就是用傷心樹的木質製成的，你們說，這種下毒的方式是不是很妙？是不是很絕？」

他忍不住笑了起來。

「可是，我想了這麼久，卻想不出你如此做的理由。」陳平搖了搖頭，眼中噴出一股怒火，恨不得將陳左吞噬，道：「我待你一向不薄，而且委你重權，讓你掌管我陳家的財庫，你何以要背叛我？」

陳左的神色爲之一黯，臉上閃出一絲痛苦的表情，低下頭道：「老爺，你能不能不問？」

「不能！」陳平大聲喝道，強撐身體站了起來，誰知腳下一軟，重新跌坐凳上。

就在這時，一聲淺笑響起，自塔門外走進一個人，紀空手抬眼看去，吃了一驚，似乎沒有料到來者竟是靈竹公主。

在靈竹公主的身後，跟著七八個人，人人都身著玄衣，腰間鼓漲，顯然都攜帶著兵器。這些人的太陽穴高高隆起，無一不是內家高手，大有殺氣。

「在這位公主身後的那位老者，就是李秀樹。」龍賡壓低嗓門道。直到此時，他才明白，就算對方不下毒，以敵人的實力，他們也未必就有勝算。

陳左來到靈竹公主面前，恭身行禮之後，乖乖地退到一邊。

靈竹公主緩緩前行，來到鐵几之前，對著陳平道：「本公主聽說你們欲至臨月台找我，不知有何要事，所以就自己趕來了，卻不料你們連最起碼的禮儀都不懂，竟然不起身相迎，這可太令本公主失望了。」

陳平望著靈竹公主笑靨如花的俏臉，微微一笑道：「漏臥國與我夜郎關係一向不錯，靈竹公主又是一個聰明人，希望你不要受人利用，凡事還須三思而行。」

「受人利用？」靈竹公主啞然失笑道：「沒有人利用本公主，本公主今日所做的一切，都只是爲了完成我父王當年的一個承諾。」

陳平奇道：「一個承諾？對誰的承諾？」

靈竹公主冷笑一聲道：「你是誰？本公主難道還要回答你的話嗎？」

「你不用回答，其實我們也知道，當年漏臥王爲了與幾位兄長爭奪王位，曾經得到過高麗國李秀樹的大力支持，最終才能登上王位，所以漏臥王爲了報恩，許下重諾。」一個聲音冷冷地道，正是紀空手。

「原來是你！」靈竹公主眉頭一展，顯然這才注意到紀空手。

「是我，一個運氣不錯的人，所以才能贏得公主的一萬金賭碼。」紀空手面對強敵環伺，似乎絲毫不懼，反而調侃起來。

靈竹公主的美目閃了一閃，道：「你究竟是誰？何以會與他們攪到一起？」

紀空手似是不經意間看了一眼陳左，不由心中奇道：「難道說陳左沒有聽到我們的談話，不知我的真實身分？抑或他知道了，卻沒有告訴公主？」

這兩種情況都有可能，但紀空手已經沒有時間去判斷，他笑了笑道：「我叫莫癡人，一個行商而已。」

「莫癡人？」靈竹公主在嘴上念了兩遍，突然笑道：「這只怕不是你的真名吧？」

紀空手並不吃驚，沈聲道：「公主猜得一點不錯，在下姓左名石，乃是一名浪跡天涯的刀客，有幸在此得遇一代劍俠龍公子，是以才月下把酒，共論武道。」

「左石？」靈竹公主顯然是第一次聽說這個名字，回過頭來，卻見李秀樹一臉悠然，搖了搖頭。

鐵塔之上頓時出現了一刻難得的寧靜。

之所以會出現這樣的情況，只因爲靈竹公主的芳心已亂。因爲她是一個情竇已開的少女，更因爲她從來沒有遇到過像紀空手這樣的男人，當紀空手拒絕與她再賭一次的請求之後，她的芳心裡便留下了這個男人的影子。

這怪不得她，因爲在她的記憶裡，從來就沒有見到過如此有魅力的男人。她所見到的男人，無不對她百依百順，唯命是從，是以在她的心裡，認爲男人很是沒勁。

當她見到紀空手時，這才懂得，原來男人也能如岩石般堅硬，男人也能若孤松般狂傲，男人也能像大海般包容，男人也能讓自己心動……在她少女的情懷中，已經深深地烙上了紀空手的身影。

紀空手的出現顯然打亂了靈竹公主與李秀樹的計畫，按照他們事先的計畫，下毒成功之後，李秀樹將對陳平與龍賡實施控制，然後在棋賽舉行之際，讓陳平在大庭廣眾之下輸給卞白，從而堂而皇之奪得銅鐵的貿易權。這一計果然毒辣，避免了有意外情況發生，比及刺殺房衛、習泗更見成效。

紀空手三人顯然沒有料到李秀樹會有這麼一手，一著算錯，是以才會陷入如此被動的局面，不過紀空手的心中依然未亂，對他來說，這不是絕地，自己也還沒有處身絕境。

因爲他依然自信！

靈竹公主深深地看了紀空手一眼，一抹紅暈隨之飛上臉頰，幸好這只是在月夜中，無人看清，否則只要是明眼人就不難看出她對紀空手的這番心思。

「如果現在有一個機會讓你離開，你會不會走？」靈竹公主說出這句話時，連她自己也嚇了一跳，接著她便聽到了李秀樹在身後傳來的咳嗽聲。

「不會。」紀空手淡淡一笑道：「因爲我已把他們當成了朋友。」

他的眼神中透出一種真誠，與陳平、龍賡的目光在虛空中相對。這一刻間，他似乎又體會到了真情的可貴。

「那本公主就無話好說了。」靈竹公主搖了搖頭，眼中卻流露出一絲欣賞之意，道：「只有請你陪他們走上一趟。」

「去哪裡？」紀空手問了一句。

「當然是臨月台。」靈竹公主覺得紀空手問得有些好笑。

「如果我不去呢？」紀空手道。

「只怕由不得你。」說這句話的人不是靈竹公主，而是李秀樹。雖然他知道陳左已經嚴令陳府守衛不得踏入鐵塔百步之內，卻懂得夜長夢多的道理，他不想看到煮熟的鴨子又從自己的手中飛走。

可是聽了李秀樹的這句話後，紀空手居然笑了，而且笑得很是開心。

在這種情況下還能笑得出來，恐怕就唯有紀空手。

眾敵環伺之下，三個身中劇毒的人已經毫無還手之力，就像是屠宰房裡待宰的豬羊，命運已握在別人的手中。可是紀空手還能在這種情況下發笑，如果不是他有病，就是看到他笑的人眼睛有問題。

紀空手當然沒有病，場中的每一個人也沒有看花眼，紀空手笑的時候，人已經緩緩站了起來。

李秀樹的眉鋒跳了一跳，似乎看到了一件不可思議的事情。場上的每一個人都吃了一驚，就連龍賡與陳平也不例外。

「你看到了嗎？他居然自己站了起來。」李秀樹突然冷笑一聲，厲芒射出，直盯陳左的臉龐。

陳左的整個人就像患了病疾般哆嗦起來，帶著顫音道：「看……到……了。」

「老夫一向覺得自己是一個很聰明的人，別人也認爲老夫很聰明，可是，老夫卻想不通他何以會中了情人刺與傷心樹的混毒之後還能站得起來？」李秀樹輕輕地歎了一聲，手已伸向了腰間的劍。

「我不……知道，我真的……不知道……」陳左情不自禁地退了一步，卻無法再退，因爲在他的背後，已被至少三柄劍頂著。

「你不知道，我卻知道。」李秀樹的臉上彷彿罩了一層寒霜道：「因爲中了這種混毒的人根本就不可能站得起來，他能站起來，就說明他沒有中毒。」

「不……不……可……能。」陳左的牙齒在不住地打顫，心中漫湧上一股無邊的恐懼。

就在這剎那之間，突然一道劍芒躍上虛空，照準陳左的頸項飛掠而過。劍芒過處，血光濺射，一顆頭顱竟然飛旋虛空。

眾人盡皆失色。

再看李秀樹時，他的劍已入鞘，只是緩緩而道：「在這個世上，沒有不可能的事情。就像你一樣，既能背叛你的家主，又怎能保證你不會背叛老夫？」

他在與一個沒有頭顱的軀體說話，當陳左的頭顱旋飛出去時，他的身體依然站立在原地不動，由此可見，李秀樹的這一劍有多快！

「啪啪……」紀空手沒有料到李秀樹竟然這般兇殘，說變就變，毫無徵兆，一怔之下，拍起掌來。

「果然不愧是北域龜宗的宗主，果敢決斷，雷厲風行，完全是一派宗師風範。」紀空手的心裡彷彿有一塊石頭落地。自從他知道陳左是奸細之後，就一直擔心自己的身分會暴露，卻想不到無意中，李秀樹倒幫自己解決了這個難題。

「你認識老夫？」李秀樹的目光望向紀空手，心裡有一點吃驚，彷彿看到了韓信一般。在朦朧的月色下，如果他不刻意去看紀空手的臉，而只是感受紀空手身上的氣質，他發現這兩人似乎有太多的相同之處。

「你雖然是高麗國的王公貴族，但是常年奔波於江湖，是以我縱想不知道你也絕非易事，只是我實在不明白，你放著好好的日子不過，何以要東奔西走？一會兒人在淮陰，一會兒人在夜郎，難道就一點不知道累嗎？」紀空手笑得極是悠然，一臉狂傲，似乎並沒有將李秀樹放在眼裡。

「累，當然累，老夫有的時候真想放下手頭的一切，尋一個無人的地方靜靜休息一下。可惜得很，老夫雖有此心，無奈天生卻無此命。」李秀樹沒有著惱，而是更加冷靜，似乎看出了紀空手企圖激怒自己的意圖。

「其實要想休息還不簡單？現在就有一個這樣的機會。只要你拔出劍來，踏前五步。」紀空手清嘯一聲，整個人陡然一變，就像是一把鋒芒乍現的利刃，散發出一股張狂的殺意。

靈竹公主禁不住打了個寒噤，向後退了一步，但她如水般的目光始終沒有離開紀空手的臉，雖然有些害怕，卻更欣賞紀空手的這份硬朗。

李秀樹與靈竹公主所感覺到的東西卻完全不同，他感覺到的是一股壓力，一股沈重如山的壓力。雖然他與紀空手之間的距離還有三丈，卻感覺到對方那強大的氣勢已經將他的身體緊緊包圍，就像陷入一片流動的沼澤，有一種難以自拔的無奈。

李秀樹的心裡吃了一驚，心中不由暗自猜測起來，這左石是真有其人，還是一個化名？如果是真有其人，自己何以會從來沒有聽說過？如果這只是一個化名，那麼這年輕人又是誰？無論是誰，能夠擁有如此霸烈的氣勢與雄渾內力的人物，都不可能是無名之輩。

就算以前是，那麼過了今晚，他必將名動天下！

這不由得讓李秀樹猶豫起來，不敢貿然作出決定，只是將目光望向了坐在鐵几旁的龍賡與陳平。

他不敢貿然決定的原因，是他不能斷定這兩人是否已經中毒。雖然從龍賡與陳平的種種跡象分析，他們的症狀的確類似中毒，但不能排除他們實際上只是在表演，其實是欲誘敵深入。

如果龍賡與陳平中了毒，那麼沒有理由只剩紀空手一個人平安無事。既然紀空手沒有中毒，那麼龍賡與陳平是否中毒便大有值得懷疑的地方。這通常是正確的邏輯，也是李秀樹的推理，當他感受到紀空手身上透發出來的濃烈殺意時，不由得更堅定了自己的判斷。

所以他決定再觀望一下，雖然此時的鐵塔上，他們這一方佔據了人數上的絕對優勢，但是無論是龍賡，還是紀空手，都是不可估量的高手，一旦動起手來，勝負殊屬難料。

「年輕人總是氣盛。」李秀樹笑了笑，吩咐屬下將陳左的屍身移到一邊。

「老年人未必就沒有火氣。」紀空手冷眼看了一眼陳左的屍身，皺了皺眉道：「剛才你那一劍火氣之大，已然取人首級，看來薑還是老的辣。」

「此人之死，不足爲惜，就算老夫不殺，只怕陳爺也會將他碎屍萬段。與其如此，倒不如讓老夫一劍殺之，對他自己也是一種解脫。」李秀樹淡淡一笑道。對他來說，殺人不過是長劍一揮，用不著大驚小怪。當一個人可以利用的價值完了，留在世上也是無用，最好的辦法就是讓他早死早投胎。

「不錯，他的確該死。」陳平看著那無頭屍身，依然顯得憤憤不平：「我實在想不出有什麼理由讓他背叛我。」

陳平待人一向不薄，人緣不錯，口碑極好，對家族子弟更是視如兄弟，是以想不通陳左爲什麼會被李秀樹收買，陰謀弒主。只要一想到這件事情，他就覺得喉嚨裡塞著一根魚刺，鯁在那裡十分難受。

「他的確不該背叛你，事實上他也不想背叛你，怪只怪他的手氣太差，又正好掌管著你府中的財庫。」靈竹公主皺了皺眉道。

「他難道輸了錢？」陳平望向靈竹公主，半信半疑道。在他陳氏家族的家規中，第一條就是嚴禁賭錢，正因爲陳家是靠賭發家的，知道賭之一字的危害，所以才定下這條規矩。

「他不僅輸了錢，而且輸了很多。當他發現自己無法補上這個虧空時，就唯有鋌而走險。」靈竹公主淡淡而道。

「原來如此。」陳平雖然不能原諒陳左的背叛，怒氣卻平了不少，抬起頭來道：「想必那位讓他輸了不少錢的人，就是公主閣下了？」

「不錯，的確是本公主。」靈竹公主的眼中閃過一絲憐憫之色，道：「但是，本公主萬萬沒有料到他的結局竟是死。我只是讓他將這個以傷心樹做成的托盤送上來，便前賬一筆勾銷，卻沒有料到連他的命也一筆勾銷了。」

「不對！」陳平搖了搖頭道：「照公主所言，他應該不知道這托盤與下毒有關，可是事實卻並非如此。」

靈竹公主詫異地看著陳平道：「這本公主就不得而知了，因爲就在上到鐵塔之前，本公主也不知道這托盤竟然與毒有關聯。」

她說這句話的時候，一直注視著紀空手的表情。不知爲什麼，她突然覺得自己有點在乎這個男人的感覺，再也沒有那種我行我素的自由。

紀空手的身體一震，望向李秀樹。

李秀樹與他的目光在虛空中相對，一觸即分，笑了笑道：「你認爲是老夫一手安排的這個局？」

「我相信靈竹公主沒有說謊，所以我可以斷定，就在靈竹公主將托盤交到陳左手中之後，你一定又找過陳左。」紀空手冷眼以對，斬釘截鐵地道。

靈竹公主不由感激地看了紀空手一眼，心中驀生一絲竊喜，又有幾分興奮。

「你很聰明，可惜偏偏要與老夫爲敵。」李秀樹似乎非常欣賞紀空手，輕歎一聲之後，這才沈聲道：「不錯，老夫的確找過他。因爲老夫懂得，一個人的心理有了缺口，就要讓他崩潰，唯有這樣，他才能徹底爲我所用。」

「你說了什麼？」紀空手很想知道李秀樹的這個辦法。

「老夫只是告訴他，就算他補齊虧空，最終還是別人的奴才。要想不做別人的奴才，就唯有殺了那個人，自己充當主子。」李秀樹淡淡而道。

「他怎麼說？」紀空手與陳平同時問道。

「他什麼也沒說，只是點了點頭，於是老夫就將全盤計畫告訴了他。」李秀樹冷哼一聲道：「想不到他最終還是出賣了老夫。」

「既然你們的計畫已經失敗，那麼，在你我之間，這一戰似乎是不可避免了。」紀空手的手緩緩伸到了龍賡的腰間，那裡有劍，一把殺人之劍。

無論是陳平，還是龍賡，心中都有一個懸疑，那就是紀空手何以沒有中毒？因爲只有他們兩人才知道，陳左並沒有出賣李秀樹，胭脂扣的確是侵入了他們的身體。可是，紀空手卻一點事都沒有，難道他已練成了傳說中的「百毒不侵」？

「你這麼急於求戰，難道你有必勝的把握？」李秀樹深深地吸了一口氣，壓下心中的怒意道。

「沒有，誰面對你這樣的高手，都不可能有必勝的把握，何況在你的身後，還有不少精英。但是，你以爲這一戰可以避免嗎？」紀空手冷然道。

「爲什麼就不能避免呢？」李秀樹的話令全場眾人都吃了一驚，無不將目光投向他的臉上：「今夜的事情，雖然顯得無禮，畢竟對我們雙方來說，都沒有大的損失。而且我們的目的，只是請陳爺、龍爺兩位到臨月台一敘，並無太大的惡意，何必還要舞刀弄槍，拚得你死我活呢？」

「真的是請我們過去一敘這麼簡單嗎？」紀空手的眼芒一閃，調侃道。

「當然還有其他的目的。」李秀樹笑了笑道：「否則我們又何必弄出這麼大的亂子來？」

紀空手沒有再問下去，他知道，有些事情說破了反而無趣，而有些事情最好是能見好就收，就像現在這樣的結局，未嘗不是雙方都可以接受的。

「不過，就算今夜之事我們不予追究，你們也必須全部退出通吃館，因爲我不想再看到類似的事件發生在我的地盤上。」陳平領教了李秀樹的手段，如果任由他們不走，恐怕會對房衛、習泗這兩路人馬不利，而這正是他不想看到的結果。

「可以，老夫這就命令我的人手撤出通吃館。」李秀樹回答得非常乾脆。

他大手一揮，片刻之間，鐵塔上除了紀空手三人之外，其他的人走得乾乾淨淨，如果不是靈竹公主留下的一縷體香與陳左屍身流出的血跡，彷彿一切事情都不曾發生過一般。

直到此時，龍賡才發現紀空手後背上早已是一片濕漉，看似悠然的紀空手，其實心理已緊張到了極限。

「你真的沒有中毒？」龍賡深深地看了紀空手一眼，突然明白了李秀樹何以要撤退的原因。

「我只是頭有些暈，並沒有其他不適的感覺。」紀空手自己都有幾分詫異。

龍賡沈吟片刻，道：「我明白了，胭脂扣的毒性是專門克制人體內力的，而你的內力卻不同於我們體內的內力，所以胭脂扣不能對你產生作力。也正因爲如此，才使我們得以逃過一劫。」

龍賡的話很有道理，紀空手體內的補天石異力本來就是完全不同於後天修練的內家真氣，而發明胭脂扣這門毒藥的人顯然沒有想到天下還有這樣的內力，是以不能對補天石異力形成有針對性的克制。如此一來，就連李秀樹也失算了這一招，導致他精心佈下的一個妙局就這樣糊裡糊塗地失敗了。

他一直以爲是陳左出賣了他，所以陳左死的還真有些冤枉。不過無論李秀樹有多麼聰明，多麼狡猾，他也不可能想到事實的真相竟是如此，莫非這就是命？

「雖然我們僥倖逃過了一劫，但是不可否認，李秀樹無疑是一個非常可怕的對手，我們只怕要重新制訂我們的計畫才行。」紀空手說到這裡，雙眉緊鎖，顯然還在爲剛才發生的事情感到後怕。直覺告訴他，李秀樹這麼乾脆地退兵，並不是真的怕了自己，而是他一定還有更大的圖謀在等著自己。

龍賡渾身乏力，勉強點點頭道：「的確如此。雖然他的那一劍已經得窺劍道的真諦，但這還不是他最可怕的地方。最可怕的是他的冷靜，不管在什麼情況下都非常冷靜的心態。與這樣的人爲敵，實在是一件讓人頭痛的事情。」

「他似乎從來不做沒有把握的事情。」陳平想了想道。

「這也是他今晚沒有動手的原因。」龍賡看著紀空手，微微笑道：「因爲，當你心中無刀的時候，你的整個人就像這月夜背後的蒼穹，寧靜而致遠，根本不可揣度。」

紀空手淡淡一笑道：「我難道真的有這麼可怕？」

「對李秀樹來說，你的確讓他感到可怕。但對我和陳平來說，你不僅一點都不可怕，還很可愛。」龍賡哈哈一笑，然後眼中流露出一股真誠道：「我始終記得你說過的一句話：因爲我們是朋友！」

朋友，這的確是兩個很可愛的字眼，即使當韓信在紀空手背後刺出那一劍時，紀空手也從來沒有對這兩個字失望過，因爲他始終覺得，如果這個世上沒有這兩個字，那麼做人一定很無趣。

所以，當龍賡的話音一落時，三雙大手已緊緊握在了一起。

第十一章　雷厲風行

「回老爺，臨月台的確走了不少人，除了靈竹公主與她的一幫隨從外，其餘之人全都撤出了通吃館。」陳義肅手稟道。他今天的心情實在不錯，大早起來，就榮升總管一職，所以陳平交代他辦的事，他很快就辦好了，不敢有半點耽擱，因爲他還不想讓這一切變成一個夢。

「然後呢？」陳平的臉色依然通紅，精神不振，看來胭脂扣的藥力不弱，不到三日之期，恐怕不會消除。

「然後他們就上了北齊大街，穿過七坊巷，到了一家名爲『八里香』的茶樓。」陳義依然有條不紊地答道。

「再然後呢？」陳平的眉頭皺了一皺，覺得這陳義有點死腦筋。

「再然後……再然後……」陳義小心翼翼地看了一眼陳平，支支吾吾道：「再然後就沒有了。」

「怎麼會這樣？」陳平與紀空手相視一眼，驚問道。

「派去跟蹤的人一進茶樓，就被人打暈了，還是屬下派人四處查找，才將他們給抬了回來。」陳義一臉惶恐地答道。

陳平搖了搖頭，一擺手，讓他去了。

「沒想到還是跟丟了人。」陳平苦笑一聲，望著紀空手道。經過昨夜的那一場兇險，無論是他，還是龍賡，都將紀空手視作了他們三人的核心。

「這只是意料之中的事，陳兄不必自責。」紀空手寬慰了他一句道：「以李秀樹的聰明，當然不會想不到這一點。不過，這樣也好，這至少證明他們還留在金銀寨。」

紀空手飲了桌上的一口香茗，沈吟片刻道：「李秀樹之所以退出通吃館，是因爲身分暴露之後，他在明處，自然就會成爲眾矢之的。這樣退一步，反而有利於他下一步的行動。以你們的見解，這李秀樹下一個目標會是誰？」

這個問題看似簡單，似乎是在房衛與習泗二人中任選其一。其實真要確定，卻十分困難，這一點從陳平與龍賡的臉上就可看出。

「李秀樹老謀深算，行事往往出人意料，要摸透他的心思實在不易。像昨晚發生的事情，就讓人防不勝防，看來我們只有按照已訂下的計畫行事，只要房衛不出事，就無礙大局。而習泗，就讓他聽天由命吧。」陳平說出了自己的意見。

龍賡雖沒有說話，卻也認爲這是當前他們唯一可以採取的辦法。

紀空手卻搖了搖頭，若有所思道：「我有一個預感：李秀樹選擇的下一個目標，也許既不是房衛，也不是習泗，而是另有其人。」

他此言一出，龍賡與陳平皆吃了一驚，覺得紀空手的推斷未免有些匪夷所思。

「那會是誰？」陳平問道。

「我也不知道。」紀空手苦笑一聲道：「這只是我對李秀樹行事作風的一個推斷。李秀樹如果真的要對付房衛、習泗，他就不會在昨晚來對付我們了。他這樣做的目的，是想控制住陳兄，保證棋局由他操縱勝負，這樣即使卞白的棋技不如陳兄，他們也可以奪得銅鐵的留易權。而殺房衛、習泗，只是萬不得已時的下策，就算他們能夠殺了房、習二人，一旦卞白的棋藝不敵陳兄，豈不也是白費力氣？」

「不過，若他們殺了房衛、習泗，儘管他們無法得到這貿易權，但至少也讓劉邦、項羽亦空手而歸，豈不也同樣達到了他們的目的？」龍賡忍不住提出異議。

「這就是李秀樹的聰明之處，我們可以試想一下，如果棋賽那天，房衛、習泗已死，只有卞白一人參賽，這卞白又是韓信的人，那麼就是再笨的人也可以看出這是韓信搗的鬼。以劉邦、項羽的頭腦，當然不會看不到這一點。如此一來，勢必對韓信的野心有所察覺，從而加強防範，甚至實施打擊，這種局面當然不是韓信與李秀樹希望看到的。」紀空手的思路非常清晰，一五一十說來，絲毫不顯破綻，顯然對這些問題深思熟慮。

「假如他們連卞白也殺了呢？」龍賡提出了一個大膽的假設。

「李秀樹以高麗親王的身分，擁有北域龜宗、東海忍道與棋道宗府三派的勢力，但這三派雖然在他的控制之中，卻只有北域龜宗才算得上是他的真正勢力。而卞白既然敢來參賽，說明棋技不錯，必然是出自於棋道宗府，如果李秀樹就這樣無緣無故地將之擊殺，只怕難以服眾。」紀空手斷言道：「所以這種事情發生的可能性極小，李秀樹更不會爲了韓信而自損實力。」

「如果這些事情都不可能，那就有些讓人難以琢磨了。」龍賡攤開雙手，一臉苦笑。

紀空手卻並不氣餒，閉起眼來，似乎在想著什麼，老半天也不見動靜。

陳平與龍賡苦於自身內力受制，精神大是不濟，似睡欲睡間，卻聽紀空手一拍手道：「對了，一定是這樣的。」

陳平與龍賡精神一振，道：「莫非你已想到了他們下一個目標是誰？」

「其實我們想得太多，所以誤入了岐途。」紀空手微微笑道：「李秀樹此行夜郎的目的，無非是不想讓劉邦和項羽任何一方得到這銅鐵的貿易權。既然如此，那麼他只要讓這棋賽不能進行下去，就同樣可以達到目的，陳兄，你說是也不是？」

「的確如此。」陳平點了點頭，臉上卻帶著幾分疑惑道：「可是棋賽乃是夜郎王欽定，已經張榜公佈天下，豈能說廢就廢？要想讓棋賽不能進行，除非是夜郎王欽准才行。」

「要在什麼樣的情況下夜郎王才會下令停辦棋賽呢？」紀空手問道。

陳平想了一想道：「這第一種情況是我出現了意外。主辦方既然缺席，這棋賽自然就比不下去了。」

紀空手點頭道：「經過了昨夜的兇險，想必李秀樹不會重蹈覆轍，所以這種情況可以排除。」

「第二種情況，就是貴賓方缺席。不過這種可能性經過你的分析之後，恐怕發生的可能性也不大。」陳平道：「還有一種情況，就是在通吃館內發生了大的變故與意外，致使棋賽無法舉辦，但是這種可能性只怕也不存在。」

「你真的這麼自信？」紀空手似笑非笑道。

陳平不由躊躇起來，考慮良久方道：「我陳家本爲暗器世家，故此家中的子弟習武者不少，其中也不乏武道高手，應該可以控制通吃館內的局勢。而金銀寨的城守刀蒼將軍一向與我交好，手下有精銳五千，完全能夠控制金銀寨內的整個局勢。有了這兩股力量，應該不會出現大的問題。」

「你這些力量的確可以應付城中發生的一些變故，但是明槍易躲，暗箭難防，李秀樹人在暗處，萬一生出事來，只怕你們未必能防範得了吧？」紀空手沈聲道。

「那就要看他到底想滋生什麼事了。」陳平信心不足地道。

紀空手想了一想道：「譬如說，這幾天來到通吃館內的鄰國王公貴族不少，既有公主，又有王子，萬一失蹤了一位，你的棋賽還能進行下去嗎？」

陳平豁然色變。

紀空手所說的這種情況，在通吃館建館百年以來還從未發生過。一來這些王公貴族的隨從中本身就不乏高手；二來通吃館派出專人對他們實施晝夜保護，防範之嚴密，足以保證他們的人身安全。可是這一次的情況卻有所不同，原因是貴賓太多，造成了通吃館的人手分散，再則對手是李秀樹這樣的絕世高手，萬一他真的將目標對準了這些貴賓，那麼通吃館根本無法防範。

而若真的發生了這種情況，事關重大，就已經不是牽涉到棋賽是否能辦得下去的問題，一旦處理不妥，很有可能就會爆發國與國之間的戰爭。思及此處，陳平已是大汗涔涔。

他立時召來陳義，要他盡快查清各位貴賓此刻的情況，同時命令屬下嚴加盯防。當一切安排妥當之後，這才問道：「那我們現在應該怎麼辦？」

「如果我們一味消極防範，只能是防不勝防。以你的勢力，只有盡快地找到李秀樹他們的藏身之處，然後主動出擊，才有可能化解劫難。」紀空手非常冷靜地道：「如果我所料不錯，李秀樹真的打的是這個主意，那麼我們現在行動，只怕遲了。」

「遲了？」陳平的心裡咯噔了一下。

「對！」紀空手點了點頭，眼中露出一道可怕的寒芒。

◆

紀空手所料不差，的確有人失蹤了。

而這個人不是別人，居然是漏臥國的靈竹公主。

聽到這個消息的時候，就連紀空手也生出幾分詫異，陳平與龍賡更是面面相覷。

這的確是一個出人意料的消息，最有可能的情況就是李秀樹與靈竹公主串通一氣，演了一齣戲，企圖栽贓嫁禍。

但是不管怎樣，在沒有真憑實據之下，靈竹公主既然是在通吃館內失蹤的，陳平就難辭其咎，必須要擔負起這個責任來。

「李秀樹的這一手果然毒辣，怪不得他會在鐵塔之上退得這般從容。」陳平喃喃地道。

「他此行夜郎顯然是勢在必得，是以一計不成，又生一計，似乎早有準備，否則他下手絕不會這麼快，根本不容我們有半點喘息之機。」紀空手意識到了問題的嚴重性，眉頭緊鎖。

「如果我們找不到靈竹公主，我個人還不要緊，只怕我的家族和國家就要面臨戰火了。漏臥王一向對我國豐富的銅鐵資源垂涎三尺，靈竹公主又是他最寵愛的女兒，有了這個藉口，他焉有不出兵之理？」陳平憂心忡忡，長歎短噓。如果因爲這件事而引起夜郎與漏臥兩國爆發戰爭，無論輸贏，必將給兩國的百姓帶來無盡的痛苦，而這正是陳平不願意看到的。

紀空手拍拍他的肩，表示理解他此刻的心情，緩緩站了起來道：「戰爭一旦爆發，遭殃的就是百姓，是以除了那些別有用心之徒外，沒有人希望戰爭。當年五音先生歸隱江湖，人在山野，卻心繫天下，一生勞碌奔波，就是不想看到百姓因為戰火而流離失所，背井離鄉。先生是我這一生最敬重的人，所以，為了完成他的這個夙願，我絕對不會讓這場戰爭在我的眼皮底下發生。」

他的臉色十分凝重，言語之間，始終流露出一股浩然正氣，深深地感染著陳平與龍賡。

「那麼我們現在應該怎麼辦？」龍賡問道。

「你們現在好好休息。」紀空手拍拍手道：「其他的事情讓我來辦。」

陳平驚道：「那怎麼可以？我馬上派人過來，隨你調遣。」

「要想找到李秀樹的藏身之處，憑的不是人多，我一個人就夠了。」紀空手似乎胸有成竹地道：「不要忘了，我可是盜神丁衡的唯一傳人，所以你們無須為我擔心。」

「可是，李秀樹的劍法實在太高，又有一幫得力手下，萬一發現你在查找他們，只怕會對你不利。」龍賡的臉上顯露隱憂道。

紀空手笑了，笑得非常自信，整個人就像一座傲然挺立的山峰，有著一種慷慨激昂的氣勢，緩緩而道：「我已無畏！」

◆

在陳義的引領下，紀空手來到了北齊大街。

這無疑是金銀寨最繁華的一條街道，在街道兩旁，樓閣林立，有著各式各樣的店鋪，門面光鮮，貨物齊全，人來人往，分外熱鬧。

當紀空手置身其中的時候，他才發覺要在這茫茫人海中找到幾個人的下落，實在不是一件容易的事情。

不過幸好這裡是陳平的地盤，只要是本地人，沒有不給陳義面子的，所以當紀空手走完這條大街，站於七坊巷口時，他得到了他想知道的一些情報。

「今天一大早，天剛放亮，的確有一幫外地人簇擁著一輛馬車自北齊大街經過，他們走得很慢，從這條大街上走過足足花了幾炷香的功夫，然後才轉入七坊巷。」陳義有條不紊地稟道。

紀空手微微一怔道：「你打聽過他們的衣著相貌了嗎？」

「打聽過了，從這幫人的衣著相貌來看，應該像是李秀樹一夥人，倒是這馬車中所載是否是靈竹公主，就不得而知了。」陳義想了一想，答道。

「你很謹慎，也很會辦事。」紀空手很滿意他的回答，能在這麼短的時間內獲得這些情報，並不容易，陳義卻做到了，這就說明他有一定的活動能力。

「多謝公子誇讚，這只是我應盡的本分。」陳義並沒有因此而得意，而是看了看七坊巷裡的動靜，道：「從這條巷子穿過，就是澄雲湖，八里香茶樓就在湖濱之畔。」

「那我們就進去坐坐！」紀空手看著這條用青石板鋪成的巷道，毫不猶豫地當先而行。

八里香茶樓果然在澄雲湖畔，前臨鬧市，後傍湖水，湖風徐來，一片清新，的確是一個品茗的好去處。

能到這裡喝茶者，都是有些身分的人，因爲這裡可以品茶，也可以嘗到最新鮮的湖魚，經過當地最有名氣的廚子之手，它便成了一兩銀子左右的名菜。普通人家通常就只有望魚興歎，直流口水，誰也不想把自己全家老小的一月花銷拿來一飽口福。

因此紀空手與陳義上得樓來，放眼望去，看到的都是一些衣著光鮮的富人。此時正是晌午時分，所以茶樓上的生意十分火爆，等到他們坐下的時候，整個茶樓擠得滿滿當當，根本找不到一個空座。

「看來這茶樓的老闆還真懂得生財之道，生意竟這麼紅火，怪不得李秀樹一干人會到這裡來。」紀空手環顧四周，微微一笑道。

「紀公子，你不覺得奇怪嗎？」陳義猶豫了一下，終於開口道。

「哦，有什麼值得奇怪的地方？」紀空手看了他一眼，鼓勵他說出來。

「如果他們真的挾持了靈竹公主，就應該不動聲色，悄然將之藏匿起來才對，可是你看他們鬧出的動靜，好像生怕我們不知道他們的行蹤一般，這豈不是有些反常？」陳義說出了自己心中的疑惑，彷佛鬆了一口氣，臉色已變得通紅。

「就算如此，我們還不是一樣沒有找到他們的行蹤？」紀空手點了點頭，好像同意陳義的說法，不過，他又提出了另一個問題。

「這倒不難。」陳義道：「我們只要問問這茶樓裡的老闆和夥計，就可以知道他們所去的下一個地點。只要他們還在金銀寨，只要他們在人前出現過，我們遲早能找到！」

紀空手微微一笑道：「我們又何必這麼麻煩呢？既然到了茶樓，不如叫幾尾湖魚，小酌幾杯，豈不遠勝於這番忙碌？」

陳義見他一副鎮定自若的樣子，不由奇道：「莫非公子已經成竹在胸？」

紀空手並不作答，只是笑了笑，等到酒菜上席，方道：「如果我所料不差，相信我們這頓酒還沒完，就有人會找上我們。」

陳義一臉詫異，欲問又止，心道：「這地盤是老爺的，他都沒你這般自信，難道你有未卜先知之能不成？」臉上露出將信將疑的神情。

紀空手也不管他，自顧自地品嘗起這肥美的湖魚來。等到酒過三盞，一條被陽光拉長的人影出現在他們的桌旁，光線立時爲之一暗。

「兩位兄台，可否借光一坐？」一個冷冷的聲音隨著人影的出現而響起，就如這暗黑的光線有幾分寒意。

陳義吃了一驚。

他之所以吃驚，並不是因爲來人的突然，而是沒有想到紀空手的判斷如此精準，就像一切盡在其意料之中一般，由不得對他心生敬佩。

當他的目光投向來者時，只見來人的衣裳華美，卻頭罩一頂磨盤似的竹笠，遮住臉部，讓人無法看清他的五官，渾身上下似乎透著一股邪氣，讓人有一種不舒服的感覺。

「既然來了，何必客氣？」紀空手好像一點都不感到詫異，手一抬，以示讓坐。

「多謝。」那人坐了下來，端起陳義的酒盞飲了一口，道：「酒是好酒，可惜菜無好菜。」

「哦，這幾尾湖魚的做法是這家老店的招牌菜，竟然入不得你的法眼，想必你一定是大有來頭之人，吃慣了奇珍異味，是以才會有此評語。」紀空手淡淡一笑，似乎並不介意對方的張狂無禮。

「老夫不過是湖邊一釣翁，有何來歷可言？倒讓公子見笑了。」那人嘿嘿笑道：「不過老夫卻懂得這湖魚的另外一種吃法，一經烹調，味美無窮，與之相比，這些菜皆是不入流的粗物。」

「這倒是頭回聽說，倒要請教此菜大名？」紀空手淡笑道。

「此菜名爲竹筒魚，取鮮美湖魚一尾，破肚去腸，再取新嫩青竹一段，從中剖開，然後將湖魚置入竹筒內，加酸湯汁少許，幾片鮮羊肉，一應佐料俱全之後，將竹筒封好，上籠蒸兩個時辰，便成絕世美味。」那人顯然是大嘴食客，說到動興處，已是唾液四濺。

「原來竟有這種吃法，光聽聽已是讓人食興大發，若是真能嘗到如此美味，也算不虛此行了。」紀空手來了興趣，湊過頭去道：「不知要到何處才能吃到這道菜肴？」

「這種吃法已成孤品，除了老夫之外，只怕天下再無第二個人能做。」那人傲然道。

「這麼說來，你能否爲本公子一展廚技呢？」說完紀空手已從懷中取出一錠銀子，放在桌上，推了過去。

那人將銀錠收下，一口乾完了手中的酒，趁著興致道：「難得你我投緣，老夫就獻一次醜。走，老夫的船就在樓下，泛舟烹魚，何等快哉？」

「慢！」紀空手一擺手道：「竹筒魚，竹筒魚，無竹怎能成魚？我們先在岸上砍根竹子再下湖。」

那人淡淡一笑道：「老夫既然敢請公子下湖享魚，船上又怎會少了竹子？不瞞你說，這竹子還是老夫一大早帶上船的，又新鮮又水靈，乃是做竹筒魚的上佳材料。」

紀空手拍掌道：「看來本公子的確有緣吃上這等美味，既然如此，陳義，你先回去吧，待我吃了這竹筒魚之後自己回來。」

陳義見他二人說話古怪，弄不懂他們葫蘆裡賣的是什麼藥，又不好問，只得匆匆回館，向陳平回稟去了。

當下紀空手隨這老者下得樓來，上了一艘小船。槳翻櫓動，破水而行，一船二人向湖心悠然划去。

澄雲湖湖在城中，足有數千畝之大，湖中小島不少，大船更多。船隻穿梭來往，極是熱鬧。兩人相對而坐，都沒有說話，那老者雙手搖槳，黑槳出沒於白水之間，蕩起道道波紋，擴散開來，煞是好看。

在前方百米處的一個小島邊，停泊著一艘巨大的樓船，船上裝飾豪華，燈籠無數，可以想像夜間的燈景。紀空手所乘的這條小船正是向樓船飛快駛去。

「嘿嘿，你的膽子果真不小，所謂藝高人膽大，想必你的身手一定不弱。」眼看就要靠上大船時，小船突然停了下來，那老者緩緩抬起頭來，露出了竹笠下的真面目。

竹笠下的這張臉已有了幾分老相，笠下散落的幾縷髮梢與臉上的鬍鬚俱已花白，只有當他的眼芒暴閃而出時，才可以看到那眼芒深處的點點精光。

紀空手淡淡一笑，看他一眼道：「膽大，藝高，與這竹筒魚又有什麼關係？難道爲了吃這道竹筒魚，你還要考驗我的武功不成？」

「你無須插科打諢，既然敢上我這條船，我們就不妨打開天窗說亮話，你到底是誰？」那老者厲

之後，他才深深地吸了一口氣，道：「既然如此，就亮出你的兵刃來吧。」

「不必！」紀空手冷冷地道。

「你……」張樂文的眼神幾欲噴火，即使是涵養再好的人，也不可能容忍別人對他的這般輕視。

「我絕對沒有小看你的意思。」紀空手悠然而道：「因爲我已將刀捨棄。」

「你……你曾經用刀？」張樂文的臉上似有幾分詫異：「天下像你這般年紀的刀道高手寥寥無幾，莫非你不姓左，而姓紀？」

紀空手的心裡微微一震，表面上卻不動聲色道：「姓左如何，姓紀又如何？名字只是一個人的代號，重要的是他的刀是否鋒利！」

他說話間，整個人已如脫兔而動，便像一把凌厲無匹的刀向張樂文標射而去。

張樂文沒有料到紀空手說打就打，如霹靂滾來，毫無徵兆，心中吃了一驚，只覺得紀空手的手上雖然無刀，但他渾身上下所逼發出來的殺氣遠比刀鋒更疾、更勁。

船身不動，船舷兩側的湖水卻如遊龍般竄動，在這股殺氣的帶動下，突然騰空，若巨獸的大嘴般吞噬向張樂文。

紀空手這一動絕對不容任何人有半點小視之心，就連狂傲的張樂文也不例外。

他唯一能做的，就是將手中的魚叉刺出。

這本來是一個很簡單的動作，對張樂文來說，更是如此。這副魚叉從他七歲那年就伴隨著他，迄今已度過了四十幾個春秋，魚叉的重量幾何，叉刃多少，他都了然於胸。唯有這副魚叉從他的手中刺出了多少回，他卻記不清楚了，因爲他無法記住是第三萬六千六百次，還是第三萬六千七百次，多得難以計數。

可是這一次，他卻無法刺出，就在他即將刺出魚叉的刹那間，他突然感到了自己的眼前乍現出一道耀眼絢爛的電芒。

飛刀，又見飛刀，在紀空手的手上，赫然多出了那把長約七寸、窄如柳葉的飛刀！

飛刀也是刀。

紀空手既然已經將刀捨棄，怎麼手中依然還有刀？難道他還沒有達到「心中無刀」的境界？

這是一個謎，連紀空手自己也無法解答的謎。

只有當這一刀閃耀虛空時，他才感到了一絲驚奇，因爲這一刀射出，宛如羚羊掛角，不但無始，更是無終，刀勢若高山滾石般飛瀉而下，封死了張樂文的所有進攻路線，甚至連他自己也不知道這一刀最終會攻向什麼地方。

一切都是自然而然就發生了，似乎冥冥中有一股玄奇的力量在左右著紀空手的意識。

在這一刹那間，紀空手豁然明白自己真正做到了「心中無刀」。

——正因爲他心中無刀，所以刀在他的手中，在他的眼裡，在他的心裡，就已不再是刀。

這豈非也是一種境界？

但在張樂文的眼裡，刀就是刀，而且是一把足以讓人致命的刀，雖然這把飛刀薄如蟬翼，輕若羽毛，但它破空而至時，彷佛重逾千鈞，讓人根本無法把握。

不能把握就只有退避，然而在這兩丈小舟上，已是退無可退。

別無選擇之下，他的魚叉不守反攻，不退反進，手腕一振，幻化成百道叉影，強行擠入了刀勢之中。

「叮……」刀叉在極小的概率中相觸一起，凝於半空。

自刀身襲來的一股無匹勁力強行震入魚叉之中，張樂文只感有一道強勢電流侵入自己的經脈內，氣血翻湧，幾欲噴血。

直到這時，他才知道自己的挑戰是何等的愚蠢，也由衷地佩服起李秀樹的眼力。當李秀樹決定設局來對付這幾個人時，張樂文心裡還不以爲然，認爲是小題大做，而今他卻明白，輕視敵人就是輕視自己。

可惜這明白來得太遲了一點，張樂文唯有將內力提升至極限，強撐下去。他的心裡暗暗叫苦，知道面對如此沈重的刀氣，自己很難支撐多久，當自己力弱之際，也就是斃命之時。

思及此處，冷汗已濕透全身。

「嘩……」就在這時，靠近船邊的湖面上，平空翻捲出一道巨浪，水珠激射，如萬千暗器襲向卓立不動的紀空手，而在浪峰的中心，隱現出一道似有若無的寒芒。

這無疑是妙至毫巔的刺殺，之所以妙，妙就妙在它把握時機的分寸上。

所以毫無疑問，來者是個高手，一個絕對的高手，只有張樂文知道，來人的名字叫東木殘狼。

而紀空手的眼神依然是那麼地清澈，便像是頭上的這片天空，沒有絲毫的雜質，也沒有絲毫的驚訝，甚至連逼入張樂文經脈的內力都沒有震動一下，顯得那般平靜與自信。

他肯定會有後續之招！

但是無論是張樂文，還是東木殘狼，明明知道紀空手一定會變招應對，卻無法預測出他將如何應變，因爲紀空手根本就沒有動，只是靜靜地等待，等待著水珠與刀光進入他的七尺範圍。

張樂文與東木殘狼無不心驚，從來就沒有看到過如此鎮定的人。此刻的紀空手，真正做到了「泰山崩於前而色不變」的心境。

難道這不是真實，一切只不過源於幻覺？如果是幻覺，何以在紀空手臉上露出的那一絲笑意又是那麼地清晰、那麼地震懾人心？

笑如曇花一現，當笑容從紀空手的臉上消逝的剎那，他手中的飛刀突然一旋，自然而然地順著一道弧跡改變了方向。

「嚐……」張樂文只感魚叉頓失重心，更在一股氣機的牽引下，如電芒般迎向隱於浪峰中心的刀光。

兩人心中駭然，一觸之下，瞬間即分，同時身形錯位，劍叉斜走，封鎖住對方可能攻擊的方向。

紀空手狀如天神般卓立船頭，飛刀在手，全身衣衫無風自動，透出一股說不出的瀟灑，冷然道：「兩位一起上吧。」

張樂文與東木殘狼相視一眼，都沒有動。

紀空手卻踏前了一步！

面對紀空手天神般的氣勢，東木殘狼禁不住後退了一步。他曾與龍賡交手，已是有所不及，此刻又面對紀空手，他的心裡已然有了一絲怯意。

紀空手沒再說話，厲芒橫掃，寒氣滿船，他已決定用刀說話！

第十二章　指間乾坤

刀既出，勢如瘋狂，乍出虛空，便聞刀風呼嘯，彷彿自四面八方擠壓而來。

張樂文只有一咬牙，挺叉而上。

雖然小船空間不大，但兩人遊走自如，不嫌狹小，面對紀空手有若飛鳥遊魚般無跡可尋的刀法，張樂文竭盡全力，硬拚三招，正要退時，東木殘狼尋機而進，加入戰團。

湖面上頓生濃烈無比的殺氣與戰意，便連徐來清風，也無法擠入這肅殺而凝滯的空氣。

紀空手周旋於兩大高手之間，如風飄忽，如山凝重，無時無刻不駕馭著刀意。當他的心中無刀時，卻感到了刀的靈魂，刀的生命，甚至將自己的血肉與之緊緊聯繫在一起。

他從來沒有感受過這樣自由的心境，更沒有想到刀的生命會是如此的清晰美麗，一切都是在漫不經心間產生，就好像一切都是上天早已註定。

用刀至此，已臻登峰造極、出神入化的禪境。

不過十數招後，縱是以二搏一，東木殘狼與張樂文都近乎絕望，因爲無論他們怎麼努力，都始終處於下風，險象環生。

一聲清嘯，紀空手踏前一步，刀隨勢走，沒有半點花巧變化，直劈出去。

東木殘狼與張樂文頓感如山壓力狂奔而至，這看似平平無奇的一刀，卻藏巧於拙，根本不容人有任何格擋的機會，唯有退避。

「噗……噗……」一退之下，便是湖水，兩人再也沒有翻出水面一戰的勇氣，沈潛而去。

紀空手沒有追擊，也不想追擊，只是將自己的目光鎖定住那艘巨大樓船。

他心裡清楚，真正的兇險還在後面，但他卻絲毫無懼。

明知山有虎，偏向虎山行！

如果將這座巨大樓船比作虎山的話，紀空手已別無選擇。

小船悠然而動，無人弄槳，無人搖櫓，只有紀空手佇立船頭。

眼看距那艘巨大樓船尚有三丈之距時，紀空手一聲長嘯，整個人就像一頭矯健的魚鷹般滑過水面，騰上半空，穩穩地落在大船的船頭。

大船上卻如死一般寂靜，根本沒有一絲活人的氣息，在這靜默的背後，不知等待紀空手的會是什麼？

不知道，至少紀空手無法知道。

他深深地吸了一口氣，讓自己的心完全平復下來。當他的功力略一提聚時，甚至不想繼續向前。這並非是他改變了主意，抑或是他發現這是空船，而是踏前一步之後，他已然感覺到自己面臨著極度的危險，似乎在這大船之中有人正張網待捕，等待著自己的到來。

在剎那之間，他的腦海裡轉過無數的念頭，甚至想到了放棄，但是一思及陳平那憂心忡忡的目光，一想到夜郎國即將面臨的戰火，他已無法放棄。

李秀樹是否已經算定了紀空手他們的心理，所以才佈下了這個無法迴避的死局？

甲板過去，就是前艙大廳，門半啓，看不到一個人影。

湖風從船甲板上徐徐吹過，帶來一股湖水的清新。當紀空手的足音踏響在甲板上時，因寧靜而更生寂寥。

這船上表面的一切看上去都是那麼地平靜，無聲無息，沒有一點要發生事情的樣子。但是紀空手自體內異力提升之後而引發的靈覺，卻使他絲毫不誤地掌握到針對他所設的重重殺機。

他一步一步地前行，刀已被他暗中收入袖中，盡量讓自己的每一個動作放緩、放慢，保持一種緩慢的流暢，同時腦筋高速運轉。

目前最大的問題是只能前進，不能後退，更不可以一走了之。他必須找到靈竹公主，並將她帶回通吃館，以化解陳氏家族面臨的壓力，消弭可能因此誘發的一場戰爭。

他只能靠自己，胭脂扣的毒讓他失去了龍賡這個強助，使得他此行已變成了一場輸不起的豪賭。一旦輸了，就徹底輸了，連翻本的機會都不可能再有。

面臨如此巨大的壓力，別人想一想都會頭痛，可是紀空手居然還笑得出來。

他無法不笑，只有笑，才可以釋放他心中這種如大山般沈重的壓力。在他的個性中，正因爲他有著對一切都滿不在乎的潛質，才能使他在亂世的江湖中走到今天。

他笑得很恬靜，只是在嘴角處悄悄流露出一絲笑意，一笑之後，先前還一片模糊的意識立時變得清晰起來，如刀刻般清晰。

他終於來到了艙廳的門邊，深深地吸了一口氣後，便要推開這扇半啓的門，可是當他的大手只距門板不過三寸時，卻懸凝不動了。

他已感覺到在這扇門後，有危機存在！雖然這種危機似有若無，卻逃不過他如蒼狼般敏銳的直覺捕捉。

他停下了動作，然後將身子向左偏移了三尺左右，這才揮掌而出。

「轟……」掌力隔空而發，轟向了木門的中心，碎木飛射間，卻聽得十數聲「嗖嗖」地連響爆起，十幾道如電芒般快捷的青芒破門而出，分成十數方向標射。

其速之快，絕非人力所爲，箭帶青芒，表示箭上淬有劇毒。敵人用的是弩，一種以機括控制的短箭，速度快到了不容人有半點反應的地步，若非紀空手的直覺敏銳，只怕難過此劫。

更讓紀空手感到心驚的是，對方竟然在箭上淬毒，這就說明對方完全不擇手段，只想置紀空手於死地。

這不由得不讓紀空手將自己的神經如弦緊繃，隨時將自己的靈覺提至極限，以應付可能發生的突變。

袖衣輕舞，飛刀在手，紀空手不敢大意，等了半晌功夫，這才踏著碎木走上了艙廳。

艙廳長而狹小，如一條寬敞的甬道，而不像是一個待客的場所。廳中的裝飾豪華，佈置典雅，若非是面對強敵，紀空手真想坐下來品一品茶，喝一喝酒，不啻於一次愜意的享受。

可這只是他心中的一種奢望，當他的人步入廳室時，他感到了數股若有似無的殺氣如陰魂般浮游於這空氣中。

三股殺氣，三個人，埋伏於艙廳的木牆之後，分立兩邊。當紀空手人一入廳，就已處在了他們的夾擊之中。

但最具威脅的敵人，不在其中，而是在艙廳盡頭的那面布簾之後。紀空手並不能確定此人的存在，卻能感受到對方那無處不在的威脅，其武功之高，比之他紀空手也未必遜色多少。

他幾乎確定此人正是北域龜宗的宗主李秀樹，但是靜心之下，卻否定了自己的判斷。

這絕非是他憑空臆想，而是他的一種感覺，一種沒法解釋的感覺。每次當他有了這種感覺的時候，通常都不會有錯。

這是否說明對方的強大已經超出了紀空手的想像？

紀空手再一次深深地吸了一口氣，讓自己緊張的情緒得以舒緩，經過了一番思量與算計之後，他決定主動出擊。

他必須主動出擊，這是他唯一的一線生機，若等到對手攻勢形成之際再動，就是一條死路。

這當然只是一種對形勢的估計，如果對了，抑或錯了，都無法預知是個怎樣的結局。

「哧哧哧……」他的腳在艙板上動了三下，就像是連續踏出了三步，其實他卻原地未動，只是將自己的氣機向前移動了三步，讓對方對他現在的位置產生一種錯覺。

當他做好了這個前期動作之後，他的刀鋒斜立，一點一點地抬至眉心。

在抬刀的過程，就是斂聚內力的過程，當補天石異力積蓄到頂峰之時，他的手腕輕輕一振，龐大無匹的勁力驀然在掌心中爆發，七寸飛刀暴漲出數尺刀芒，化作一道閃電般刺向了木牆。

幾乎在同一時間之內，他手中的飛刀沒有在空中作出一絲的停留，劃開木牆，同時飛腿彈去，彷似鬼魅般的身形破牆而入。

這一連串連續複雜的動作，完全在眨眼間完成，以肉眼難以察覺的高速，以無比精確的準度，演繹出了一種極致的武學。

當這一切已然發生之時，那布簾之後的高手方才有所察覺，殺氣在最短的時間內提至巔峰，卻已救應不及。

「撲……」飛刀的寒芒形如火焰，若穿透一層薄紙般毫不費力地劃入木牆，刀雖在木牆之外，刀芒卻已沒入牆中。

「喀……噗……」沒有慘呼，只有血肉翻開的聲音與骨骼碎裂的異響，噴射的血箭濺向木牆，如點點紅梅般觸目。

「喀喇……通……」幾乎是同一時間，紀空手的飛腿如電芒閃至，踢中了木牆之後的另一名殺手。木牆以中腿處為中心現出無數道裂紋，寸寸碎落之下，一個猙獰恐怖的面孔已是七竅流血，現出木牆之外。

當紀空手以最快的速度閃入木牆之後時，剩下的那名殺手已是滿臉驚駭。他顯然沒有料到一個人可以將身體的極限發揮到如此完美的地步，一驚之下，同樣以近乎極限的速度飛逃而去。

紀空手並不追擊，卓立於木牆之後，輕輕一推，這面木牆已然垮塌，木屑四飛間，那道布簾赫然在目。

布簾之厚，使人無法窺探到布簾之後的動靜。但那道凝重如山的殺氣在流動的空氣中緩緩推移，令紀空手無法小視簾後之人的存在。

紀空手淡淡地笑了一笑，同時感到了對手的可怕。

他剛才發出一連串的攻擊，雖然是全力施爲，但他的注意力始終放在布簾之後的敵人身上，因爲他心裡十分清楚，木牆之後的人無論有多麼兇悍，都及不上這位隱身布簾之後的高手，只有將之從布簾後引出來，紀空手才有面對他的機會。

而現在，場上形成了一個僵局！

無論是紀空手，還是這位高手，他們都不敢貿然行動，因爲他們都非常清楚對方的分量。誰敢貿然而動，就等於讓盡先機。

紀空手的眉鋒一跳，淡淡而道：「閣下是誰？何以躲在這布簾之後不敢見人？如果你覺得這樣站著很有趣，那就恕我不能奉陪了。」

「你就算覺得無趣，也只有奉陪到底！這是一個無法迴避的事實。」一個冷冷的聲音似乎在紀空手的耳邊響起，又似響在蒼穹極處：「只有闖過了我這一關，你才有可能見到靈竹公主。」

紀空手的手心微緊，抓緊了手中的刀柄。單憑聽覺，他已經感到了對方的內力之深，的確是一個可怕的對手。

「你似乎很懂得我此刻的心理。」紀空手形似聊天，一臉悠然道。

「不是我懂，而是李宗主將你的心理摸得很透，所以他再三囑咐我，不到萬不得已的時候，不要動手。時間對你來說，尤其寶貴。」那人的聲音很冷，如一潭死水般寧靜。

「那我們就這樣耗下去？」紀空手笑了，語帶調侃，一點都不顯得著急。

「不，因為我也是一名武者，更是一名槍手，當看到別人在我面前使出絕妙的刀法時，我就會忍不住手癢，無論是誰的叮囑都會被我拋之腦後！因為每當武者提到『刀槍』二字時，總會將刀排在槍之前，所以我平生最恨刀客！」那人冷笑一聲，充滿了無窮的傲意。

紀空手冷然道：「你很自負，通常自負的人都不會有很好的結果，相信你也不會例外。」

他說完這句話時，呼吸為之一窒，眼芒為之一亮，那厚重的布簾無風自動，倒捲而上，自暗黑的空間裡走出一個人來。

殺氣使得艙房內的氣壓陡增，帶著一股血腥，使空氣變得沈悶至極。紀空手只感到來人踏前而行，猶如一堵緩緩移動的山嶽，氣勢之強，讓人有一種難以逾越之感。

紀空手的手心滲出了絲絲冷汗，並非因為這暗黑中走出之人，而是這人手中的那杆丈二長槍。對於紀空手來說，他並不害怕高手，雖然他步入江湖的時間只有短短數年，但他見過的高手實在不少，其中也有扶滄海這類使槍的高手。可是來人雖然也是以長槍為兵器，卻完全不是與扶滄海同一類型，在霸烈之中似乎帶著一股邪氣，讓人彷彿看見了暗黑世界裡的一隻怪獸，噁心而恐怖。

「你豈非與我同樣的自負?」那人站到紀空手眼前的兩丈位置，聲音極冷，臉上卻似笑非笑。

「也許吧，也許我們是同一類人。」紀空手微微一笑，心裡卻暗道：「在自負與自信之間，誰又分得清什麼是自信，什麼是自負?這本就是只差一線的東西，唯一的不同就只有結果。」

「很高興能認識你這樣的高手，我叫李戰獄，希望你不會讓我失望。」那人抬頭笑了一笑，顯得極有風度，也非常狂傲。

「真是幸會，我想，如果我們真的交上了手，也許感到失望的人會是我。」紀空手淡淡而道，眼中已多了一絲不屑。

他表面上雖然一副悠然，神情自若，其實在他的內心，依然不敢有半點的放鬆。因爲他知道站在自己面前的人，已是李秀樹這一方中非常厲害的高手，人稱「槍神」，乃北域龜宗第四號人物。

李戰獄算得上是北域龜宗元老極人物，年長李秀樹四歲，其武功造詣之高，足可躋身江湖一流，只是他對權勢的興趣不大，心性淡泊，是以江湖上聽過他名號的人並不多，紀空手也是偶然聽車侯談起，有些印象，才能在見到真人時對號入座。

不過李戰獄雖然厲害，也有一個弱點，就是過於自負，常常自詡自己的槍法無敵於天下，不容別人有任何的置疑。紀空手當然不會放過利用的機會，是以不遺餘力地激怒他，以便自己有可乘之機。

果不其然，李戰獄的臉色陡然一暗，猶如六月天的豬肝般十分難看，殺機驟現。

他絕不容許有人這樣輕視自己，要證明自己的實力，唯一的辦法就是出手。

「小子狂妄，你就等著受死吧！」李戰獄暴喝一聲，踏前一步，長槍已然貫入虛空。

長槍如龍，天馬行空。

萬千槍影幻生於一瞬之間，猶如點點雪花，又如漫天星光，若潮湧至。

「轟……」紀空手沒有料到李戰獄一出手攻勢就如此霸烈，錯身一退，便聽槍鋒疾掃，所遇物什一切盡碎。

這聲勢的確嚇人，風聲鶴唳，空氣緊張，不過紀空手卻早有準備。他的飛刀極短，只宜近身相搏，正與李戰獄的長槍反其道而行之，是以他沒有猶豫，身形一動，人已擠入李戰獄的七尺範圍。以己之長，克敵之短，這本就是制敵的手段之一。紀空手不出手則已，一出手便已找到了對付李戰獄的最好方法。

「轟……轟……」李戰獄雙手握槍，槍身如游蛇般滑膩，連出三招，俱被紀空手躲過，雙方的兵器竟未接觸一下。

紀空手之所以如此，是因爲他的飛刀乃輕靈之物，無法與長槍的聲勢爭鋒，所謂「一寸短，一寸險」，他若想尋得勝機，唯有在險中求。因此，他利用「見空步」的飄忽身法，在高速變化中再尋機出手。

李戰獄似乎看穿了紀空手的心思，心中一震，陡然冷靜下來。雖然在此之前他從未與紀空手交過手，但他不得不承認，紀空手是他所遇到的年輕一輩中的頂尖人物，對武道的認識甚至遠勝於己。要想在今日一戰中成爲勝者，他絕對不能操之過急。

所以他一改當初大開大闔、橫掃八方的槍路，槍勢一變，如靈蛇吞縮，長短變幻頻繁，意欲與紀空手形成短兵相接之勢。

紀空手心中的驚駭無與倫比，這是他第一次看到有人可以將長槍使得如此圓滑自如，雖然論及槍法的氣勢，扶滄海絕不弱於李戰獄，甚至遠比他大氣，但李戰獄的槍法詭異多變，竟能將長槍當作短戟使用，這種手法的確是聞所未聞，堪稱一絕。

一時之間，紀空手的腳步亂了一亂，險些被槍鋒刺中。

「讓你見識一下，看看是你無知，還是我狂妄！」李戰獄手腕振出，臉若冰山，冷冷地道。

紀空手立處於下風，無奈之際，不敢再固守不攻。

「嘯……」一聲長嘯，聲裂半空，艙板爲之抖動。就在這長嘯之中，紀空手的飛刀破空而出。

他出刀，不是因爲他找到了勝機，也沒有尋到長槍的破綻。李戰獄的槍法變化多端，聲勢如風，似是完全融入了這片空間，要想在剎那間找到破綻，無異於異想天開。不過，刀既出，他的刀鋒還是點在了槍尖之上。

「叮……」刀的確點在了槍尖之上，卻不作任何的停留，而是順著槍身下滑。

「哧……」一溜火星劃過虛空，更發出一種刺耳的金屬脆響，聲色俱動，使得這空氣驀生一幅怪異的畫面。

李戰獄一聲冷哼，倒退一步，突然將槍身伸長，本身只距幾寸的距離，忽又拉開了丈許。

但紀空手既已出手，就絕不罷休，因爲他的刀勢已成，就必須流暢，即使前面是刀山，是火海，他也毫不退縮！

「呼……」刀芒吞吐，約摸三尺，閃躍空中之際，竟似欲與這長槍交纏一起。

李戰獄吃了一驚，沒有料到紀空手會與他玩命。他雖已老了，當然不會傻到與紀空手同歸於盡，所以，他只有再退。

但是他一退之後，卻看到了紀空手嘴角處流露出來的那一絲笑意。

他何以會笑？在這個緊張的時刻，紀空手居然還能笑得出來，這不由得讓李戰獄怔了一怔。

一怔之下，李戰獄這才醒悟到，自己在無意之間犯下了一個大錯，一個絕對不可饒恕的錯誤！

——紀空手之所以陷入這個殺局之中，是爲了靈竹公主而來。

——能不能救出靈竹公主，關係到陳氏家族的安危，夜郎王國的和平，事關重大，以紀空手的個性，又怎會置之不顧？

——既然紀空手無法置之不顧，那麼，他又怎會與自己同歸於盡？

等到李戰獄想通了此中關節時，卻已遲了，先機已失，眼中所見，盡是漫空乍現的刀芒。刀芒乍現，既沒有詩情，也沒有畫意，如拙劣之極的塗鴉之筆劃過虛空，給人一種說不出的感覺。

「好，果然是好刀法！」李戰獄的眼眸中閃過一絲訝異，忍不住叫起好來。當他看到這種蘊含著武道至理的刀法時，眼中似已沒有敵我之分，而是沈浸在一種求道的氛圍裡。

他之所以驚訝，是因爲他可以清晰地感受到紀空手看似隨意的這一刀中涵括的一往無回的氣勢，更在刀出的同時衍生出不可預知的無數變化。

這是一種高手的直覺，也是高手具備的敏銳感應，當這種直覺進入李戰獄的意識之中時，他已經意識到，絕對不能讓紀空手將這一刀的意境發揮至淋漓盡致！因爲這一刀包含了太多的後續之招，一旦攻擊，便如高山滾石，決堤洪流，必定勢不可擋！

這無疑是反璞歸真、化繁爲簡的一刀，刀雖簡樸，但唯有置身局中，才能感受到刀意中的至美之處，讓人回味無窮。

李戰獄無法再欣賞下去，只有出手，他絕不能讓紀空手的飛刀擠入自己氣場的三尺之內，否則他就算長槍變成短戟，也無力回天了。

李戰獄的出手絕對快，快到連他自己都感到吃驚的地步。這固然有他實力上的原因，更主要的一點是死亡的威脅逼發了他身體的潛能。

「叮……」李戰獄的長槍彈出的不僅快，而且準，完全是在概率極小的情況下點擊在了刀鋒之上，但是這一次，小小的飛刀竟然懸凝不動，李戰獄執槍的虎口一麻，人卻倒退數步。

快、準、靈，這三個字，對於槍術來說是非常重要的要素，而且長槍的長度一般都在一丈以上，其本身的重量已然可觀，一旦出手，必是剛猛沈重。但是當李戰獄這一槍刺出的剎那，他卻感到了自刀身透發而來的如山洪爆發般的巨大力道。

這的確讓人感到不可思議，誰也不會想到一把小小的飛刀，到了紀空手的手中竟能生出如此神奇的力道。

李戰獄臉色一變，厲嚎一聲，長槍再次迎刀而上。他絕不相信自己的力道不如紀空手，更不想讓紀空手的刀變成自己今生的絕唱。

「嘶……」虛空彷彿被撕開了一道無形的裂縫，裂縫深邃而蒼茫，如一道內陷的漩渦，將長槍的光芒盡數吸納。

沒有光芒的丈二長槍，猶如一杆沒有生命的死物，存在於虛空，機械而空洞。

在裂縫的極處，突然生出一點寒芒，仿似蒼穹中的一顆流星，劃過這漫漫虛空，越來越大，愈大愈亮，就在李戰獄以爲這是一種幻覺時，那薄如蟬翼的飛刀已然乍現在他的面前。

「叮叮叮……」刀勢已成，疾若流星，飛刀如靈動的生命，以自己的節奏與頻率向李戰獄發出了一波又一波的如潮攻勢。

李戰獄的臉色已經十分的難看，紫紅得像是塗了一層朱砂，毫無生機，雖然他的丈二長槍不斷飛舞，尚可窮於應付，但他卻無法找到紀空手刀的軌跡與規律。

槍能控制八方，範圍之大，可達數丈；飛刀只有七寸，卻能在長槍控制的範圍之內遊走自如。紀空手的每一刀都似乎是任意爲之，興之所至，猶如天馬行空，根本不知其終點會在何處。但他的刀總能在最恰當的時間進入到最合適的地點，從而創造出最大的威脅，使得他的每一刀都在平淡之中演繹出極致的美感。

戰到此時，勝負已不言而喻，唯一的懸念就是李戰獄還能支撐多久。

紀空手此次夜郎之行，經過龍賡的指點迷津，整個人在氣質上已有了脫胎換骨的變化。他的悟性本就極高，又不斷地在生死之間與眾多高手周旋，在實戰中積累了豐富的經驗，令他即使面對李戰獄這樣的強手，也自始至終有著必勝的信念。

假以時日，當他真正將自己體內的潛能完全發揮出來時，距武道極巔也就不再遙遠，最終可以步入那天下武者無不神往的玄奇境界。

「呀……」紀空手暴喝一聲，眼見李戰獄的槍法中終於露出一點破綻，再不猶豫，飛刀振出，在虛空之中幻化出一道奇異的軌跡。

李戰獄大驚之下，長槍竟以暗器的方式脫手標射而出。他的應變不謂不快，長槍的去勢更如電芒閃出，同時他整個人猶如箭矢般倒射入簾。

這一連串的動作一氣呵成，果見奇效，等到紀空手蕩開長槍，趕入布簾之後時，李戰獄的人影已掠出五丈，正向尾艙隱去。

紀空手沒有絲毫的猶豫，這只因他此刻手中之刀，隨時可棄！

像李戰獄這樣的高手，存在於世就是一種威脅，所以紀空手出手之時，就已起殺心，當然不想讓李戰獄從自己的眼皮底下溜掉。

紀空手的臉上似笑非笑，如刀般的眉鋒卻陡然一跳。

「嗖……」刀終於出手，還原了它本來的面目。飛刀原是暗器，是以飛刀既出，恰似飛行於空中的遊龍，直奔李戰獄的後背而去。

金屬與空氣摩擦的聲音好不刺耳。

一溜火星在空中閃過，更添詭異。

虛空中除了空氣，沒有其他的物質，飛刀掠過虛空，又怎會有火星？有動靜？

這只因爲飛刀之快，已經超出了速度的範疇，在這一刻，刀已不再是刀，而是一種現象，一種玄乎其玄的現象。

這是否意味著李戰獄的一隻腳已經踏入了鬼門關？

然而飛刀最終的落點，卻並不是在李戰獄的後背，而是落在了一隻鐵手上。

「叮……」地一聲，發出清晰的聲響，一隻烏黑發亮的鐵手平空而生，橫亙於虛空中，正好擋在了飛刀的去路上。

而李戰獄的身影迅即消逝在了尾艙。

紀空手心中一驚，似乎沒有料到自己的飛刀離手，竟然仍無功，這簡直令他感到匪夷所思。因爲他這一刀，已是精華所在，完全表現出他此刻對武道最深刻的認識。

這是誰的手？怎麼可能擋得住紀空手的飛刀？這是不是說明鐵手的主人本就是一個深不可測的高手？

不知道，沒有人知道這些問題的答案，至少在這一刻，紀空手無法知道。

但是紀空手卻感受到了這個人的存在，這種感覺很清晰，使得紀空手的身形停了下來。

濃烈的殺機已經瀰漫了前路。

雖然紀空手不知道對方是誰，但那種沈寂如死的氣息令他的心中依然感到了幾分吃驚。

鐵手一點一點地回縮而去，慢慢地在虛空中消失。紀空手的飛刀倒射入木，直沒至柄，只留下一縷絲織的紅纓輕輕晃動。

那暴露出來的殺機並沒有隨著鐵手的消失而消失，反而在刹那間融入空氣，化成了虛空中的一份子，猶如這空中緩緩流動的風。

這一切十分的詫異，卻無法摧毀紀空手無畏一切的勇氣，更無法讓他改變繼續向前的決心。在經歷了短暫的沈默之後，他冷笑一聲，踏步前行。

地上一片狼藉，全是爛碎的木屑和家什，當紀空手的腳踏在上面時，他似乎根本不知道還有危機的存在。只在不經意間，手腕一翻，多出了一把與先前一模一樣的飛刀，悠然地把玩翻飛於指間。

他只走了七步，剛剛七步，似乎經過精確的計算與測量，便站到了鐵手出現的空間前方。

他的腳步雖然停止，但從他的刀鋒中湧出一股氣流，直指腳步前方的艙板，「咚咚……」作響，就像是人的腳步聲一般。

當這種響聲響起四下之時，「轟……轟……」兩邊的艙板與地板同時爆裂開來，弧光閃爍，陰風驟起，雪一般熠亮的刀光在那段空間交織出一張殺氣漫天的羅網。

在紀空手的前方，竟然爆開了一個漩渦的磁場，氣流狂湧，壓力沈重，吸納著方圓數丈內一切沒有生命的物體，混亂中，清晰可見那燦爛而令人心悸的點點寒芒。

紀空手的飛刀跳了一跳，幾受牽引，大手一緊之下，這才懸凝空中。

如果不是紀空手靈光一現，以氣代步，也許此刻的紀空手已是一個死人。因爲他明白，對方佈下的這個殺局，是一個無人可解的殺局，只要自己身陷其中，就絕無僥倖。

十數名高手藏身艙板之後，甲板之下，在同一時間內出手，無論出手的角度，還是出手的力道，都整齊劃一，形同一人，在這樣強勁的殺勢之下，試問有誰可以躲過？

紀空手卻躲過了，雖然他的臉色已變，但他的整個人屹立如山，就像一杆迎風的長槍傲立，全身的功力已在瞬間提升至掌心。

羅網的盡頭，是人影，當這十數名高手從暗黑處出手，發現他們所攻擊的只是一團空氣時，無不爲之一愣。

就在敵人錯愕之間，紀空手出擊了，他所攻擊的地方正是這群敵人最不希望對手發覺的地方。動如脫兔，可以形容一個人的動作之快，而紀空手的攻擊之快，已無法用任何辭彙可以形容。

他的飛刀沒入虛空，刀鋒勝雪，藏銳風中，霸烈無匹的殺氣猶如怒潮洶湧，帶出的是一股令人窒息的死亡氣息。

面對這些高手，紀空手夷然無懼，而這些東海高手，卻無不心驚，因爲他們從紀空手那如花崗石般堅硬的臉上，聯想到了地獄中的死神。殺氣的來源，就在那七寸飛刀的一點刀鋒之上。

紀空手的眼眸中已有光，是泛紅的血光，當亮麗的刀光劃過虛空時，已有人倒下。

所以當這些高手穩住陣腳，戰刀排列有序，重新鎖定紀空手時，在紀空手的面前，只剩下了七個人，而其他的人已成了無主的冤魂，就在刀光乍現的刹那，他們便完成了這種角色的互換。

這些忍道高手並不爲同伴的死而心驚，反而更加激起了他們心中的戰意。他們的臉色蒼白而迷茫，就像是得了失心瘋的病人一般，但他們表現出來的有序與冷靜，顯示出他們的思維絕對清醒，絕對正常。

紀空手面對這種強手，已無法心驚，無法思索，他當然不想陷入這七把戰刀組成的重圍之中，所以他當機立斷，一聲低嘯，衝破頭頂上的樓板。

「裂……」樓板破出一個大洞，卻不見陽光，只有一片暗黑。這只因爲這本就是一艘樓船，紀空手只是衝向了頂層的一間艙房。

罵聲從洞口下響起，卻沒有人沿洞追來，紀空手微微喘了一口氣，才看到這間艙房無門無窗，只有一張舒適豪華的大床置於中央，錦帳虛掩，香氣襲人。

當紀空手的眼睛適應了這暗黑的光線時，他不由吃了一驚，因爲他發現在這錦帳之中軟被半遮，一個滑若凝脂的胴體露出大半個香肩，黑髮蓬鬆，似在酣睡。

「這船上怎會有女子出現？難道說……」紀空手的心中一動，雖然無法看清這女子的面容，卻一眼就認出搭在床欄邊的衣物正是靈竹公主常穿的飾物。

紀空手猶豫了一下，並沒有立時上前，因爲他看到那堆衣物中竟然還有女人所穿的小衣與裙褲。

「異邦女子風俗不同，是以講究裸體入睡，而我乃一個堂堂男子，焉能做出輕薄的舉動？」紀空手自從踏入江湖之後，無賴習氣已銳減不少，換作以前，他倒也不在乎，只管叫醒她來隨他走。如今他身分不同，已成大師風範，自然不敢貿失行動。

當下他輕咳了一聲，沈聲道：「靈竹公主，在下左石，特爲相救公主而來，還請公主穿好衣物，隨在下走一趟。」

他的聲量雖低，卻隱挾內力，束音成線，相信縱是熟睡之人也會驚醒，但讓紀空手感到詫異的是，靈竹公主竟然沒有一絲的動靜。

紀空手心中奇道：「莫非這靈竹公主並非與李戰獄合謀，而是中了迷魂藥物，致使神智盡失，遭到劫持？」

他微一凝神，耳聽靈竹公主的呼吸聲雖在，卻緩疾無序，正是中毒之兆。

當下紀空手再不猶豫，暗道一聲「得罪」，竟然連人帶被裹作一團，挾於腋下，便要破牆而去。

木牆厚不及五寸，以紀空手的功力，破牆只是舉手之勞的小事，但是他的身形剛剛掠到木牆邊，就佇立不動了。

他無法再動，因爲他的手剛剛觸到木牆的時候，突然心中一緊，警兆倏生。

流動的空氣中瀰漫著兩道似有若無的淡淡殺氣，一在木牆之外，一在紀空手身後的三丈處，一前一後，已成夾擊之勢。

紀空手並不爲他們的出現感到意外，反之，他們若是不出現倒顯得是出人意料之外了。靈竹公主既然是他們手中的一張王牌，他們當然不會不看重她。

所以紀空手顯得十分的冷靜，絲毫沒有驚懼。他唯一感到奇怪的，是在他身後的這道殺氣有種似曾相識的感覺，就像是伴隨著自己，一直沒有消失過一般。

他有一種回過頭來看看的衝動，卻最終沒有這麼做，因爲他心裡明白，此刻自己的一舉一動都有可能成爲對方選擇出手的最佳時機。最好的辦法就是不動，讓對方根本無從下手，形成僵局。

「放下你手中的人，你也許還有逃生的機會。」在紀空手身後的那人竟然是剛才還非常狼狽的李戰獄！聽其語氣，他似乎已經忘了剛才的教訓，重新變得孤傲起來。

「你似乎很天真，天真得就像一個未啓蒙的孩童。」紀空手笑了一笑，聲音卻冷冷地道。

「天真的應該是你。」李戰獄的聲音裡帶著一種譏諷的味道：「如果你認爲你帶一個人還能在我們的夾擊之下全身而退的話，那麼你不僅天真，而且狂妄，狂妄到了一種無知的地步！」

「敗軍之將，何須言勇？」紀空手的臉上閃現出一絲不屑。

「你真的以爲我不是你的對手？」李戰獄說得十分古怪，好像剛才那一戰逃的不是他，而是另有其人。

「難道這還要再向你證明一次嗎？」紀空手正欲笑，可笑意剛剛綻放在他的嘴角間時，卻像凝固了一般。

《滅秦⑤》完

請續看《滅秦⑥》

溫瑞安—說英雄‧誰是英雄全集

說英雄‧
誰是英雄系列

【武俠經典新版】　作者／溫瑞安

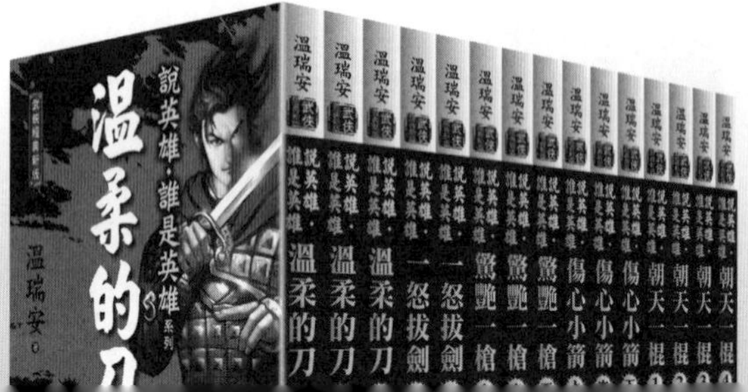

滅秦 5【珍藏限量版】

作　者：龍人
發行人：陳曉林
出版所：風雲時代出版股份有限公司
地址：10576台北市民生東路五段178號7樓之3
電話：(02) 2756-0949
傳真：(02) 2765-3799
執行主編：劉宇青
美術設計：許惠芳
業務總監：張瑋鳳
出版日期：2024年7月新版一刷
版權授權：蔡雷平
ISBN ：978-626-7369-93-7
風雲書網：http://www.eastbooks.com.tw
官方部落格：http://eastbooks.pixnet.net/blog
Facebook：http://www.facebook.com/h7560949
E-mail：h7560949@ms15.hinet.net
劃撥帳號：12043291
戶名：風雲時代出版股份有限公司

風雲發行所：33373桃園市龜山區公西村2鄰復興街304巷96號
電話：(03) 318-1378　　　傳真：(03) 318-1378
法律顧問：永然法律事務所 李永然律師
　　　　　北辰著作權事務所 蕭雄淋律師

行政院新聞局局版台業字第3595號 營利事業統一編號22759935

定價：340元　　**版權所有　翻印必究**

國家圖書館出版品預行編目資料

滅秦／龍人 著. -- 二版 -- 臺北市：風雲時代出版股份有限公司, 2024.05 冊； 公分.
ISBN : 978-626-7369-93-7（第5冊：平裝）

857.7　　　　113002954